Loup, y es-tu ?

Tome 2

Du même auteur

Autant en emporte l'éclair

Loup, y es-tu ? Tome 1

Les Kergallen
1 Thaïs
2 Joanna
3 Nina
3,5 Nouvelles
4 Sélène
4,5 Nouvelles
5 Azilis
5,5 Gwenn

Les de Chânais et les Kergallen
coécrit avec Ysaline Fearfaol
Pari risqué
Jeux de scène
Méli-mélo
Le Calendrier de l'Avent de Charles
Les Aventuriers du Camp Perdu

Aurore Aylin

Loup, y es-tu ?

Tome 2

Dépôt légal : septembre 2020
© 2020 Aurore Aylin
illustration de couverture : Fleurine Rétoré
ISBN : 9798683263812
Independently published

Chapitre 1
Prise de conscience

Kyrin avait gardé ses distances avec l'agence tout au long de la journée, s'efforçant de ne pas songer à une certaine jeune femme. Peine perdue, bien sûr. Planqué à proximité d'une usine désaffectée, surveillant les allées et venues suspectes des gens qu'il filait, il avait eu le temps de réfléchir. Peu à peu, ses pensées avaient déraillé et il s'était surpris à peser le pour et le contre d'une relation avec Enora. L'ignorer était impossible, il en avait conscience. Au contraire, plus les heures passaient, plus elle obsédait ses pensées.

Kyrin avait beau chercher, il ne lui trouvait pas vraiment de défauts. Elle était amusante, futée, courageuse. Son sourire était éclatant, son rire joyeux, ses yeux pétillaient. Il aimait cette façon qu'elle avait de taquiner tout le monde, de s'inquiéter de chacun, alors qu'elle avait de quoi faire avec ses propres soucis. Et il ne pouvait nier qu'elle l'attirait, physiquement. Il passa une main sur sa nuque, cherchant à dénouer ses muscles ankylosés par la longue station immobile. Vivement que ses cibles bougent !

Une fois n'avait pas suffi à le rassasier d'Enora. Il redoutait autant qu'il avait hâte de se retrouver face à elle. Il n'était pas sûr de pouvoir rester stoïque en sa présence, à présent qu'il connaissait chacune de ses courbes. Un feu semblait embraser ses reins chaque fois qu'il repensait à leur corps à corps.

Cette attraction ne datait pas de la nuit dernière. La jeune femme l'avait fasciné dès son arrivée. S'il l'avait observée pour s'assurer qu'elle ne risquait pas de découvrir leurs secrets avant qu'il la juge apte, Kyrin s'était vite rendu compte qu'il ne la regardait pas simplement comme une employée que l'on évalue.

Comme une nouvelle voiture arrivait à l'usine, il reprit son téléobjectif pour réaliser quelques clichés. La femme qui descendit du véhicule était tellement refaite de partout et peinturlurée que Kyrin doutait qu'un logiciel de reconnaissance faciale puisse l'identifier d'après une photo au naturel ! Enora, réalisa-t-il, ne se maquillait pas. Elle affichait sa fraîcheur, préférant planter une barrette dans ses cheveux ou arborer une robe colorée. Les rares fois où il ne l'avait pas trouvée derrière le comptoir, Kyrin s'était surpris à la chercher. Chaque matin, il avait l'impression qu'elle faisait entrer un peu de lumière et de couleur dans sa journée, rien qu'avec ses tenues improbables. Cela lui avait d'ailleurs coûté de filer sans la voir, surtout après ce qu'ils avaient partagé. Il se faisait l'effet d'être un lâche. Sans doute l'était-il un peu face à la nouveauté qu'elle représentait, lui qui avait si longtemps réprimé ses émotions par souci d'efficacité. Ce n'était pas une sensation très agréable, car Kyrin s'était toujours considéré comme un homme franc, affrontant les choses sans faillir. Fuir devant un petit bout de femme ne lui ressemblait pas.

En vérité, dut-il admettre, Enora s'était infiltrée, l'air de rien. Simplement, à présent qu'elle savait, il devenait difficile de la tenir à distance. Si encore elle avait réagi en manifestant de la peur envers eux ! Mais non, fidèle à elle-même, Enora les considérait avant tout comme des êtres humains, et non comme des créatures bizarres à étudier à la loupe et avec mille précautions. Quand elle le regardait, c'était l'homme qu'elle voyait. Avec un peu trop de clairvoyance, d'ailleurs. Il avait l'impression qu'elle allait au-delà de la carapace qu'il s'était forgée.

Kyrin tournait et retournait chaque élément, cherchant la faille, l'argument qui lui donnerait raison de ne pas initier le moindre rapprochement entre eux. Pour aboutir à la conclusion qu'il y avait un point qu'il ne pourrait jamais maîtriser ni changer : elle était humaine. Pour le reste, en revanche, rien n'était figé. Enora pouvait dériver vers la magie noire, comme l'avait fait Judith, ou pas. Il était trop tard, de toute façon : elle savait beaucoup trop de choses et la laisser dans l'ignorance du reste, c'était courir le risque qu'elle cherche seule les réponses à ses questions. Mieux valait l'encadrer. Oui. Il allait veiller à ce qu'elle soit correctement formée. Il serait là, prêt à intervenir s'il détectait le moindre changement dans son attitude. Il ne considérerait rien comme acquis, afin de la protéger d'elle-même si nécessaire.

Sur le chemin du retour, Kyrin se sentait beaucoup plus serein, et en même temps fébrile. Sa décision de la nuit dernière n'avait pas fait long feu. Rester loin d'Enora était impossible. Pas alors qu'il avait goûté à la douceur de ses lèvres.

Érick, les mains pleines de cambouis, démontait un moteur. Ses cheveux blancs étaient ébouriffés, et sa barbe aurait eu besoin d'un bon taillage. La nuit agitée avait laissé des traces, même si tout se terminait au mieux, compte tenu des circonstances. Cependant, Kyrin n'était pas dupe de cette scène qui avait toutes les apparences de la normalité. Il connaissait trop bien son grand-père pour ne pas déceler les signes qui trahissaient sa fébrilité intérieure : le vieil homme travaillait vite, avec des gestes brusques, lui qui en temps normal bichonnait ses précieuses mécaniques comme s'il s'agissait de nourrissons.

— Ta grand-mère n'est pas à prendre avec des pincettes, aujourd'hui.

— Elle ne l'est jamais.

— Même moi, je n'ose rien dire quand elle est dans cet état.

Sous-entendu : c'est toi le chef, règle ça. Kyrin adressa un regard torve à son grand-père. Telle qu'il connaissait Greta, celle-ci devait enrager et s'accuser de tous les maux. Comme si elle était seule responsable du fiasco de l'opération ! Il allait toutefois falloir qu'il aille la voir pour l'apaiser : le bon déroulement de la patrouille de cette nuit – leur dernière chance ce mois-ci de mettre le Lébérou hors d'état de nuire – en dépendait, car l'humeur de Greta influait sur celle de toute leur petite meute. Si Kyrin était le chef, Greta était l'âme de leur clan. La matriarche, la protectrice, le roc, celle qui insufflait son énergie à chacun. Qu'elle vacille, et tout le monde en subirait les répliques. Qu'Érick lui-même préfère garder ses distances pour ne pas essuyer la tempête en disait long sur la puissance dévastatrice de celle-ci. Il y avait pourtant une personne, dans ces locaux, susceptible de triompher de l'ouragan.

— Je suis surpris qu'Enora ne se soit pas déjà occupée d'elle.

— Tu connais ta grand-mère : quand elle ne veut pas qu'on la trouve, elle est introuvable. Elle a évité Enora pour pouvoir entretenir sa colère. La petite aurait réussi à la calmer, et elle le sait.

Dire que certains ambitieux étaient prêts à tout donner pour occuper des postes hauts placés ! Ils n'avaient aucune idée de ce que cela impliquait, quand on se souciait des autres ! Si Kyrin avait espéré, en rentrant, se laisser tomber dans un fauteuil pour savourer une bière fraîche, c'était raté. Heureusement que les crises de ce genre étaient rares, car il aurait fini par devenir chauve à force de s'arracher les cheveux !

En quittant le garage, Kyrin eut la surprise de croiser un Sören arborant un coquart à l'œil droit. Il ne manquait plus que ça ! Dans quels ennuis le renardeau s'était-il encore fourré ?

— Si je me retrouve convoqué au collège, tu n'as pas fini de faire des pompes ! Tu as intérêt à avoir une bonne explication !

— Je ne me suis pas battu au collège.

— Ne m'oblige pas à t'extorquer les infos, je ne suis pas d'humeur, menaça Kyrin.

Avec Sören, mieux valait aller au cœur des choses. Comme tous les adolescents, il n'aimait pas devoir fournir des explications, surtout s'il était dans son tort.

— C'est Enora qui m'a fait ça, grommela l'adolescent.

— Pardon ?

Ce n'était pas tant le bleu qui commençait déjà à se parer de jolies couleurs qui préoccupait Kyrin – sa nature de métamorphe faisait que dès demain, Sören n'aurait plus rien – que d'apprendre que c'était Enora qui en était la cause !

— Le bâton de pluie ? tenta-t-il en réprimant un sourire.

— Tim lui a appris quelques mouvements de self

12

défense. J'ai voulu lui donner un coup de main en rentrant de cours.

La réticence avec laquelle son cadet lui répondait signifiait qu'il y avait anguille sous roche. Sören était aussi prompt à se vanter de ses succès qu'à masquer ses échecs. Il n'aimait pas perdre, encore moins trouver plus malin que lui. Le roublard, c'était lui ! Moqueur, Kyrin contempla son frère, attendant la suite.

— Laisse-moi deviner... Tu ne l'as pas prise au sérieux ?

— Elle sautillait en agitant ses petits poings. Elle s'était fait deux nattes, comme les Indiennes ! Franchement, plus ridicule, c'est pas possible. Elle a profité de ce que j'étais distrait pour me frapper.

— C'est bien fait pour toi.

Kyrin tourna les talons, imaginant Enora flanquant son poing dans la figure de son frère. Sören avait encore de sérieuses lacunes à combler : cette manie de sous-estimer les autres et de surestimer ses capacités sous prétexte qu'il était plus grand, plus costaud et plus surnaturel finirait par lui coûter cher. Si les petits poings d'Enora pouvaient lui remettre les idées d'aplomb, Kyrin était tout prêt à lui donner sa bénédiction, et même à tenir son frère le temps que ça rentre dans son crâne épais !

Elle avait gardé ses nattes, remarqua-t-il en arrivant à l'accueil. Son sourire radieux et ses joues rosies de plaisir en disaient long sur sa satisfaction. Elle rougit un peu en le voyant, mal à l'aise. Elle devait se demander comment se comporter en sa présence après ce qu'ils avaient fait cette nuit. Ce n'était ni le lieu ni le moment d'avoir une explication intime, ils en avaient conscience tous les deux, pas avec les autres qui pouvaient surgir à tout instant et les oreilles un peu trop fines qui pouvaient traîner.

— Je viens de croiser Sören, annonça Kyrin, estimant que le sujet détendrait l'atmosphère.

— Je l'ai étalé ! se vanta-t-elle aussitôt.

Elle brandit les poings, fière de montrer ses progrès. Sören avait raison : elle était ridicule. Ridiculement mignonne. Il y avait bien longtemps que Kyrin n'avait pas laissé quoi que ce soit de mignon entrer dans son périmètre. S'il analysait sa réaction, il devait admettre qu'il était fichu : il ne classait définitivement pas Enora dans la même catégorie que Lorie. Il la voyait en tant que femme à laquelle il rêvait à présent de faire des tas de choses indécentes, et non comme une sorte de cousine-presque-petite-sœur à protéger.

— Maintenant, je sais pourquoi je me suis cassé le pouce, il y a quelques années, en voulant cogner cet abruti dans la rue.

— Je parie que tu avais mis ton pouce à l'intérieur de ton poing.

— Oui. Tim m'a tout expliqué, je n'ai plus qu'à m'entraîner.

Elle donna un coup dans le vide qui n'aurait pas fait de

mal à une mouche. Kyrin s'efforça de ne pas sourire. Elle avait réussi à toucher Sören, après tout.

— Ne te moque pas de moi !

— Sinon quoi ? Je tâterai de tes petits poings ?

Elle baissa les bras et l'observa, sourcils froncés.

— Tu pourrais être surpris, tu sais.

— Je n'en doute pas, fit-il avec un clin d'œil.

— Tu as une poussière dans l'œil ?

Kyrin se renfrogna. Apparemment, il avait des progrès à faire en matière d'humour. C'était sans doute sa faute, étant donné la façon dont il avait découragé toute tentative de la part de la jeune femme. Puis, il avisa son rictus moqueur.

— Finalement, j'avais raison de mettre des heures de sport à ton emploi du temps. Tu vas devenir accro.

— Je ne ferai pas de pompes. De toute façon, ça ne me serait pas très utile, face au Lébérou.

Comme il la contemplait en haussant un sourcil surpris, elle s'expliqua.

— Le but est d'être capable de réagir si je me trouve en situation difficile. Je ne prétends pas pouvoir battre le Lébérou, mais si je me retrouve à nouveau nez à nez avec lui, je veux me donner une chance de lui échapper. Sören est resté planté comme un idiot à se tenir l'œil, par exemple. J'aurais eu largement le temps de filer, s'il avait représenté un danger. Si je croise le Lébérou, je viserai les yeux, c'est un point faible pour tout le monde.

Une image qui donnait froid dans le dos et ôtait au

jeune homme toute envie de plaisanter sur le sujet. Il était tellement mieux entraîné qu'elle, et pourtant, il avait échoué, cette nuit, face au monstre.

— Tu as raison d'apprendre les bases, c'est toujours utile. En revanche, Enora, retiens bien une chose : le Lébérou n'aura plus l'occasion de s'approcher de toi. Je l'en empêcherai coûte que coûte.

— Tout ne se déroule pas toujours comme on le voudrait, même quand on s'appelle Kyrin Nielsen et qu'on cherche à tout ranger bien droit et à tout maîtriser.

Kyrin réprima une grimace. C'était assez désagréable de voir, en quelques mots, remise en question sa capacité à protéger la jeune femme. D'autant que les événements de la nuit donnaient raison à Enora. En tout cas, la séance sportive qu'il lui avait imposée semblait donner de bons résultats. Elle était pleine d'entrain. Non pas que cela change de d'habitude, mais il la sentait détendue et sereine, en dépit des derniers jours.

En pénétrant dans la cuisine, Kyrin marqua un temps d'arrêt. Ce n'était pas à cause de la table qui lui rappelait des souvenirs torrides, mais du spectacle qui s'étalait sous ses yeux. On aurait dit qu'un cyclone avait ravagé les lieux. Greta hachait avec bien plus d'énergie que nécessaire une malheureuse botte de persil. Elle qui arborait en temps normal une mise soignée avait les cheveux légèrement emmêlés.

Kyrin observa la vieille dame, qui passait à présent sa colère sur des carottes. Les morceaux volaient littéralement autour d'elle. Si Greta n'avait affiché ce regard de tueuse, mâchoires crispées, la scène aurait pu être cocasse, tant elle rappelait les cartoons.

Kyrin contourna la table et s'approcha de sa grand-mère. Elle ne pouvait pas ne pas l'avoir vu. Ses gestes étaient si rapides qu'un œil humain aurait eu du mal à suivre la cadence. Kyrin posa une poigne ferme sur la main qui maniait le couteau, l'immobilisant. Il ne lui faisait pas mal, jamais il n'aurait blessé Greta, toutefois, la pression était suffisamment contraignante pour l'obliger à cesser de trancher. La magie de Cybelle avait accompli son petit miracle en rendant sa force au membre cassé. Il ne restait plus trace de la fracture. La vieille dame respirait vite et fort. Elle demeura la tête baissée sur le plan de travail ravagé, contemplant sans vraiment le voir le bazar qui régnait. Peu à peu, la main que Kyrin n'avait pas lâchée se mit à trembler. Les doigts crispés perdirent leur tension, le couteau retomba sur la planche à découper avec un bruit mat. Greta se tourna vers son petit-fils et passa les bras autour de sa taille, le serrant contre elle.

— J'ai tout fait échouer, cette nuit, souffla-t-elle.

— Il n'a jamais été question que je l'affronte seul.

— J'ai péché par orgueil : mes réflexes ne sont plus ce qu'ils étaient.

— Tout le monde va bien, c'est la seule chose qui compte.

Greta recula, un sourire amer sur les lèvres. Kyrin ne

l'avait jamais vue pleurer, pas même après la mort de son fils unique. Lorsque les émotions prenaient le dessus et qu'elle ne pouvait pas aller courir sous sa forme de louve, la vieille dame se renfermait. Une tendance dont il avait hérité. Greta possédait un fort instinct de protection pour les siens. Hors de question pour elle de partir pour se lamenter sur son sort. Elle se jetait alors à corps perdu dans la tâche essentielle de nourrir son clan et de le rassembler autour d'elle, où elle pouvait tous les avoir à l'œil. Là où Arzian avait choisi la fuite, abandonnant sans un regard en arrière la famille dévastée, Greta, louve jusqu'au bout des crocs, avait tenu bon. Greta était Greta, et jamais elle ne laisserait un monstre menacer son petit-fils sans réagir.

— N'essaie pas de m'évincer pour la patrouille de cette nuit.

— Bien sûr que non, mentit Kyrin avec aplomb.

Bien sûr qu'il avait envisagé de lui conseiller de rester à la maison ! Mais Greta Nielsen n'était pas le genre de femme à jouer les princesses effarouchées. Pour elle, l'adage selon lequel on remonte aussitôt après une chute de cheval s'appliquait à tous les aspects de sa vie. Il aurait pu le lui ordonner, évidemment, mais elle en aurait été blessée et aurait vu cela comme un manque de confiance, et non comme une volonté de la protéger.

— Je vais t'envoyer Sören pour t'aider à remettre de l'ordre.

— Quelle bêtise a-t-il encore inventée ? ricana la

vieille dame, reprenant du poil de la bête.

Ce qui était merveilleux, avec sa grand-mère, c'est qu'elle comprenait à demi-mot : il parlait de lui envoyer Sören pour faire le ménage, elle en concluait qu'il avait fait une bêtise.

— Il a sous-estimé Enora. Il te racontera.

Greta hésita, ce qui ne lui ressemblait pas.

— Nous allons la garder ici, avec nous, n'est-ce pas ?

Kyrin ne fit pas semblant de n'avoir pas compris à qui elle faisait allusion.

— C'est préférable, si nous n'arrivons pas à mettre le Lébérou hors d'état de nuire cette nuit. Nous ignorons toujours quelles sont ses motivations ou comment il repère ses victimes, aussi vaut-il mieux garder Enora en sécurité jusqu'à ce que nous réglions le problème.

Greta hocha la tête, affichant une mine féroce. En dépit de sa mésaventure de la nuit, elle n'hésiterait pas une seconde à sauter à nouveau à la gorge du monstre pour protéger Enora. La présence de la jeune femme au sein de leur étrange famille sonnait comme une évidence. Ils n'avaient pas eu à lui faire une place parmi eux, elle avait trouvé la sienne avec le naturel qui la caractérisait. Et alors qu'il avait mis toute son énergie à ne pas la laisser s'immiscer, Kyrin se découvrait aujourd'hui prêt à tout pour l'y garder.

.

Chapitre 2

Loup, y es-tu ?

Lukas affichait une mine sombre en rejoignant la tribu dans le salon. Sören, posté à la fenêtre, avait commenté la scène du retour des deux détectives/journalistes. Saphia avait récupéré sa voiture et était partie sur les chapeaux de roue, apparemment pressée. Pour une fois, le séducteur n'avait pas à chercher de prétexte pour se défaire d'une amante trop collante !

— Lukas aurait-il trouvé son maître ? se moqua Eliott, avachi dans un fauteuil, tout en jouant en virtuose à un jeu vidéo qu'Enora ne connaissait pas.

— On a un problème, répondit l'interpellé, ignorant royalement la question.

Le ton sur lequel il prononça la phrase était assez sérieux pour pousser le geek à mettre sa partie en pause. Lukas fit signe à son frère de lui passer sa tablette, sur laquelle il pianota. De sa place, Enora vit qu'il se connectait à Facebook. La tablette circula, les visages révélant colère et incrédulité à mesure qu'apparaissait le problème dans toute son ampleur.

— C'est la cata ! s'exclama Lorie à mi-voix en fixant l'écran.

— Ne me dis pas que des idiots ont créé un événement autour du Lébérou ? marmonna Greta.

— J'ai bien peur que si, répondit Enora, lugubre.

L'événement, intitulé « Loup, y es-tu ? », semblait susciter un élan d'enthousiasme peu commun. En guise de présentation, la photo prise la nuit précédente affichait la créature que tous les internautes qui avaient rejoint le groupe espéraient voir.

— Et ils considèrent ça comme un super jeu de piste, intervint Eliott. Ils se sont donné rendez-vous sur le port de plaisance, à vingt et une heures, puisque c'est là que le Lébérou a disparu cette nuit.

— Quatre cent douze personnes se déclarent « intéressées », se lamenta Lorie. Et cent vingt-huit ont cliqué sur « je participe ».

Un silence atterré accueillit cette nouvelle. Le Lébérou se risquerait-il en ville, avec tout ce monde ? Cela pouvait tourner au massacre ! Le monstre avait privilégié la discrétion, jusqu'à présent, et semblait mener une quête précise, mais les derniers événements changeaient la donne. Et tous ces gens oubliaient que la créature était soupçonnée de nombreux meurtres à sensation pour ne retenir que l'aspect folklorique et ludique. L'absence de victimes, au cours de cette pleine lune, effaçait la dangerosité du Lébérou.

— Je hais les réseaux sociaux, conclut Greta.

Pour une fois, Enora n'était pas loin de penser pareil.

— Que fait-on ? demanda-t-elle.

— Bonne question, grommela Érick.

— Je peux pirater le compte et faire disparaître l'événement, proposa Eliott.

— Je vois mal comment on pourrait obliger tous ces gens à éviter la ville malgré tout, souleva Tim. Les plus enthousiastes viendront quand même. Au pire, quelqu'un relancera un événement.

— Et si quelqu'un signalait la présence du loup-garou ailleurs ? suggéra Enora.

— Certains n'y croiront pas, objecta Tim.

— J'ai une idée ! annonça Eliott, excité.

Il ne développa pas l'idée en question, mais se remit à pianoter. Kyrin était plongé dans ses pensées, lesquelles n'avaient pas l'air très agréables à en juger sa mine sombre. Il devait être en train de réviser le plan d'attaque de la patrouille, au regard de ce qui se profilait : une soirée compliquée et sans doute peu fructueuse. Enora suivait les commentaires sur Facebook depuis son portable. Tout le monde semblait attendre minuit avec impatience, persuadé qu'il se produirait quelque chose à cette heure précise. Les participants se déguisaient comme pour Halloween ou Mardi Gras, montrant l'avancée de leurs préparatifs. Le Lébérou risquait même de passer inaperçu au milieu des Chewbacca tout droit sortis de *La Guerre des Étoiles* et autres King Kong ! Certains s'étaient donné rendez-vous entre amis avant de partir arpenter les rues à la recherche du loup. En attendant, chacun y allait de ses selfies, histoires pour faire peur et « expériences » avec des monstres. L'ambiance était bon enfant, et en temps normal, Enora aurait trouvé cela amusant. Sauf qu'à présent, elle savait ce qui se cachait derrière cette histoire de loup-garou.

— Eliott, tu es un génie !

Un membre nommé Sexy Geek venait de poster une photo floue, accompagnée d'un bref, mais efficace : « Tout commencera à Plouharnel... ». L'image, devina la jeune femme, était une capture d'écran des vidéos de la nuit précédente. Pas assez nette pour vraiment bien distinguer les détails, mais assez convaincante pour les adeptes de sensations fortes. Cela ressemblait à une photo amateur prise à la volée. Exactement le type de cliché que l'on attendait dans ce genre d'histoire.

Le portable d'Enora vibra. Elle découvrit que Saphia venait de lui envoyer le lien vers l'événement via leur conversation sur WhatsApp.

Saphia : Tu as vu ? Le loup-garou sera
à Plouharnel, apparemment ! Tu viens ?

Évidemment, son amie était sur le coup. Voilà qui

expliquait sans doute la façon dont elle avait largué Lukas sur le parking. Enora tourna son portable vers ce dernier.

— Elle va aller se fourrer droit dans les ennuis, soupira Lukas.

— Elle sera plus en sécurité à Plouharnel, fit remarquer la jeune femme.

— Plouharnel est tout petit, ils se rendront vite compte que leur loup-garou n'y a jamais posé une patte. Ça ne tiendra pas ces idiots éloignés bien longtemps, laissa tomber Kyrin.

— Eh ! s'indigna Enora, je te rappelle que ma meilleure amie se trouve parmi les personnes qui participent à l'événement, et elle est loin d'être idiote !

— Elle y court parce qu'elle espère décrocher un scoop, pas pour s'amuser.

La jeune femme préféra s'abstenir de préciser que Saphia avait toujours su joindre l'utile à l'agréable – il suffisait de voir comment elle jonglait entre son article et sa liaison avec Lukas – et qu'en temps normal, elles auraient toutes les deux sauté sur l'occasion de s'amuser, voire de se déguiser, elles aussi.

— On ne peut pas laisser Saphia y aller seule, reprit Enora, soucieuse. Elle était aussi à la cérémonie d'Imbolc, le Lébérou l'a peut-être repérée. Lukas ?

— On ne peut pas mobiliser Lukas à la surveillance de Saphia en étant à peu près sûrs qu'elle ne craindra rien, là où elle sera, annonça Kyrin.

— À peu près, releva son frère. Vu que nous n'avons pas encore réussi à cerner les motivations du Lébérou, la laisser sans protection n'est pas une bonne idée.

— Je peux assurer sa surveillance.

La proposition de Sören surprit Enora. Les autres, en revanche, parurent y réfléchir sérieusement.

— Mais... non ! Sören est trop jeune !

Les regards blasés, un rien condescendants, lui firent comprendre qu'ils n'étaient pas tout à fait sur la même longueur d'onde. La jeune femme se tourna vers Kyrin, qui avait la tête sur les épaules, lui. Il n'autoriserait pas son frère de quinze ans à filer Saphia, c'était évident.

— C'est une bonne idée.

Ou pas.

— Saphia ne sera pas livrée à elle-même, même si nous avons la quasi-certitude que le Lébérou ne suivra pas le mouvement.

— Je les promènerai au fil de la soirée, annonça Eliott. J'ai pas mal de photos et plusieurs pseudos, donc ça ira de ce côté-là. Elle sera toujours entourée d'une petite foule, le Lébérou aura peu de chance de l'approcher, même en admettant qu'il ait décidé de la tuer. La tâche de Sören ne devrait pas être trop difficile.

— Mais il a cours, demain !

Quelques épaules se haussèrent, comme si l'assiduité scolaire de Sören n'avait d'importance que pour Enora.

— Étant donné ses notes, manquer une matinée ne changera pas grand-chose à ses résultats, ricana Greta.

— Il a quinze ans ! insista la jeune femme.

— Chez les métamorphes, on n'appréhende pas les choses comme les humains, expliqua Kyrin. À quinze ans, Sören peut tout à fait suivre Saphia et s'assurer qu'il ne lui arrive rien de fâcheux. À la moindre alerte, il nous préviendra et il saura comment la protéger en attendant que nous arrivions.

— Dois-je rappeler que j'ai battu Sören pas plus tard que tout à l'heure ?

Enora croisa les bras et leva le menton, bien décidée à faire valoir son point de vue et à protéger l'adolescent.

— Tu ne m'as pas battu, tu m'as juste collé ton poing dans l'œil. Si j'avais voulu, je t'aurais mise au tapis en retour, mais je t'ai laissé marquer un point. Avec tes petits poings.

— Je n'ai pas encore réussi à vaincre Sören, intervint Lorie.

De stupeur, Enora en perdit son air vindicatif. Elle avait vu Lorie se battre contre le Lébérou, aussi lui semblait-il improbable que la jeune fille ne soit jamais parvenue à prendre le dessus sur son jeune cousin.

— Ne te fie pas aux apparences ou aux âges, tempéra Érick. Nos natures animales nous rendent redoutables, bien plus forts et bien plus féroces que les humains.

— C'est mignon de vouloir veiller sur moi, mais n'appelle pas encore les services de protection de l'enfance, je t'assure que je ne me porte pas trop mal, ajouta Sören.

Une vibration signala l'arrivée d'un nouveau message, interrompant leur conversation.

Saphia : La Terre à Enora ! Tu viens
ou pas ?

Sur une impulsion, Enora prit sa décision. Elle pianota rapidement sa réponse, qui tenait en un mot.

Enora : D'accord !

Saphia : Génial ! Tu es toujours à l'agence ?

Enora : Oui, je ne suis pas encore rentrée.

Saphia : Je viens d'arriver chez moi, je
prends quelques bricoles et je repars. Je
passe te chercher et on fonce là-bas !

Enora : Parfait.

Avec un petit sourire satisfait, la jeune femme se leva.
— Je vais rejoindre Saph. Excusez-moi, mais si je veux être à l'heure au rendez-vous, il ne faut pas que je tarde.
— Comment ça ?
— Quoi ?
— Explique !
— N'importe quoi !

Les réactions virulentes étaient exactement celles auxquelles Enora s'attendait.

— Je pars sur les traces du mystérieux loup-garou en compagnie de Saphia. Je ferai en sorte qu'elle demeure bien éloignée du danger.

— Certainement pas ! Tu restes à l'agence, en sécurité !

— Kyrin, tu l'as dit toi-même, Saphia ne risque rien, donc moi non plus, surtout avec Sören pour veiller sur nous.

— Je serai là aussi, ajouta soudain Greta.

— Idem, surenchérit Lorie.

Enora vit le regard de Kyrin se durcir. Il avait eu la même expression, la veille, quand elle s'était proposée comme appât. Instinctivement, la jeune femme rentra la tête dans les épaules, redoutant que la colère du chef s'abatte. Pourtant, rien ne vint. Risquant un coup d'œil dans la direction du jeune homme, elle constata qu'il était comme figé. Sans doute analysait-il la situation, en dépit de ses réticences. Le silence s'était installé sur la pièce, chacun attendant le verdict.

— Après notre soirée d'Imbolc, Saphia ne trouvera pas anormal de nous voir débarquer, reprit Lorie d'un ton mesuré qui ne lui était pas habituel.

— De toute façon, il était prévu que Lorie reste à l'agence avec Geek. Et ne prétends pas que tu n'avais pas envie de me voir m'y terrer comme une bonne petite mamie bien sage. Je parie que tu avais décidé de me garder en ligne de mire toute la nuit, pour t'assurer qu'il ne m'arrive rien. Donc, nous ne manquerons pas aux effectifs de terrain.

— Vous pourriez faire votre soirée filles ici, fit enfin Kyrin. Invitez Saphia.

— Elle n'acceptera jamais. Saph est obsédée par cette histoire de loup-garou depuis un moment, et avec la photo prise par le gendarme, sa motivation est au summum, répondit Enora. Elle ne manquera une occasion pareille pour rien au monde, surtout si de nouvelles photos apparaissent. Elle ne s'attend pas à tomber sur le loup-garou, mais elle compte en tirer un article dans la lignée de ceux qu'elle a déjà publiés, et interroger des gens. Je suis sûre qu'à l'heure qu'il est, elle trépigne à l'idée de mettre la main sur Sexy Geek pour lui demander comment il a obtenu la photo.

— En fait, elle m'a déjà posé la question sous le post, confirma Eliott.

— Sans vouloir te vexer, Eliott, Sexy et Geek, ça ne va pas du tout ensemble, reprit Lorie. C'est même carrément un oxymore !

— Je suis un geek. Et je suis sexy, personne ne dira le contraire. Donc, ce pseudo me va parfaitement.

Non, il aurait été difficile de prétendre le contraire, en effet. Enora conclut de l'absence d'intervention de Kyrin qu'il ne comptait pas s'opposer à la petite promenade dans les bois... enfin, à travers le Morbihan, que les quatre femmes allaient faire ce soir. Son silence marquait néanmoins sa réprobation, tout comme son visage, plus granitique que jamais. Il savait que c'était la meilleure solution, mais ne pas se trouver sur place pour veiller sur elles le taraudait sûrement.

— Saphia est très entêtée, fit Lukas, soucieux, lui aussi. Je ne suis pas certain que vous arriverez à l'empêcher de prendre des risques.

— Raison pour laquelle nous y allons à trois. Sans compter Sören.

Greta se leva tout en parlant.

— Il y a un autre avantage à ma présence, ce soir, ajouta-t-elle. Je reconnaîtrai le Lébérou s'il ose se mêler à la foule. Je connais son odeur, et je le repérerai avant même qu'il se présente. Nous avons été proches, tous les deux. Très proches, même, conclut-elle avec un sourire ironique.

— Si tu aimes les poils, dis-le, vieille carne, lança Érick. Il est hors de question que tu me trompes avec un autre type sous prétexte que sa pilosité t'attire !

Quelques rires saluèrent cet échange. L'atmosphère s'en trouva allégée.

— Vous mettez micros et oreillettes, et à la moindre alerte, peu importe ce que pense Saphia, vous vous mettez à l'abri, ordonna Kyrin.

— Je vais vous préparer ça, annonça Érick en se levant à son tour. Et vous prendrez un de nos véhicules, ils sont tous renforcés, vous y serez plus en sécurité que dans le tacot d'Enora ou le bonbon rouge de Saphia.

La soirée promettait d'être étrange et palpitante ! songea Enora en enfilant une tenue plus pratique en vue de sa promenade à travers le Morbihan. On frappa à la porte. Oh ! Surprise totale ! Kyrin se tenait dans le couloir. Lorsqu'elle s'effaça pour l'inviter à entrer, le jeune homme secoua la tête.

— Il ne vaut mieux pas.

Enora piqua un fard. L'idée de tomber sur le lit dans un enchevêtrement de membres avait quelque chose de délicieusement attractif. Cela signifiait-il que Kyrin n'était pas contre un second round ? Ce n'était, hélas ! pas le moment d'aborder le sujet.

— Je serai prudente.

— Je sais.

Kyrin remarqua sa surprise.

— Si tu y allais seule, je m'inquiéterais. Mais là, tu seras accompagnée de personnes que tu aimes et que tu voudras à tout prix protéger. Donc, tu ne prendras aucun risque.

Enora en demeura sans voix durant quelques secondes. Kyrin avait bien cerné sa personnalité, devait-elle admettre.

— Je ne m'attendais pas à cet argument !

— Tu croyais que j'allais mentionner le fait que tu as trois gardes du corps surentraînés, dont deux capables d'arborer de redoutables crocs en une fraction de seconde ?

— Quelque chose comme ça, avoua Enora. Merci.

Ce fut au tour de Kyrin de paraître perplexe.

— De ne pas me traiter comme une petite chose fragile ou une enquiquineuse.

— Tu l'es.

— Fragile ou enquiquineuse ?

— Les deux.

— Je vais considérer ça comme un compliment, bougonna la jeune femme.

— Tu fais bien, parce que c'en est un. Au cas où tu ne l'aurais pas remarqué, dans cette famille, chacun endosse tôt ou tard le costume d'enquiquineur, certains plus que d'autres, d'ailleurs.

— À tout hasard, toi.

— Statut parfaitement assumé.

Enora se sentit fondre devant son air si grave, cette conviction qu'il avait de devoir protéger tout le monde. Elle avait voulu le taquiner, mais il considérait de son devoir d'enquiquiner les autres pour assurer leur sécurité. Elle se haussa sur la pointe des pieds. Constatant que même ainsi, elle allait avoir du mal à atteindre son objectif, elle posa les mains sur les épaules du jeune homme pour se stabiliser. Mieux valait s'éviter une chute le nez sur ses pectoraux en béton qui aurait sans doute tout fichu en l'air ! Puis elle l'embrassa. Les bras de Kyrin l'enlacèrent et sa langue vint cueillir la sienne. Enora sentit ses pieds décoller du sol lorsque Kyrin la souleva, la soutenant sans peine. Elle se raccrocha à sa nuque et verrouilla les jambes autour de sa taille, avec le sentiment qu'ils ne seraient jamais assez proches. Ce qui devait être un baiser bref se transformait en quelque chose de bien plus langoureux. Comment avait-elle pu le croire froid et distant ? Le feu couvait sous la glace, c'était l'évidence même. Si chaque départ en mission était précédé de ce genre de tête-à-tête, Enora voulait bien qu'ils multiplient les affaires !

Finalement, Kyrin abandonna ses lèvres. La respiration rapide, il posa le front contre celui d'Enora, le temps qu'ils reprennent leurs esprits.

— Je ferai attention, promit la jeune femme. Ce serait dommage qu'il m'arrive quelque chose avant que tu acceptes de franchir cette porte !

Kyrin fut secoué par un rire étouffé. Quelque chose avait changé dans son attitude, comme s'il s'était débarrassé d'un poids. Fallait-il y voir un effet de leur intermède de la nuit dernière ?

— Tu sembles si douce, si tendre, si innocente, et pourtant...

— Je sais ce que je veux, dans la vie, et j'assume mes envies. Ce n'est pas incompatible avec les charmants adjectifs dont tu me qualifies.

Kyrin soupira avant de déposer un baiser sur le coin de ses lèvres et de lui permettre de reprendre pied, au sens propre. À regret, Enora dénoua ses jambes. Il la laissa glisser le long de son corps, sans la quitter du regard, s'assurant qu'elle avait bien remarqué l'effet qu'elle avait sur lui. Puis, une fois qu'elle fut bien stable, il s'écarta et s'éloigna. Enora s'adossa au montant de la porte, le temps de se remettre de cet instant aussi bref qu'intense. Voilà qui était prometteur ! Non, vraiment, il ne fallait pas qu'il se produise quoi que ce soit de fâcheux, cette nuit, car il était hors de question que son histoire avec Kyrin, où qu'elle les mène, s'interrompe avant même de commencer ! Avec un petit soupir, la jeune femme rentra dans sa chambre pour finir de s'habiller en vue de son expédition nocturne

Chapitre 3
Promenons-nous en Bretagne

En rejoignant Lorie et Greta, après un détour par la salle de contrôle où Eliott l'avait équipée, Enora découvrit un spectacle inattendu. Deux labradors étaient en train de se poursuivre à travers le parking. De temps à autre, l'un des deux chiens sautait sur l'autre, avant de repartir à toutes pattes. Leurs aboiements retentissaient dans l'air nocturne. Par chance, les métamorphes aimant leur tranquillité et l'espace, il n'y avait pas de voisins, aussi l'exubérance des chiens ne risquait-elle pas de déranger.

— Sören a eu une bonne idée, commenta Greta. Ce garçon n'est pas aussi stupide qu'il veut bien le laisser croire.

— Oh ! Bien sûr ! J'aurais dû deviner que le deuxième

chien était Sören ! s'esclaffa Enora.

Celui qui arborait une mine vexée, sans aucun doute, ayant entendu la remarque de Greta. Car oui, un chien pouvait tout à fait sembler vexé, comme Enora le découvrait.

— Saphia ne s'étonnera pas que tu emmènes ton chien, puisque l'événement est surtout une promenade bon enfant, reprit la vieille dame. Et de cette façon, Sören sera en permanence avec nous, sans même avoir à se cacher.

— J'imagine qu'il aurait préféré prendre sa forme de renard. Il va devoir supporter le collier et la laisse.

La vieille dame portait une veste un peu légère au goût d'Enora. Elle le lui fit remarquer, provoquant un petit rire chez sa comparse.

— Je suis une métamorphe, ma douce. Je suis moins sensible que les humains aux températures. Et si j'ai vraiment froid, je peux toujours me faire pousser une petite toison, histoire d'ajouter une couche.

— Pas très sexy, mais efficace, commenta Lorie.

— Je t'assure qu'il est très agréable de se faire caresser sous forme animale. La forme féline est idéale pour cela, on est plus sensible aux stimuli.

— Épargne-nous les détails, Greta ! Je n'ai pas du tout envie d'imaginer Érick en train de te faire des papouilles !

Lorie venait d'exprimer à haute voix les réflexions d'Enora, qui se contenta de masquer son sourire dans son écharpe. Parler caresses la renvoyait immanquablement à Kyrin et à celles échangées la nuit dernière. Et à celles qu'elle comptait bien échanger avec lui prochainement !

La voiture de Saphia surgit à cet instant. Greta, qui avait perçu le bruit du moteur avant même que le véhicule apparaisse, avait fait rentrer Nemo. Ne restait plus que Sören, qui vint sagement s'asseoir aux pieds d'Enora. La journaliste trépignait, gardant un œil sur les commentaires de ceux qui avaient déjà foncé à Plouharnel sur les traces du loup-garou. Bien sûr, personne n'avait encore aperçu la bête. Il semblait que tout se déroulait selon le plan d'Eliott : les participants avaient migré en masse, sur les traces du mystérieux loup-garou, laissant ainsi le champ libre aux détectives.

Les quatre femmes et le chien s'entassèrent joyeusement dans un gros 4x4 que Greta manœuvrait d'une main de maître. Elles eurent tôt fait d'atteindre leur destination. Le village n'avait sans doute jamais vu déferler autant de monde un soir de février ! Bien vite, nombre de participants s'étaient dirigés vers les plages. Certains titubaient déjà, signe qu'ils avaient commencé la fête depuis un moment. Laissant l'initiative à Saphia, le quatuor commença à déambuler. Sören marchait en laisse aux côtés d'Enora. Si Saphia n'avait pas été aussi excitée à l'idée de mener sa petite enquête, elle aurait sans doute remarqué que « Nemo » adoptait une attitude inhabituelle : jamais le labrador n'aurait fait preuve d'une telle attention, n'hésitant pas à rappeler à l'ordre les quatre femmes lorsqu'elles s'éloignaient un peu trop les unes des autres à son goût. Exit l'adolescent fantasque, Sören révélait le garçon qui prenait sa mission au sérieux.

Une agitation soudaine s'empara des participants. Jetant un coup d'œil à l'écran de son téléphone, Enora constata que le loup-garou était à présent signalé dans une commune située à quelques kilomètres de là. Lorie, penchée sur elle, nota la nouvelle étape décidée par Eliott.

— Il est à Erdeven ! clama la jeune fille d'une voix de Castafiore.

Elle s'empara du portable et le brandit sous le nez d'un trio de jeunes gens arborant de fausses dents de vampire.

— F'est zénial, fe jeu ! zozota l'un des trois olibrius.

— On y va, les gars ! s'enthousiasma un de ses copains qui, lui, avait retiré son dentier pour parler.

Enora récupéra son portable, devançant Lorie, qui partait déjà à la rencontre d'un autre groupe, sans cesser de clamer partout « Il est à Erdeven ! ».

— Débrouille-toi avec le tien, fit Enora, comme la jeune fille faisait mine de le lui reprendre.

Une voiture s'immobilisa à leur hauteur. Un type maquillé en zombie sortit la tête par la fenêtre.

— Eh ! Les jolies, ça vous dit un petit tour ?

Enora entraîna Lorie pour rejoindre Greta et Saphia, à quelques mètres de là. Apparemment, le message n'était pas assez clair.

— Vous avez vu ? Le loup-garou est à Erdeven. Ça sert à rien de rester ici. Allez, venez, on vous emmène.

Elles ne répondirent pas. Lorie se tendit en entendant claquer des portières. Enora savait qu'elles ne risquaient rien : même sans compter Greta et Sören, Lorie à elle seule pouvait mettre à terre ces sales types. Sans compter qu'avec ses petits poings, Enora aussi pouvait leur en remontrer. Elle se remémora brièvement les conseils de Tim.

— Eh ! Faut pas nous snober !

Cette fois-ci, Lorie fit volte-face. Son visage s'était durci. Le type le plus proche leur sourit. Sans doute avait-il oublié son maquillage et pensait-il les amadouer en jouant de son charme.

— Nous ne sommes pas intéressées, fit la jeune fille d'un ton sec.

Alors que Zombie Charmeur s'apprêtait à insister, Sören se mit à gronder. Le labrador se posta devant les filles. Était-ce une illusion, ou le chien semblait-il soudain plus massif ? Enora jeta un coup d'œil à Greta qui, plongée dans son téléphone, ne prêtait aucune attention à l'incident. La vieille dame n'en manquait sans doute pas une miette, mais elle demeurait près de Saphia et laissait Sören et Lorie gérer le problème, puisqu'il mettait en scène des humains stupides. Vraiment très stupides, car le zombie tenta de passer outre le chien. Ce dernier bondit et claqua bruyamment des mâchoires à quelques millimètres seulement de sa cuisse, le faisant reculer d'un bond maladroit qui s'acheva dans les bras de ses amis, lesquels eurent les plus grandes difficultés à rester debout sous l'impact. Sans cesser de grogner, Sören s'avança aussi loin que la laisse le lui permettait. Il n'aurait aucun mal à la lui faire lâcher, songea Enora, qui commençait à s'inquiéter. Pour les idiots qui leur faisaient face, bien sûr. Sören fit mine de sauter sur eux, provoquant leur départ précipité jusqu'à leur voiture, dans laquelle ils s'engouffrèrent sans demander leur reste.

— J'étais capable de m'occuper de leur cas, bougonna Lorie, maussade.

— *Sören a fait preuve de clémence en s'interposant : avec toi, ils auraient fini à l'hôpital,* fit la voix rieuse de Lukas dans l'oreillette.

— Tu es sûre que Nemo va bien, Nora ? s'enquit Saphia en observant le chien d'un air suspicieux. Il m'a presque fait peur.

Sören s'assit et la contempla d'un air de gentil toutou inoffensif en battant de la queue.

— J'ai changé ses croquettes, ça doit être ça.

— Waouh ! Jamais je n'aurais imaginé que de simples croquettes pouvaient changer le comportement d'un animal à ce point. Où est passé le gentil Nemo qui fait la fête à tout le monde ?

— Il est de retour, regarde.

Le labrador s'approcha de la journaliste pour

quémander une caresse qu'elle lui accorda volontiers, non sans le contempler avec étonnement.

— Je vais peut-être faire une enquête sur la composition des croquettes, marmonna Saphia. Ce n'est pas normal, quand même.

Et voilà, problème résolu ! Saphia utilisait toujours tous les prétextes pour dénicher de nouveaux sujets d'articles, avec l'espoir que l'un d'eux aboutirait à un vrai sujet d'investigation qui lui vaudrait d'être remarquée par un journal important. Pour les croquettes, Enora n'était pas contre : après tout, autant savoir ce qu'elle donnait à son chien, afin d'opter pour le meilleur !

Elles regagnèrent le 4x4. Autour d'elles, il n'y avait déjà presque plus personne : les participants au « Loup, y es-tu ? » avaient foncé droit sur Erdeven, impatients de découvrir ce qui les y attendait.

Alors que Greta s'apprêtait à démarrer, Saphia, qui s'était attribué d'office le siège passager, l'interrompit.

— On retourne au point de départ.

— Comment ça ? demanda Lorie.

— C'était amusant de se balader dans Plouharnel et d'interroger les zozos déguisés. Ça me fera un petit article sur la vie locale pour *le Pays Breton*. Mais le but, c'est de trouver le loup-garou.

— D'où l'intérêt de ne pas traîner pour gagner Erdeven, intervint Enora.

Connaissant son amie, Erdeven risquait bien de ne pas

être au programme. Mais qui ne tentait rien n'obtenait rien, n'est-ce pas ?

— Nora, le loup-garou ne sera pas là-bas.

— Pourtant, la photo...

— C'est juste une photo bidouillée par un des organisateurs de l'événement, l'interrompit la journaliste. C'est évident. Sans compter qu'à mon avis, c'est le même gars qui se cache derrière Sexy Geek et Beautiful Guy.

Eliott était doué pour les mots de passe, beaucoup moins pour les pseudonymes. Un grognement dans l'oreillette apprit à Enora que le geek était vexé. Le petit appareil était dissimulé sous ses boucles noires, elles-mêmes bien tenues en place par son bonnet. Le micro, lui, était caché dans son écharpe.

— Le loup-garou agit toujours trois nuits de suite dans le même secteur. Si nous partons pour Erdeven, au lieu de nous rapprocher, nous allons nous éloigner. Et l'étape d'après, ce sera quoi ? Lorient ?

Un nouveau grognement fit sourire Enora : apparemment, c'était bel et bien ce qu'Eliott avait prévu. Voir ses actions anticipées ne lui plaisait pas.

— Donc, nous retournons au point de départ.

Comme Greta ne démarrait pas assez vite à son goût, la journaliste poussa un lourd soupir.

— Si j'avais su, j'aurais pris ma voiture. Greta, si vous ne me ramenez pas, et avec le sourire, je vous prie, je fais du stop et je trouve un gentil gars pour le faire.

Jolie comme elle l'était, Saphia n'aurait aucun mal à dénicher un volontaire pour jouer les taxis ! Greta en arriva à la même conclusion qu'Enora. Elle adressa à la journaliste un sourire trop éclatant pour être honnête avant de tourner la clef dans le contact.

— Tu feras moins la maligne quand je te collerai une double torsade à réaliser au tricot, ma petite.

La menace fit son petit effet. Saphia sembla se ratatiner sur son siège. Elle s'abstint sagement de faire la moindre remarque. Les hommes en patrouille n'avaient rien manqué de la conversation. Nul doute qu'ils devaient être ravis de les voir se jeter droit dans leurs pattes ! Enora échangea un regard avec Greta à travers le rétroviseur. La vieille dame haussa les épaules : leur rôle consistait à tenir Saphia éloignée du danger. Traquer la bête revenait aux hommes. En temps normal, Enora aurait trouvé cette répartition des tâches sexiste. Au moins, songea la jeune femme, les renforts seraient très vite sur place si, par malheur, elles croisaient le Lébérou !

— Qu'espères-tu si on trouve le loup-garou ? Tu vas sortir de la voiture, te planter devant lui avec ton appareil photo et ton enregistreur, et l'interviewer en exclusivité pour *Le Pays Breton* ? s'enquit Lorie.

— Bien sûr que non !

Saphia leva les yeux au ciel, montrant à quel point la question était stupide, selon elle.

— Si nous l'apercevons, nous le suivons pour essayer

de découvrir où se trouve sa tanière. Il vit forcément dans le secteur, si on regarde l'historique des attaques. Le vrai scoop, pour moi, serait de découvrir son identité et les raisons pour lesquelles il tue des femmes les nuits de pleine lune.

C'était plus ou moins le plan des Nielsen, à l'exception de la partie journalistique, bien sûr : cette fois-ci, ils avaient convenu de ne pas engager le combat en ville, sauf à ne pouvoir faire autrement. Ils préféraient filer le Lébérou pour s'occuper de son cas dans sa tanière, à l'abri de toute indiscrétion.

— Vous me promettez de ne pas répéter ce que je vais vous raconter ? reprit Saphia.

— Nous ne le dirons à personne, assura Greta.

Bien sûr, elles n'auraient pas besoin de le faire, puisque les garçons devaient être tout ouïe, à l'autre bout des oreillettes. Techniquement, elles pourraient tenir leur promesse.

— J'ai fait des recherches dans des livres de magie noire. Soit dit en passant les pratiques décrites dans ces bouquins sont révulsantes ! Bref, je me suis dit qu'il y avait bien une raison pour que le loup-garou vole les cœurs de ses victimes.

Saphia était bien plus avancée dans son enquête qu'Enora le pensait !

— J'ai découvert un rituel qui consiste à faire tout un tas de trucs sur les cœurs de treize sorcières.

— Il a tué plus de treize femmes, contra Lorie.

— Si mes recherches sur les victimes sont justes, alors les premières n'avaient aucun lien avec la magie. Je pense que le loup-garou a dû se tromper, ou découvrir par la suite qu'il lui fallait des cœurs de sorcières.

— Et d'après toi, il en serait à combien de cœurs de sorcières ? demanda Enora, le sien battant à grands coups dans sa poitrine.

Il n'y avait plus aucun doute : étant donné qu'elle n'était pas une sorcière, le Lébérou s'en était pris à elle suite au rituel d'Imbolc !

— Je dirais plus de dix. Mais le plus bizarre, c'est que, d'après le grimoire que j'ai consulté, la treizième victime doit venir à lui volontairement.

Un silence accueillit cette déclaration.

— Ah oui, en effet, c'est trop bizarre, ça, marmonna Lorie.

— Sérieusement ! s'esclaffa Saphia. Vous imaginez la scène ?

Elle ouvrit en grand les bras, manquant au passage éborgner Greta, qui recula la tête pour éviter de se prendre un coup.

— Tiens, mon loup-garou adoré, prends mon petit cœur palpitant, je te l'offre ! déclama la journaliste d'un ton grandiloquent.

Elle ramena les bras devant elle, avant de reprendre d'un ton normal.

— Quelle femme serait assez folle pour se sacrifier ainsi ?

— Bonne question, souffla Enora.

— *En parlant de bonne question, où diable s'est-elle procuré ce grimoire ?*

Ah ! Kyrin, qui était demeuré silencieux jusqu'à présent, revenait à sa source de préoccupation habituelle. Enora répéta sa question.

— C'est Sophie qui me l'a déniché.

Décidément, Sophie n'était pas une vieille dame comme les autres !

— Le contenu est aussi affreux que ça ?

— Nora, te connaissant, tu t'évanouirais ! C'est monstrueux. Même les petits sortilèges qui pourraient paraître inoffensifs ou sans grandes conséquences sont moches.

— Donc, tu n'as pas l'intention d'en tester quelques-uns ? demanda Greta, qui ne plaisantait plus.

— Ça ne risque pas ! Faire tomber les dents de quelqu'un, ce n'est peut-être pas aussi grave qu'arracher les cœurs de treize sorcières, mais c'est immonde, quand même ! Tant qu'à faire sauter quelques dents, je préfère que ce soit en donnant un bon coup dans les gencives, au moins, l'autre sait d'où ça vient !

Enora esquissa un petit sourire. Voilà, c'était Saphia : droit au but et pas d'histoire. Les petites mesquineries de filles, les coups en douce, ce n'était pas son truc. Elle fonçait droit sur la personne qui lui déplaisait et lui disait ses quatre vérités, quitte à s'aider d'un peu de persuasion physique si besoin.

— Je suis surprise que Sophie t'ait mis un livre pareil entre les mains, tout de même, reprit Greta.

— Quand je lui ai demandé si elle n'avait pas peur que je m'en serve pour réduire les gens en esclavage ou me faire vénérer comme une déesse, elle m'a répondu avec un petit sourire : « Je ne me fais aucun souci à ce sujet. »

Greta parut se détendre. Elle avait confiance en son amie, de toute évidence.

— Bref, conclut la journaliste, vous imaginez un peu le scoop que ce serait, si je découvrais l'identité du loup-garou, sa cachette, et ce qu'il fait des cœurs de ses victimes ?

Oui, sans problème ! Cependant, si Enora souhaitait tous les succès possibles à son amie si volontaire et talentueuse, elle n'avait pas la moindre envie de la voir approcher du Lébérou !

Comme la voiture s'engageait sur l'avenue menant au centre-ville, une silhouette se dressa soudain au milieu de la chaussée. Enora identifia un uniforme. Quelques mètres plus loin était stationné un véhicule de gendarmerie.

— Un contrôle, il ne manquait plus que ça ! s'esclaffa Lorie. Notre soirée est palpitante !

Entre le monstre aperçu en ville la nuit précédente et l'événement Facebook, nul doute que les patrouilles avaient été renforcées. Peut-être faudrait-il orienter les gendarmes en direction d'Erdeven ? Zombie Charmeur et ses potes auraient bien eu besoin d'un petit contrôle.

Le militaire attendit que la vitre se baisse pour les saluer, tout en examinant rapidement les passagères. En reconnaissant Saphia, il fronça les sourcils. La journaliste, très à l'aise, lui renvoya un immense sourire.

— Jon ! Pour une surprise !

— Saphia... Dans quels ennuis es-tu encore en train de te fourrer ?

Ah ! L'homme la connaissait bien. Enora était prête à parier qu'il s'agissait d'un de ses ex.

— Mais aucun ! protesta Saphia avec un peu trop d'énergie, sans doute. Jonathan, quand même, tu me connais !

— Justement. Où allez-vous comme ça, mesdames ?

— Je ramène ma petite-fille et ses amies à bon port, intervint Greta.

Enora haussa un sourcil : qu'est-ce que c'était que ce ton chevrotant et ce doux sourire dégoulinant de miel ?

— Avec ce monstre qui rôde en ce moment, je ne veux prendre aucun risque, ajouta la vieille dame, à fond dans son rôle de petite mamie inoffensive.

À ses pieds, Enora sentit Sören s'agiter.

— C'est plus raisonnable, madame, en effet. Ramenez-les directement et surtout, ne vous attardez pas dans la rue, on ne sait jamais.

— C'est tellement rassurant de savoir que des hommes braves et solides comme vous veillent sur la sécurité des citoyens de cette ville, susurra Greta en posant un regard empli de gratitude et d'admiration sur le militaire.

Enora donna un coup de pied dans le siège avant, espérant que la vieille dame comprenne le message : elle en faisait un peu trop ! Sören produisait des toussotements, à présent. Sans doute était-ce sa façon de rire, sous sa forme de chien. Après un dernier regard méfiant en direction de Saphia, le gendarme rendit ses papiers à Greta et les salua.

— Il a pris du ventre, mon petit Jon, ricana Saphia. Il a toujours eu un faible pour le kouign-amann.

— Ce qui est merveilleux, avec toi, Saphia, c'est que partout où on va, on tombe sur un de tes ex !

— C'est pour compenser les tiens, qui sont trop peu nombreux pour qu'on risque de les croiser à tous les coins de rue, Nora.

Enora songea qu'à l'autre bout des oreillettes, Lukas et Kyrin ne manquaient rien de leur conversation. Si Lukas savait très bien à qui il avait affaire – et son propre historique ne plaidait pas en faveur d'une jalousie mal placée ! –, Kyrin et elle, en revanche, n'avaient pas encore abordé cette question. Ce n'était pas vraiment le moment d'en débattre ! La jeune femme se renfrogna : beau comme il l'était, Kyrin devait avoir son lot d'ex, lui aussi. Tant qu'elles demeuraient dans cette catégorie, celle des ex, cela lui convenait très bien ! C'était une bonne idée, ces pierres enchantées, vraiment ! Cela lui éviterait de songer à plonger dans ce fameux rituel pour faire tomber des dents... Elle sursauta et se gifla mentalement : rien, absolument rien, ne justifiait d'infliger ça à quelqu'un ! Un frisson la parcourut : elle commençait à comprendre combien il était facile de céder à l'attrait de la magie sombre...

— Alors, que fait-on, à présent ? demanda Greta, comme le port de plaisance apparaissait.

— Garez-vous ici, décréta la journaliste en désignant un emplacement stratégiquement placé à un carrefour. On éteint les phares et on attend en croisant les doigts. Se promener dans la rue serait dangereux et peu productif, à mon avis, donc il n'y a plus qu'à se mettre en planque.

Elle fouilla dans son sac pour en sortir son portable.

— La prochaine fois, faites-moi penser à demander à Sophie un grimoire de magie blanche. Il doit bien y avoir des sortilèges pour repérer une personne précise.

— Traquer les gens, c'est un peu malsain, non ? osa Lorie, qui devait penser à son petit pendule, si Enora se fiait à son sourire en coin.

— Ah ! Un type du nom de Jaguar vient de poster une nouvelle photo : le loup-garou serait à Plouhinec. Et les hypothèses sur sa prochaine étape vont bon train.

Saphia agita son portable, fière de démontrer que sa théorie, selon laquelle les organisateurs du jeu de piste les éloignaient peu à peu du point d'origine, était juste. Enora soupira avec discrétion : la peste soit de son amie trop futée !

Chapitre 4
Le présent parfait

Un coup d'épée dans l'eau, voilà comment l'on pouvait résumer cette opération nocturne.

— Pas l'ombre d'un poil de Lébérou, soupira Eliott.

— C'était prévisible, commenta Lorie. Nous nous y attendions tous. À la seconde où cet événement a été organisé, nos chances de le neutraliser sont devenues proches de zéro.

La déception n'en était pas moins vive.

— Allez, tempéra Enora, nous avons tout de même une petite consolation. Saphia, sans le vouloir, nous a permis d'avancer avec cette histoire des cœurs de treize sorcières.

Les quatre femmes avaient déclaré forfait vers trois heures du matin. Sören, transformé en renard, avait discrètement escorté Saphia jusque chez elle et Lukas avait patrouillé encore un long moment dans le secteur. Kyrin préférait ne pas s'attarder sur l'idée qu'Enora allait devoir rester parmi eux jusqu'à la prochaine pleine lune, puisqu'ils n'avaient pu mettre le Lébérou hors d'état de nuire, car cela le rendait un peu trop joyeux.

Pour autant, ils n'allaient pas pouvoir se reposer sur leurs lauriers : ils avaient une agence à faire tourner, d'autres enquêtes à mener, bref, de quoi s'occuper. Aussi étaient-ils tous réunis dans la cuisine pour le petit-déjeuner, après quelques brèves heures de sommeil. Kyrin avait longuement hésité devant la porte de la jeune femme en rentrant de patrouille, avant de tourner les talons pour regagner, en solitaire, son lit. Ils devaient discuter avant toute chose, même s'il mourait d'envie de se perdre à nouveau dans ses bras.

— Nous allons poursuivre nos recherches sur le Lébérou, mais il va falloir mettre l'enquête un peu en sourdine, vu la charge de travail que nous avons, expliqua le jeune homme à Enora. À ce propos, Geek, tu mettras une annonce dans *Garou Magazine* : il est temps de recruter quelques détectives supplémentaires.

— *Garou Magazine* ? répéta Enora, perplexe.

— Le premier webzine top secret dédié à la communauté surnaturelle, expliqua Eliott avec fierté. J'en suis le rédacteur en chef.

— Si Saphia savait qu'un tel magazine existe, elle postulerait tout de suite ! s'esclaffa la jeune femme.

— Pourquoi veux-tu recruter plus de monde ? s'enquit

Lorie, ramenant la discussion au sujet premier.

— D'une part, ça fait un moment que nous sommes débordés. Je songeais à embaucher deux ou trois nouveaux agents très bientôt, pour que nous puissions souffler un peu. D'autre part, les patrouilles des deux dernières nuits montrent que nous ne sommes pas assez nombreux pour quadriller la région avec efficacité quand une grosse affaire nous mobilise. Nous ne pouvons pas être sur le pont jour et nuit, non plus. Donc, ça me semble le bon moment pour prendre un peu d'expansion.

Ce n'était pas une décision anodine : jusqu'à présent, leur petite entreprise était restée exclusivement familiale. Intégrer de nouveaux membres extérieurs à leur meute ne pouvait se faire en un claquement de doigts. Kyrin observa la tablée, déchiffrant les expressions. Ils étaient surpris, à l'exception de Lukas, avec qui il avait déjà évoqué la question quelque temps auparavant. Son frère étant son bras droit, il discutait souvent avec lui des décisions à prendre quant au fonctionnement de *Nielsen Investigations*. Érick conservait un visage neutre. Tel qu'il le connaissait, Kyrin pouvait parier que le vieil homme était partagé entre la joie de voir l'agence grandir encore et l'inquiétude que cette situation inédite suscitait en lui. Kyrin n'avait pas eu l'occasion d'aborder le sujet avec son grand-père. Il avait pensé avoir le temps de le faire, mais les événements des derniers jours précipitaient les choses. Trouver des candidats, les recevoir, les évaluer, les former, cela prenait du temps. S'il voulait qu'ils soient un minimum opérationnels à la prochaine pleine lune, il n'y avait pas de temps à perdre.

— Lukas, tu te chargeras de la sélection et des premiers entretiens, reprit Kyrin. Une fois que tu auras réduit le nombre de candidats, je prendrai le relais. Tu peux te faire seconder, si nécessaire.

Tim hocha la tête pour signaler qu'il se portait volontaire. Kyrin n'en fut pas surpris. Le jumeau tranquille et observateur était bon juge des caractères.

— L'annonce est en ligne, annonça Geek. Je me chargerai de creuser un peu le passé des candidats, avant de transmettre à Lukas. Ils ont consigne de passer par la messagerie, tu ne seras pas embêtée par des appels, en principe, Enora. Si tu en as, ce n'est même pas la peine de les transmettre. S'ils ne sont pas capables de respecter une consigne toute simple, on ne pourra pas travailler avec eux.

Une fois de plus, leur petite équipe fonctionnait à merveille. Les tâches étaient réparties spontanément en fonction des compétences de chacun. Il n'y avait plus qu'à espérer que l'intégration de nouveaux éléments ne viendrait pas perturber ce bel équilibre.

— Vous vous attendez à beaucoup de candidatures ? s'enquit Enora.

— Il y en aura un certain nombre, sans doute, répondit Lukas. Mais peu correspondront à ce que nous recherchons.

— Les groupies, le retour, devina la jeune femme, amusée.

La grimace de Lukas fit rire les autres.

— Il y aura aussi ceux qui se prennent pour des cow-boys, ajouta Eliott. Et les espions.

Enora ouvrit de grands yeux.

— Dans quoi ai-je mis les pieds ?

— Bienvenue dans notre monde, commenta Lorie.

— Je ne m'attendais pas à ça, quand Greta m'a proposé le poste ! Et moi qui craignais de m'ennuyer !

Enora se mit à rire. Kyrin ne put s'empêcher de ressentir une pointe d'inquiétude face à sa réaction : elle prenait trop bien les choses, comme si elle ne mesurait pas vraiment les risques.

— Bien sûr, pendant ce temps, on n'oubliera pas le Lébérou, conclut Kyrin.

Elle opina, recouvrant son sérieux. Kyrin en fut quelque peu rassuré : non, Enora n'était pas une écervelée, elle avait conscience de l'étrangeté de leur univers, même si elle n'en connaissait rien.

— Saphia va me prêter le grimoire de Sophie, annonça la jeune femme, non sans lui lancer un regard inquiet.

— Bien.

— Pas d'objections ? s'étonna Eliott après quelques secondes.

— J'ai confiance en Enora.

Un long silence accueillit cette déclaration qui les prenait tous pour le moins au dépourvu. Si Greta arborait un petit sourire en coin qui en disait long, ses frères en revanche, ouvraient des yeux ronds. Lorie, quant à elle, lui adressa un sourire d'encouragement. Enora était la seule dans la pièce à ignorer son passif avec Judith, elle ne pouvait pas vraiment prendre la mesure de ce que sa déclaration impliquait. Pourtant, Kyrin le pensait en toute sincérité. Il avait écouté leur conversation, la nuit dernière, et la façon dont Saphia avait rejeté la pratique de la magie noire avec un aplomb qui dénotait un esprit sain. Il avait pris conscience du fait que tous les humains n'étaient pas faibles comme l'avait été Judith. Si elle avait été plus âgée, Judith aurait-elle su mieux résister à la fascination ? Il ne le saurait jamais, et il était dix ans trop tard pour s'interroger. Judith appartenait au passé. Un passé douloureux, mais révolu. Seul le présent comptait, et ce présent, c'était Enora.

— J'ai un peu parcouru votre base de données informatisée, hier, reprit Enora, mettant fin à cet instant surprenant. Il n'y a que les rapports d'enquêtes, si j'ai bien compris.

— C'est déjà pas mal, fit Eliott. Surtout qu'on a dû numériser les plus anciens, quand l'idée de créer cette base de données nous est venue. Cinquante ans d'enquêtes, ça nous a pris un temps fou !

— Je me disais juste...

Elle s'interrompit, hésita.

— Non. Je me mêle de ce qui ne me regarde pas.

— Enora, tu fais partie de l'agence, à présent. Alors si tu as une idée, propose-la, et nous en discuterons.

Une soudaine rougeur colora les joues de la jeune femme, qui parut émue. Quoi ? s'interrogea Kyrin, déstabilisé. Qu'avait-il pu dire pour la mettre au bord des larmes ?

— Je fais partie de l'agence, murmura la jeune femme.

Un immense sourire éclaira son visage. Kyrin n'avait pas l'impression d'avoir dit quelque chose de si extraordinaire que ça, pourtant, lui aussi fut frappé par la signification de ses propos. Après avoir accueilli Enora avec froideur, lui avoir témoigné sa méfiance, lui avoir fait l'amour puis déclaré que ce n'était pas une bonne idée, il lui annonçait qu'il la considérait, lui, Kyrin Nielsen, le chef pas commode, comme membre à part entière de *Nielsen Investigations*, avec la mention « digne de confiance » en prime. Tout cela, en quelques jours seulement. Lui-même peinait à croire qu'il avait pu changer d'attitude à ce point, en si peu de temps.

— Tu en doutais encore ? la taquina Érick en lui tapotant la main.

— Non, mais... Il se passe tellement de choses que j'ai un peu de mal à m'adapter à toutes ces nouveautés !

— Alors, ton idée ? demanda Tim avec un léger sourire.

— Je pensais qu'on pourrait intégrer des documents sur les créatures surnaturelles que vous croisez, ou sur les rituels magiques comme celui des treize cœurs.

J'adore les livres, mais ça prend du temps de les consulter, surtout sans savoir ce qu'on y cherche, alors qu'avec un mot-clef, on pourrait trouver rapidement tous les documents relatifs à un sujet donné. Une sorte d'encyclopédie en ligne des êtres surnaturels. Et comme le système est ultra-sécurisé, personne ne risque de s'y introduire pour en voler les données.

Ils restèrent muets, stupéfaits.

— Mais pourquoi n'y avons-nous pas pensé avant ? finit par demander Lukas.

— Parce que nous avons toujours la tête dans le guidon ? proposa Eliott, dont le cerveau s'activait déjà.

— Parce qu'une fois l'enquête terminée, vous passez à autre chose ? suggéra Sören.

— Parce qu'à part Tim, nous n'aimons pas la paperasse et rester au bureau ? ajouta Lorie.

Elle se leva pour débarrasser sa tasse vide.

— Vous voyez que mes annexes vont s'avérer utiles ! clama-t-elle en pointant ses cousins d'un doigt vengeur. Ils se moquent de moi parce que je joins mes recherches sur les êtres surnaturels en annexe de mes rapports.

— *Mea culpa*, p'tite couz, répondit Lukas avec un sourire charmeur. Tu es la meilleure, nous aurions dû prendre exemple sur toi.

— Je vais m'occuper de te créer la section dans la base de données, lança Eliott en se levant d'un bond. Tu pourras commencer tout de suite à rentrer les annexes de Lorie.

— Kyrin ? Tu es d'accord ? s'enquit Enora, stoppant le bondissant Geek dans son élan.

Enthousiasmés par sa proposition, ses frères et sa cousine avaient validé l'idée sans penser à lui demander son avis. La réaction des autres démontrait qu'ils avaient saisi l'utilité de cette nouvelle corde à leur arsenal de détectives.

— Si tu as le temps, oui.

— Cool ! lança Eliott en repartant au pas de course.

Enora sursauta et se leva pour lui courir après.

— Il faut qu'on parle du mot de passe ! l'entendirent-ils crier.

Oui, décidément, elle s'intégrait parfaitement à leur famille si particulière.

— Ça tombe bien qu'Eliott ait poussé Enora à sortir, on va pouvoir parler de son cadeau d'anniversaire, lança soudain Lorie.

Les autres la regardèrent avec surprise.

— C'est dans un mois, insista la jeune fille. Rappelez-vous, je l'ai noté quand nous avons épluché son dossier.

— Oh ! ronronna soudain Greta en se tournant vers son mari. Et le quatorze février approche ! La Saint Valentin. Avec tout ça, nous n'avons pas fêté notre anniversaire de mariage.

Érick lui rendit son sourire.

— Et si nous passions une étape de notre lune de neige dans le Périgord, cette année, ma poule ?

— Quelle excellente idée !

— Dans le Périgord, à tout hasard ? releva Sören.

— Une envie de foie gras, bien sûr, rétorqua son grand-père.

— Et si nous nous ennuyons, nous mènerons peut-être une petite enquête pour voir s'il y a eu des meurtres de femmes les nuits de pleines lunes, il y a quelques mois, reprit Greta d'un ton badin.

— Peut-être même partirons-nous à la chasse au Lébérou, sur place, histoire d'interroger un spécimen et d'essayer de comprendre le nôtre.

— En voilà, un programme alléchant ! s'amusa Lorie. Vous savez vous distraire, c'est sûr !

— Je trouve ça effrayant, moi, intervint Lukas en se levant. Depuis quand êtes-vous d'accord sur tout ? Pas une dispute, pas une insulte... La Saint Valentin m'a volé mes grands-parents, vous savez, les deux vieux hargneux qui passent leur temps à ronchonner !

— Que prévois-tu d'offrir à Saphia ? susurra Greta.

Le jeune homme la toisa.

— Mon corps de rêve.

— Sans vouloir te vexer, Lukas, tu l'as offert à pas mal de nanas, alors ce n'est pas vraiment un cadeau rare, se moqua Lorie. Avec des fleurs, par contre, ça aura déjà plus d'effet.

— Et puis quoi encore ?

Vexé, Lukas se détourna pour ne pas croiser le regard narquois de sa cousine.

— Les fleurs, c'est éphémère, ça ne t'engage à rien.

— Les chocolats aussi, c'est éphémère, ajouta Greta.

— En plus, Enora pourra nous renseigner sur les préférences de Saphia.

— Vous voyez pourquoi je ne veux pas d'une femme dans ma vie ? Quand on commence une relation, il faut se préoccuper des dates, des cadeaux, ne pas oublier le petit bisou quand on se retrouve, le SMS de midi pour s'assurer que tout va bien, de signaler qu'on va rentrer en retard...

— Ce n'est pas obligatoire, argua Lorie.

— Mais fortement conseillé. Si on oublie de le faire, si on zappe la date de la rencontre, du premier baiser ou de la première nuit, Madame fait la tête.

— L'avantage, avec Saphia, c'est que les trois dates concordent, ricana Érick.

Lukas leva les yeux au ciel, mais renonça à argumenter. Il sortit d'un pas raide, ignorant les sourires que les autres peinaient à masquer.

— Ce qui est intéressant, avec tout ça, c'est qu'il n'a pas répondu que de toute façon, Saphia et lui, ça sera terminé dans quelques jours, conclut Greta, une fois certaine qu'il ne risquait pas de l'entendre.

— Bah ! fit Érick, c'est seulement l'attrait de la nouveauté. Saphia est charmante, mais le fait qu'elle ne se pâme pas devant lui et ne cherche pas à le retenir ou le mettre sur un piédestal suffit à expliquer qu'il ne soit pas déjà passé à autre chose.

Kyrin n'était pas tout à fait certain de la justesse de

cette analyse. Toutefois, imaginer Lukas assez épris pour renoncer à son mode de vie restait un peu trop spécial à son goût. Sans compter que Saphia n'était pas comme les dindes sur lesquelles son frère jetait habituellement son dévolu ! Les réticences pouvaient venir d'elle.

— Bon, et sinon, pour le cadeau d'Enora, que fait-on ?

Lorie avait toujours eu de la suite dans les idées. C'était à la fois sa plus grande qualité et son pire défaut. Difficile de détourner son attention ou de lui faire renoncer à quelque chose qui l'obnubilait. Sa fascination pour le « loup-garou » en était le meilleur exemple : elle avait creusé jusqu'à se retrouver nez à nez avec lui.

— Je vais lui prendre un foulard, annonça Greta.

— Je lui fabriquerai un petit bijou fantaisie dans mon atelier, décréta Érick.

— Tim, as-tu une idée ? demanda Lorie en se tournant vers son discret cousin.

— Elle aime les livres, nous pourrions trouver quelques titres qui lui font envie.

— Kyrin ?

Tous se tournèrent vers lui. Ils avaient compris, sans qu'il ait besoin de leur dire quoi que ce soit, qu'Enora occupait à présent une place particulière à ses yeux. Et encore ne savaient-ils pas tout ! Le choix d'un cadeau n'était donc pas si anodin que cela. Il repensa à ses tenues colorées, ses barrettes rigolotes, ses origamis, ses marque-pages coloriés, et soudain, il sut ce qu'il fallait à Enora.

— Un coffret d'aquarelle.

— Elle aime peindre ? s'enquit Lorie, perplexe.

— Aucune idée. Mais telle que je la connais, elle va adorer essayer.

Tim sortit son portable et commença à pianoter dessus. Surpris, ils le contemplèrent. Jamais le jeune homme n'agissait ainsi, c'était réservé à son jumeau. Il fallait qu'il éprouve une réelle affection pour Enora pour bondir aussitôt sur l'occasion.

— Quelque chose de ce genre ? demanda-t-il en tournant l'écran.

Le coffret de bois sombre, doté d'une poignée en cuir pour le transport, contenait une quarantaine de couleurs, ainsi que divers pinceaux et un plateau de mélange en faïence, et même, dans un petit tiroir, des feuilles.

— C'est parfait, décréta Lorie.

Kyrin était d'accord. Il imaginait déjà Enora, concentrée, en train de barbouiller une toile. Elle aurait vite fait de se mettre de la peinture sur la joue ou le nez, il n'en doutait pas une seconde. Cela dit, au vu de ses œuvres dans l'agenda, il vaudrait mieux qu'elle s'essaie à l'abstrait !

— Je le prends. Il faudra aussi un chevalet et quelques toiles vierges.

— Je les réserve en ligne, et tu iras les chercher à la boutique, annonça Tim, qui s'exécutait déjà. Ah, et au fait, j'ai aussi pris un livre pour apprendre les premières techniques de l'aquarelle.

Il releva la tête, satisfait de lui-même, et parut perplexe en découvrant leurs sourires moqueurs.

— Un livre, c'est toujours utile, argua-t-il.

— Personne ne dira le contraire !

Lorsqu'il quitta la cuisine, quelques minutes plus tard, Kyrin se surprit à attendre avec impatience le mois suivant, pour voir la tête d'Enora en découvrant son cadeau. Ce fut d'un pas léger que le jeune homme se lança dans une nouvelle journée d'enquêtes. Avec la certitude de retrouver, le soir venu, la jeune femme au sourire lumineux qui avait su se faire une place dans son cœur.

Chapitre 5

Une odeur de soufre

Kyrin contempla avec dégoût l'amas gluant qui fumait à ses pieds. Avec une grimace, il ôta de son épaule une substance spongieuse non identifiée. En vérité, il en avait partout sur lui, et seule une bonne douche permettrait de s'assurer que tout était parti. Quant à ses vêtements, mieux valait les brûler, ils étaient sans aucun doute irrécupérables. Kyrin dégageait la même odeur pestilentielle que le truc par terre, il en était à peu près certain.

Avec un soupir excédé, le détective se tourna vers l'homme qui s'était réfugié dans un coin de la pièce, dans l'attitude de l'enfant terrifié, recroquevillé sur lui-même contre un mur, les bras protégeant sa tête.

— C'est terminé.

L'homme risqua un regard entre ses bras, constata qu'il n'y avait plus de danger. Il se redressa lentement, craintif.

— Je suis désolé, balbutia-t-il.

— Quand on ne maîtrise pas la magie, on ne joue pas avec !

Le ton tranchant de Kyrin fit sursauter son interlocuteur, qui courba les épaules. C'était un mage raté qui se voyait plus talentueux qu'il ne l'était. Incapable de maîtriser ses sortilèges, Arnaud Franville perdait le contrôle de ce qu'il créait, provoquant régulièrement des catastrophes. À chaque fois, il appelait *Nielsen Investigations.* Techniquement, ce genre d'affaires n'entrait pas vraiment dans le cadre des enquêtes habituelles de l'agence. Cependant, vu la nature des risques générés par les tentatives de ce prestidigitateur du dimanche, Kyrin préférait intervenir. La première fois, Franville les avait embauchés pour rattraper un golem de terre qui avait pris la poudre d'escampette. Il venait à peine de s'installer dans la région, ayant connu quelques déboires dans l'ancienne ville où il habitait. Les fois suivantes, Kyrin avait chassé une nuée fantomatique de chauves-souris ou encore une goule affamée qui trouvait le magicien de pacotille comestible. Franville n'avait dû de ne pas finir dans l'estomac de sa créature qu'à la solidité de la porte de sa cave, qui avait résisté assez longtemps aux assauts de la goule pour que Kyrin arrive. Après chaque intervention,

Arnaud Franville le remerciait avec effusions, promettant de ne plus recommencer. En effet, il ne recommençait pas, puisqu'il inventait une nouvelle ânerie ! Depuis un an, Kyrin et ses frères intervenaient donc régulièrement pour rattraper ses bourdes.

Agacé, Kyrin franchit la distance qui les séparait à grands pas. Il attrapa l'homme par le col de sa chemise et le plaqua contre le mur avec rudesse. Leurs nez se touchaient presque. Le détective s'assura qu'il avait bien toute l'attention de l'autre avant d'énoncer en articulant lentement ce qu'il avait à dire.

— C'est la dernière fois, Franville. Recommencez vos conneries, et je vous tue moi-même, est-ce bien clair ?

— Vous... vous ne pouvez pas...

— On parie ?

Cela eut le mérite de clouer le bec de l'abruti.

— Vous êtes un danger public. Pour vous. Pour les autres. Pour toute la communauté surnaturelle. Mon boulot, c'est d'éliminer les menaces, justement.

Franville se mit à trembler. Il ne pouvait pas savoir qu'en dépit de ses affirmations et de son regard de psychopathe, Kyrin ne le tuerait pas de ses propres mains. En revanche, il en avait assez de risquer sa peau pour un imbécile qui ne savait pas reconnaître ses limites et son incompétence.

— La magie... elle m'appelle... J'essaie de résister, je vous jure...

La magie pouvait agir comme une drogue sur les

esprits faibles. Kyrin réprima un soupir. Il raffermit néanmoins sa prise sur le col de l'autre.

— Faites brider vos pouvoirs !

— C'est possible ? Je... je l'ignorais... Je vais chercher le sortilège pour...

— Non, bougre d'idiot !

Kyrin le secoua sans ménagement. Les dents de Franville s'entrechoquèrent tandis que des larmes envahissaient ses yeux de cocker. À le voir ainsi, contrit et effrayé, Kyrin avait l'impression d'être un bourreau. Pourtant, il savait que la manière douce ne fonctionnait pas sur cet idiot. En le bousculant ainsi, il espérait lui faire enfin rentrer un semblant de prudence et de sagesse dans la cervelle.

— Vous ne prononcez plus la moindre incantation, vous ne lancez aucun sortilège ! Plus jamais ! Vous appelez des gens compétents !

Kyrin le lâcha brusquement. Sans le mur dans son dos, Arnaud Franville se serait sans doute avachi à terre, tant il paraissait avoir du mal à tenir debout. Il avait compris le message. Jusqu'à la prochaine fois.

— Je vais appeler quelqu'un qui pourra s'en occuper, conclut le jeune homme.

Franville hocha la tête avec frénésie, soulagé. À ce stade, cependant, il aurait sans doute dit oui à tout et n'importe quoi. S'il refusait que l'on bride ses pouvoirs, cela poserait un vrai problème. L'éthique magique interdisait de le faire de force, bien sûr. D'un autre côté, le danger que représentait cet homme était trop important pour le laisser continuer à agir ainsi. Jusqu'à présent, le fait qu'il réside dans cette vieille ferme isolée avait permis de limiter les dégâts, mais tôt ou tard surviendrait une catastrophe. Des innocents pourraient en payer le prix.

Les yeux d'Arnaud Franville se portèrent soudain par-dessus l'épaule de Kyrin. À la manière dont ils s'écarquillèrent, le jeune homme comprit que les ennuis n'étaient pas terminés. Il se retourna à temps pour voir la masse gluante qui avait été une chose surnaturelle indéterminée grouiller sur le carrelage, avant de commencer à se rassembler pour prendre forme. De l'amas émergea une créature qui ressemblait à s'y méprendre à une grosse araignée. De la taille de Nemo, l'araignée. De grandes écailles recouvraient son corps, et ses huit pattes fines vibrèrent quand elle commença à se mouvoir. Ses antennes pointèrent en direction des deux hommes. Kyrin soupira en dégainant son épée : s'il pensait en avoir terminé, il s'était trompé, visiblement !

***

Enora, occupée avec les annexes de Lorie, sursauta lorsque le téléphone sonna. Elle n'avait pas vu le temps passer, tant ses découvertes du monde surnaturel étaient prenantes. La jeune femme avait aussi jeté un coup d'œil au fameux *Garou Magazine,* dont Eliott lui avait fourni les codes. Là encore, elle avait été de découverte en découverte. Il y avait de quoi alimenter la base de données également, ce à quoi elle s'attellerait dès qu'elle en aurait terminé avec les annexes. Ce travail était sans conteste le plus passionnant qui soit ! Il lui serait impossible de revenir à un petit poste de secrétaire lambda après ça !

— *Enora, c'est Kyrin. Peux-tu envoyer quelqu'un à l'adresse de ma dernière intervention ?*

— Il n'y a personne à l'agence. Attends, je regarde où sont les autres.

Enora ouvrit l'agenda et grimaça. Tous les détectives étaient partis pour la journée sur des affaires qui les éloignaient de l'agence. Lukas venait d'ailleurs de prévenir qu'il ne pourrait sans doute pas rentrer et lui avait demandé de lui réserver une chambre d'hôtel. Quant à Greta et Érick, la seule chose dont elle était certaine, c'est qu'ils avaient quitté l'agence une heure plus tôt, sans lui dire où ils allaient ni à quelle heure ils comptaient rentrer. Ils n'avaient pas de comptes à lui rendre sur leurs allées et venues.

— Je suis désolée, il n'y a personne.

— *Bon. Je rentrerai à pied, alors.*

— Qu'est-il arrivé à ta moto ? Tu as eu un accident ? Es-tu blessé ?

Enora sentit l'inquiétude l'envahir. Allons, si Kyrin appelait lui-même, c'est qu'il était indemne. Sa voix semblait normale. Cela dit, le connaissant, il était tout à fait possible qu'il soit en train de se vider de son sang quelque part, mais qu'il prenne sur lui pour ne rien laisser paraître ! Elle n'entendait pas de bruit en arrière-plan, donc, pas d'ambulances ou de policiers. De toute façon, Kyrin n'aurait jamais appelé des humains à son secours, à moins de ne pouvoir faire autrement.

— *Je n'ai rien. Ma moto a eu des démêlés avec une créature vindicative et elle n'a pas survécu, elle.*

— Je viens te chercher.

Enora raccrocha avant qu'il ait le temps de protester. Si Kyrin avait appelé pour que l'on vienne le chercher, c'est qu'il n'y avait plus le moindre danger, elle pouvait donc se rendre sur place. Il aurait refusé si elle n'avait pas mis fin à la communication. La jeune femme sourit quand le téléphone sonna. Elle s'abstint de répondre, bien sûr.

Munie de l'adresse dûment entrée dans le GPS, Enora se lança sur les routes. Certes, quitter la sécurité de l'agence pouvait sembler risqué, mais elle se trouvait dans sa voiture et se rendait directement au point de rendez-vous. Son portable sonnait régulièrement, signe que Kyrin avait très bien compris ses intentions. En conductrice respectueuse du Code de la route, elle ignora les appels insistants. Bientôt, elle laissa la ville derrière elle pour rouler au milieu des champs. L'adresse menait à une espèce de corps de ferme isolé. Ils devaient faire brûler du bois, remarqua-t-elle en apercevant de la fumée. En arrivant dans la cour, Enora pila net. Un énorme cratère occupait pratiquement tout l'espace. C'était de là que provenait la fumée. Peu rassurée, la jeune femme demeura dans sa voiture, mains crispées sur le volant, prête à enclencher la marche arrière et à fuir sur les chapeaux de roue. Un tas métallique gisait au pied d'un mur, lequel arborait un grand trou. Ce qui avait été une belle moto avait visiblement servi de projectile, avec un effet ravageur sur la décoration. Mais ce n'était rien à côté de l'homme qui contourna soudain le cratère. Enora battit plusieurs fois des paupières, éberluée. Oui, c'était bien Kyrin qui se dirigeait vers elle. Sa veste et son pull déchirés pendaient sur lui, et des taches suspectes maculaient son visage et ses habits. Il ne semblait pas blessé, toutefois. Il avançait à grands pas souples dans sa direction, tenant un sac à dos qui paraissait peser son poids.

Rassurée, bien qu'encore méfiante, Enora sortit du véhicule.

— Ne t'avise plus jamais de me raccrocher au nez ! Et quand j'appelle, tu réponds ! Qu'est-ce qui t'a pris de partir seule, sans protection ?

— Pas besoin de crier, je ne suis pas sourde.

Quelques jours auparavant, elle aurait été dans ses petits souliers s'il lui avait hurlé dessus ainsi. Kyrin en colère n'était pas un spectacle qui laissait indifférent. Surtout lorsque l'on était l'objet de cette colère. Enora était bien placée pour le savoir !

— Je suppose que tu as réglé le problème, reprit la

jeune femme en désignant le paysage ravagé.

— Comme ça fait deux heures que ça ne bouge plus, ça devrait être bon, grommela le jeune homme.

— Je ne suis pas sûre de vouloir savoir à quoi tu fais allusion. Rassure-moi, tu n'as pas planqué un cadavre en morceaux, dans ton sac ?

— Non. Il n'y a plus assez de morceaux pour analyser quoi que ce soit après cette explosion. Ce sont juste les livres de magie que j'ai confisqués pour que ce magicien du dimanche ne puisse plus provoquer de catastrophe dans les heures qui viennent.

Un frisson parcourut Enora. Elle observa le sol autour d'elle, à la recherche de morceaux suspects d'elle ne savait trop quoi. À juger l'état de Kyrin, celui de la moto et la taille du cratère, cela avait dû être énorme.

— Allez, partons, décréta le jeune homme.

Enora s'était à demi attendue à ce que Kyrin veuille prendre le volant. Cependant, il n'en fit rien. Il jeta le sac sur la banquette arrière. Au moment où il s'apprêtait à s'installer côté passager, la jeune femme réagit soudain.

— Attends !

Kyrin sursauta et se retourna d'un bond, une épée sortie de nulle part brandie devant lui, prêt à pourfendre une nouvelle menace. Qui n'existait pas. Enora soupira.

— Détends-toi. Il n'y a aucun danger.

— Tu m'expliques ?

Ce n'était pas une question, mais bien un ordre. Il

baissa sa lame, mais ne la rangea pas tout de suite, le regard parcourant toujours les alentours avec méfiance. C'était presque vexant qu'il ne la croie pas sur parole. Enora prit sur elle : allons, il venait de livrer un rude combat et était encore sur les nerfs, ce que sa présence accentuait. Enora ouvrit le coffre, en extirpa un plaid qu'elle vint déployer sur le siège pour le protéger.

— Même si Érick trouve que ma voiture est un tas de ferraille tout juste bon pour la casse, ce n'est pas une raison pour la pourrir davantage, fit-elle d'un ton hautain.

— Je pourrais aussi me déshabiller pour éviter de salir.

Enora sentit une bouffée de chaleur l'envahir. Un comble étant donné les températures hivernales ! Pourquoi diable fallait-il que Kyrin, toujours si sérieux, choisisse ce sujet pour plaisanter ?

Un petit sourire un peu trop sexy au coin des lèvres, il choisit de conserver ses vêtements – ou du moins ce qu'il en restait – leur épargnant sans doute une petite visite d'un fossé du coin, car Enora n'aurait pas été capable de se concentrer avec un Kyrin en tenue d'Adam à ses côtés, même enroulé dans une toge en plaid !

Ils montèrent en silence dans la voiture, Kyrin ne quittant pas le cratère du regard tandis que la jeune femme manœuvrait pour faire demi-tour. Comme ils s'engageaient sur la route, Enora plissa le nez.

— Qu'est-ce que c'est que cette odeur ? Tu es tombé

dans une fosse à purin ?

— Tu vas pouvoir enrichir la base de données, répondit simplement Kyrin en ouvrant la vitre pour aérer l'habitacle.

— Je sens que la lecture de ton rapport va être un grand moment.

— Désolé pour mon accueil, grogna le jeune homme en laissant sa tête aller contre l'appui-tête.

— Je fais partie de l'équipe, ne l'oublie pas. J'aime bien l'idée de débarquer sur mon fidèle destrier pour venir au secours du vaillant chevalier qui vient de terrasser le dragon.

— La prochaine fois, prends une de nos voitures. En cas de départ précipité, nous aurons plus de chance de nous en sortir, ironisa Kyrin en donnant un petit coup sur le tableau de bord.

— Je t'interdis d'insulter ma voiture ! Tu n'imagines pas tous les services qu'elle m'a rendus ! Elle est fiable et solide, c'est tout ce que je lui demande. Une voiture, c'est fait pour t'amener d'un point A à un point B, et la mienne m'a toujours menée à bon port.

Son discours amena un léger sourire sur le visage de Kyrin, qui s'abstint cependant de relancer le débat. Il avait fermé les yeux et semblait las. Au vu des dégâts sur place, la bataille avait été rude. Ils ne prononcèrent plus un mot durant le trajet. Enora s'efforça de faire abstraction de l'odeur nauséabonde qui lui parvenait en dépit de la vitre ouverte. Quel genre de créature produisait pareille odeur ? Était-ce une marque de fabrique des créatures du mal ? Après tout, le Lébérou sentait mauvais aussi ! Voilà un élément qu'elle mentionnerait dans la base de données, chaque fois qu'elle le pourrait. Cela pouvait s'avérer utile. Elle utiliserait le terme « puanteur » comme mot-clef.

Enora haussa un sourcil en apercevant une voiture inconnue garée sur le parking de l'agence, un homme grand et musclé se tenant debout à côté.

— Personne ne vient jamais, et pour une fois, une seule, que je m'absente, voilà qu'un client débarque.

Comme elle engageait son véhicule sur le parking, elle sentit Kyrin se redresser, aux aguets. Son visage n'arborait plus la moindre trace de fatigue. Dur, il fixait le visiteur d'un air mauvais qui n'augurait rien de bon. Il n'attendit même pas qu'Enora ait fini de se garer pour sortir de la voiture et foncer sur l'inconnu, à qui il envoya un coup de poing fulgurant.

Chapitre 6

Le revenant

L'autre homme encaissa le coup sans paraître particulièrement perturbé. Kyrin y avait pourtant mis toute sa force, Enora aurait pu le jurer ! Effarée, elle regarda l'homme qui ne perdait jamais son sang-froid – ou si peu – armer à nouveau le bras, prêt à en découdre. Celui qui lui faisait face devait bien faire une tête de plus et arborait une musculature impressionnante, ce qui n'était pas rien, car Kyrin était déjà lui-même plus grand et costaud que la moyenne. Il essuya le sang qui s'écoulait de sa lèvre fendue et se contenta de parer le coup suivant. Si Kyrin semblait enragé et déterminé à se battre, ce n'était pas le cas de son adversaire. Enora descendit de voiture sans quitter les deux hommes du regard, impressionnée, autant par la fureur de Kyrin que par le stoïcisme de l'autre.

Un éclair roux dans l'autre véhicule attira l'attention de la jeune femme, qui s'approcha pour regarder à l'intérieur. Là, de sous le siège émergeait une queue touffue rousse ponctuée d'anneaux plus clairs. Un animal se cachait, et à en juger les soubresauts de la queue, il tremblait de tous ses membres, le pauvre. Un coup d'œil par-dessus son épaule apprit à Enora que Kyrin continuait à essayer de frapper l'inconnu, lequel continuait à esquiver et parer les coups sans chercher à les rendre.

Elle ouvrit la portière avec d'infinies précautions, veillant à ce que l'animal ne puisse pas s'échapper.

— Coucou, fit-elle d'une voix douce.

La queue se recroquevilla, comme si la petite bête s'était rendu compte qu'elle dépassait et risquait de trahir sa présence.

— Tu ne crains rien, je ne vais pas te faire de mal.

Refermant avec délicatesse la portière, Enora s'assit sur la banquette arrière et se pencha pour observer la petite créature. Celle-ci s'était retournée et à présent, deux petits yeux noirs l'observaient avec crainte.

— Quel genre d'animal es-tu donc ?

La petite bête arborait un nez noir au milieu d'une tête arrondie aux oreilles droites. L'essentiel de la face était de couleur claire, un peu comme les anneaux de la queue, mais deux traces brunes, semblables à des traces de larmes, descendaient de sous les yeux. Le reste de son corps était d'une couleur brun-roux rappelant le pelage d'un renard. Pourtant, ce n'était pas un renard. On aurait dit un adorable mélange entre un ourson et un chat. Un panda roux ! comprit soudain Enora. Elle n'en avait jamais vu, pourtant, l'idée s'imposa comme une évidence. Pas plus gros qu'un chat, le petit animal semblait à présent un peu plus calme.

— Tu viens ?

Avec lenteur, pour ne pas l'effrayer, Enora tendit les mains, sans pour autant le toucher. Le panda roux l'observa durant de longues secondes. Dehors, assourdies par l'habitacle, les voix des deux hommes leur parvenaient.

— On dirait qu'ils ont enfin entamé le dialogue, s'amusa la jeune femme.

Entamé, entamé... C'était vite dit, rectifia-t-elle intérieurement en entendant Kyrin gronder. L'autre homme lui répondait avec calme, sans que les mots prononcés soient distincts pour Enora, tant sa voix était grave et basse.

Finalement, le petit animal s'extirpa de sa cachette et grimpa vivement sur les genoux d'Enora avant de venir se blottir dans son giron. Son pelage touffu était d'un brun rougeâtre sur la partie supérieure du corps, plus sombre ailleurs.

— Là, tout va bien.

Enora le caressa, sentant peu à peu le petit corps chaud se détendre contre elle. Elle sursauta lorsque la portière s'ouvrit à la volée et que l'inconnu tendit le bras vers elle, l'air menaçant. Il fut cependant tiré en arrière avec brutalité par Kyrin. Cette fois-ci, l'homme se rebiffa. Enora soupira.

— Ces hommes !

S'assurant que le petit panda était calme, elle s'extirpa de la voiture.

— Si vous pouviez vous arrêter...

Tentative couronnée d'échec.

— Les garçons...

Ils ne l'entendirent même pas. Calant le petit animal sur un bras, Enora porta deux doigts à ses lèvres et émit un sifflement strident. Cette fois-ci, elle obtint enfin une réaction. Pour un peu, elle aurait pu en rire, tant la scène était comique. On aurait dit un dessin animé sur lequel on aurait fait un arrêt sur image, Kyrin serrant d'une poigne de fer le col de l'autre, qui lui, avait stoppé un coup de poing en plein mouvement. Ils se ressemblaient étonnamment, en cet instant. Mêmes cheveux blonds et courts, mêmes yeux dorés. Enora aurait pu parier sans prendre de risque sur l'identité de l'inconnu.

— À un moment ou un autre, il va falloir que vous autres, Nielsen, appreniez à régler vos problèmes autrement qu'avec des coups ! les tança Enora.

— Lâchez mon fils !

Enora recula d'un pas, un peu inquiète devant la hargne affichée par l'homme. Il s'arrêta soudain, ses yeux dorés fixés sur le panda roux, toujours blotti dans les bras de la jeune femme. Kyrin, qui s'apprêtait manifestement à le retenir en le voyant prêt à se jeter sur Enora, sembla se calmer, fixant lui aussi le petit animal.

— Bon. Nous allons vous laisser discuter calmement. À mon avis, une douche ne serait pas du luxe, aussi.

Elle fit mine de renifler ostensiblement. L'autre homme affichait une allure à peine plus présentable que Kyrin, avec une barbe drue et une chemise débraillée et froissée.

— Pendant ce temps, nous allons nous installer dans la cuisine.

Elle baissa la tête pour sourire au panda.

— J'ai fait du brownie aux noix, tout à l'heure. Ça te dit ?

Elle fixa ensuite les deux frères, encore essoufflés après leurs retrouvailles musclées. Car elle n'avait aucun doute sur leur lien de parenté.

— Si vous êtes sages, nous vous en garderons. Sinon, tant pis pour vous.

Puis, les épaules bien droites, elle passa devant eux.

Kyrin aurait eu le plus grand mal à définir les émotions qui l'agitaient. Colère. Stupeur. Douleur. Une pointe de joie aussi. Il regarda Enora disparaître avant de se résoudre à se tourner à nouveau vers Arzian. Sans mot dire, les deux hommes se toisèrent. Arzian avait changé, pourtant, il était toujours le même. Bien sûr, il avait vieilli de dix ans, lui aussi, comme en témoignaient les rides qui ponctuaient le coin de ses yeux. Son visage large aux traits rudes, quoique beaux, avait perdu ce qui restait de rondeurs de la jeunesse. Il y avait aussi une lueur dans ses yeux, comme s'il était hanté par quelque chose. Pour le reste, il n'avait pas changé. Grand. Massif. Aussi impressionnant que l'ours en lequel il se métamorphosait. Stoïque, sauf lorsque l'on touchait à ce qui lui tenait à cœur. Alors qu'il avait fait preuve d'une maîtrise parfaite de ses gestes face à la colère de Kyrin, il avait soudain perdu les pédales en réalisant qu'une inconnue était montée dans sa voiture. Son fils ? La petite créature apeurée que tenait Enora était donc le fils d'Arzian ? Kyrin s'était souvent interrogé sur le devenir son frère. Il s'était même demandé s'il était seulement encore en vie. Étrangement, il ne l'avait jamais imaginé marié et bon père de famille.

— Je crois que nous avons beaucoup à nous dire, fit enfin Kyrin d'un ton mesuré aux antipodes de la rage qui l'animait encore quelques instants plus tôt.

Déjà, il s'en voulait d'avoir ainsi perdu toute maîtrise de lui-même. Cela ne lui ressemblait pas. Un maelstrom d'émotions l'avait submergé, lui ôtant sa capacité de réflexion. Il avait fait exactement ce qu'il recommandait à ses frères et à Lorie de ne jamais faire en situation de tension.

— Est-ce qu'il est en sécurité ?

Kyrin serra la mâchoire, avant de se détendre. Arzian ne connaissait pas Enora. Il était normal qu'il s'inquiète. Il n'y avait pas si longtemps que cela, lui-même se montrait réticent à l'idée qu'elle puisse approcher des siens.

— Il ne pourrait être plus en sécurité qu'avec Enora.

Ils échangèrent un regard empli d'incertitude. Autrefois, ils étaient proches. Très proches. Arzian avait à peine quinze mois de plus que Kyrin. Il avait été son modèle. Son mentor. Jusqu'à ce qu'il les abandonne, sans un mot.

— La douche d'abord. Les explications ensuite.

Arzian opina avant d'ouvrir le coffre pour s'emparer de deux sacs de voyage. Kyrin récupéra le sac à dos. Son frère n'avait jamais été un grand bavard. Quand on avait une carrure pareille, on n'avait pas besoin de discuter : un regard noir, des bras croisés sur la poitrine pour faire gonfler les biceps, et cela suffisait en général. Contrairement à Tim, il ne passait pas inaperçu. Lorsque le coffre se referma, Kyrin tourna les talons, certain que son frère lui emboîterait le pas. Ils n'échangèrent pas une parole tandis qu'ils pénétraient dans les locaux pour gagner la partie privative. Kyrin se dirigea vers son appartement et claqua la porte derrière lui, abandonnant Arzian dans le couloir, sans un mot. Certes, ils allaient avoir beaucoup à se dire, pour autant, il n'était pas prêt à pardonner à son frère son abandon. Si Arzian s'imaginait revenir en petit-fils et frère prodigue, autant mettre les choses au clair tout de suite : Kyrin ne comptait pas lui faciliter la tâche.

Ils n'avaient pas touché à l'appartement d'Arzian.

Greta avait insisté pour le garder intact, s'occupant d'y faire le ménage de temps à autre. Kyrin n'avait jamais compris son entêtement. Ils avaient dû effectuer des travaux pour aménager de nouveaux appartements à mesure que ses frères grandissaient, afin que chacun ait son logement indépendant, même s'ils aimaient tous la vie en collectivité. Pourtant, Greta n'en avait jamais démordu : pas question de toucher à celui d'Arzian pour l'attribuer à l'un des garçons. Contrairement à Kyrin, elle n'avait jamais douté qu'un jour, il reviendrait.

Kyrin se déshabilla avec des gestes machinaux, l'esprit en ébullition. Pourquoi donc Arzian revenait-il après tout ce temps ? Il avait un neveu ! Le jeune homme s'immobilisa, comme percuté par un poing. Un neveu. Aucun d'entre eux n'était prêt à fonder une famille, l'idée d'avoir des enfants était une perspective lointaine. Arzian avait abandonné sa famille pour aller en créer une autre, ailleurs. Colère et chagrin se disputaient en Kyrin, qui avait conscience de ne plus être objectif. Il était jaloux. Jaloux d'une femme inconnue et d'un enfant dont il ignorait tout, si ce n'était qu'il prenait la forme d'un panda roux. Pourquoi la mère de l'enfant n'était-elle pas là ? Il secoua la tête pour chasser ses pensées, trop confuses et empreintes d'émotions pour qu'il puisse réfléchir sereinement. Il régla l'eau sur une température froide, espérant que cela l'aiderait à remettre de l'ordre dans ce gigantesque bazar. Il devait recouvrer son calme avant que les autres reviennent.

Kyrin ne pouvait anticiper les réactions de chacun, mais l'irruption d'Arzian allait remuer des souvenirs pénibles et déstabiliser la famille. Ils s'étaient reconstruits sans lui, et voilà que son retour apportait un nouveau déséquilibre. Kyrin se devait de reprendre son calme, afin de gérer la situation.

***

Enora devina qu'elle n'était plus seule avec le petit panda. Levant la tête, elle vit le gigantesque Arzian dans l'encadrement de la porte. Il se déplaçait de façon étonnamment silencieuse pour un homme aussi imposant ! Il observait son fils qui, perché sur la table, se régalait des gâteaux de la jeune femme. Puis, son regard dériva sur Nemo, couché dans un coin de la cuisine, avant de revenir sur Enora. La jeune femme lui sourit avant de lui faire signe de s'asseoir, notant qu'il s'était rasé de frais.

— Je m'appelle Enora.

— Arzian.

— Lohan aime le chocolat ! s'esclaffa la jeune femme en voyant le panda roux qui récoltait consciencieusement les miettes.

— Il vous a dit son nom ?

Arzian parut surpris.

— Dire, dire... pas exactement.

Elle avait failli faire tomber l'assiette lorsqu'elle avait

réalisé que quelqu'un lui « parlait » en esprit. Les yeux ronds, elle avait observé la petite créature qui venait simplement de répondre à la question qu'elle avait posée sans espérer obtenir de réponse. Cela se faisait, de demander son nom à un nouvel ami, n'est-ce pas ? Même si elle bavardait juste par politesse et ne s'attendait pas à ce qu'il le lui dise. Puis, haussant les épaules, Enora en avait conclu qu'elle n'en était plus à une bizarrerie près. Voilà aussi qui expliquait comment elle avait compris à quelle sorte d'animal elle avait affaire, dans la voiture ! En réalité, c'était lui qui le lui avait soufflé. Au moins, elle pouvait communiquer avec le petit, qui se refusait à prendre forme humaine pour le moment. Cela ne l'empêchait pas de faire preuve d'une grande dextérité avec ses petites pattes : il avait même dévissé le bouchon de la bouteille de lait, impatient que la jeune femme lui en verse un verre !

— Quelle est votre place exactement dans la famille ?

Aïe ! Arzian s'exprimait comme s'il était dans son bon droit. Certes, étant donné qu'elle s'était occupée de son fils et qu'elle avait investi la cuisine familiale sans demander son avis à Kyrin, il n'était pas anormal qu'il pose quelques questions, mais la façon dont il le faisait était un peu dérangeante. Comme s'il ne venait pas de débarquer à l'improviste. Le ton était autoritaire, incisif. En vérité, cela lui rappelait Kyrin. Sauf que Kyrin était le chef et pouvait poser des questions de façon légitime. Enora décida de répondre sur un ton humoristique.

— Je suis la miss Moneypenny[1] de *Nielsen Investigations*. Super réceptionniste, grand manitou du carnet de rendez-vous, secrétaire tapant plus vite que son ombre et chauffeur de maître quand la moto est hors service.

Il n'esquissa même pas un sourire. Cependant, ayant déjà un peu pratiqué un spécimen de mâle Nielsen *a priori* imperméable à l'humour, Enora estima qu'il n'y avait pas lieu de se décourager.

— Et pour la famille ?

Cette fois, Enora fronça les sourcils, avant de comprendre. Elle lui avait parlé de la partie professionnelle, à présent, il voulait savoir où elle se situait sur un plan plus personnel. Elle n'allait certes pas lui expliquer que Kyrin et elle avaient transformé la table de la cuisine à laquelle il était installé en terrain de jeux pour adultes et qu'elle comptait bien tester avec lui les matelas de leurs lits respectifs !

— Je suis une invitée provisoire.

Elle posa une assiette devant lui. Il baissa la tête pour en contempler le contenu. Enora avait été généreuse, la garnissant non seulement de brownie, mais aussi d'une boule de glace à la vanille. Elle avait aussi fait couler un café.

---

1 Miss Moneypenny est, dans la saga des James Bond, la secrétaire de M, le patron de l'agent secret. Elle n'hésite pas à taquiner 007, à lui tenir tête aussi, et elle est l'une des rares à ne pas succomber à son charme... un peu comme Enora avec Lukas !

— Ah... Pas de punition, alors ?

Enora sourit. Un bon point pour lui, il ne manquait pas d'humour, tout compte fait. Ces hommes Nielsen n'étaient pas si compliqués à comprendre que ça, en vérité. Il suffisait d'en appeler à leur gourmandise pour les ramener à de meilleurs sentiments !

— Pas pour cette fois. Et puis, quelque chose me dit que vous allez avoir besoin de prendre des forces, parce que le reste de la tribu va bientôt arriver.

Avec un soupir las et une expression résignée, Arzian s'empara d'une cuillère qui semblait bien frêle dans sa main qui tenait plus du battoir que d'autre chose, et commença à manger. La façon dont il engloutit les premières bouchées indiquait qu'il n'avait sans doute pas mangé depuis plusieurs heures. Quelles que soient les raisons qui l'avaient ramené parmi les Nielsen, elles devaient être sérieuses.

— Veux-tu encore quelque chose, Lohan ?

L'enfant ne lui parlait pas dans sa tête à proprement parler, c'était plus comme si des images et des sensations naissaient dans son esprit. Le phénomène était étrange et difficile à définir. Comment, à partir de cela, avait-elle compris le prénom du petit ? Enora n'aurait su l'expliquer. Alors qu'elle se retournait, un éclair roux fusa sous son nez et le panda lui sauta dans les bras en tremblant.

— Allons, allons, fit-elle d'un ton apaisant en le caressant. Ton oncle Kyrin n'est pas un ogre, je t'assure.

Il est un peu ronchon, parfois, mais quand on le connaît, on s'aperçoit qu'il n'est pas aussi terrible qu'on pourrait le croire.

Le jeune homme s'était immobilisé. Si Enora ne l'avait pas observé à ce moment précis, elle aurait manqué l'expression peinée qui passa brièvement sur son visage. La pensée que son neveu le craignait le blessait, même si l'accueil qu'il avait réservé à Arzian expliquait la peur du petit. C'était sans doute pour cette raison que le panda était venu se réfugier auprès d'elle, plutôt que dans les bras de son père. Il craignait un nouveau débordement d'agressivité.

— Tu vas avoir du travail pour gagner le prix d'oncle de l'année, taquina la jeune femme, dans l'espoir de dédramatiser un peu les choses. Mais je ne doute pas une seule seconde que tu y arriveras ! Moi, en revanche, j'ai une cote d'enfer !

— Comme toujours.

Kyrin prit place face à son frère, après avoir contourné la table de façon à ne pas passer près d'Enora et de Lohan, évitant ainsi d'affoler davantage le petit.

— J'ai envoyé un message aux autres pour leur demander de rentrer dare-dare.

— Leur as-tu expliqué pourquoi ? s'enquit Arzian.

— Non.

Enora réprima un soupir en constatant que les deux se fixaient en chiens de faïence. Les retrouvailles s'annonçaient houleuses. Un coup d'œil à Lohan, toujours accroché à elle, la convainquit que le laisser assister aux explications qui n'allaient pas manquer d'avoir lieu était une mauvaise idée. Elle-même n'avait pas sa place dans cette réunion de famille à venir.

— Je vais faire visiter les lieux à Lohan, annonça-t-elle d'un ton joyeux. Laissez les couteaux à leur place, s'il vous plaît. Le rouleau à pâtisserie aussi. Et gardez un peu de gâteau pour les autres.

Ils ne lui répondirent pas, occupés à se défier du regard. Comme Arzian ne s'opposait pas à son initiative, elle adressa un grand sourire au panda.

— C'est parti pour la visite !

Nemo, perturbé par l'hostilité palpable qui régnait entre les deux frères, se leva pour leur emboîter le pas.

Chapitre 7
Retrouvailles

Greta s'arrêta sur le seuil de la cuisine, comme frappée par la foudre. Si elle avait été cardiaque, sans doute aurait-elle fait une crise. Son cœur bondit dans sa poitrine à la vue d'un visage qu'elle n'avait jamais désespéré revoir. Ainsi, Arzian avait achevé son périple et revenait parmi les siens.

Il tourna la tête et sourit, avant de déployer son immense silhouette. Était-il déjà aussi grand, à l'époque ? Ou bien avait-elle rapetissé avec l'âge ? Peu importait à la vieille dame, qui se laissa soulever et étreindre. Un instant, elle oublia tout ce qui l'entourait, avec l'impression qu'une bulle cotonneuse les enveloppait, les coupant du monde. C'était comme si la dernière pièce d'un puzzle venait de trouver sa place. L'absence d'Arzian avait laissé un manque que son retour comblait. Ce n'est qu'en reposant les pieds sur le carrelage que la réalité reprit ses droits.

Érick, le visage fermé, avait croisé les bras sur son torse en une attitude de rejet explicite typique des mâles de cette famille. Comme Kyrin, il avait mal accepté le départ d'Arzian, n'ayant pas compris ce qui l'avait motivé. Il n'y avait pire aveugle que celui qui ne voulait voir. Pour Greta, la décision d'Arzian, bien que brutale, n'avait pas été une surprise. Fidèle à son choix de passer la main à Kyrin, le vieil homme ne disait rien, laissant le chef donner le ton. Il ne se priverait cependant pas de manifester son opinion, à défaut de l'exprimer à haute voix. Il le faisait déjà. Le nouveau venu ne pouvait ignorer que son grand-père ne venait pas le saluer et le toisait durement. Arzian était le seul sujet de discorde entre Greta et son mari. Érick avait vu dans son départ une trahison. Envers eux, envers ses frères, envers l'agence. Elle avait vite renoncé à essayer de lui exposer son point de vue, car Érick se fermait totalement à la discussion dès que le prénom de son petit-fils était prononcé. Le temps passant, Greta s'était résignée à ce que son vieux têtu de bonhomme se refuse à comprendre ce qui avait motivé le départ d'Arzian. Voilà qui démontrait que le tout jeune homme qu'il était à l'époque avait eu raison. Partir avait alors été la seule option.

Derrière le vieil homme, les jumeaux arboraient la même expression de stupeur. Eliott se reprit néanmoins pour s'avancer vers son aîné et lui donner une franche accolade, qu'Arzian lui rendit en l'observant des pieds à la tête.

— Eliott. Tu n'as pas changé.

— Menteur ! s'esclaffa Geek. J'avais onze ans, la dernière fois, tu ne peux pas prétendre que je n'ai pas changé !

— Tu es toujours coiffé n'importe comment.

Eliott rit tout en passant les doigts dans ses boucles indisciplinées. Tim, prudent et silencieux, comme toujours, s'avança à son tour. Son regard attentif enregistrait les réactions de chacune des personnes présentes. Il tendit une main franche à Arzian, sans pour autant manifester une joie exubérante. Il réservait son jugement sur la situation, attendant de disposer de tous les éléments. Les plus jeunes de la fratrie avaient moins souffert du départ de l'aîné. L'écart d'âge faisait qu'ils n'étaient pas aussi proches de lui. Son retour ne revêtait pas la même signification pour eux.

— Toujours le nez dans les livres, Timothée ?

— Toujours.

Tim esquissa un sourire. Ces deux-là avaient toujours été les taiseux de la fratrie. Ils se ressemblaient plus que ne le laissaient penser leurs physiques si différents de prime abord.

Arzian se tourna ensuite pour contempler la jeune fille qui attendait, un peu incertaine sur la conduite à tenir.

— Lorelei ?

— Je préfère qu'on m'appelle Lorie.

Un peu perdu, Arzian hésita. Sans doute s'interrogeait-il sur la présence de sa cousine parmi eux.

— Tu vis ici ?

Il n'osait pas demander franchement s'il était arrivé malheur aux Klein pour que Lorie atterrisse parmi eux, comprit Greta. En dix ans, il se produisait nombre d'événements, heureux comme tragiques. Arzian était de retour, mais sa longue absence en faisait désormais un étranger. Car Greta ne doutait pas que ce n'était pas juste un passage éclair. Arzian était prêt à reprendre sa place parmi eux.

— Je fais partie de *Nielsen Investigations*, annonça fièrement la jeune fille.

Un large sourire éclaira son visage et elle vint déposer un baiser sur la joue de son géant de cousin, se haussant sur la pointe des pieds pour atteindre sa joue. Heureusement qu'il se pencha légèrement, sinon, jamais elle n'aurait réussi !

— Tu ressembles tellement à maman, murmura Arzian.

— Et j'ai aussi mauvais caractère. Gare à toi ! Je suis peut-être la seule fille au milieu de vous tous, mais je peux te garantir qu'on ne me laisse pas dans un coin !

— On attend le retour de Sören et Lukas avant de lancer les explications, ça évitera de nous répéter.

Le ton mesuré de Kyrin ne trompa pas Greta. Elle les connaissait mieux que quiconque, ses garçons ! Ainsi, elle savait combien le jeune homme devait prendre sur lui pour demeurer calme, alors qu'il devait bouillir de colère. Quelque chose soufflait à la vieille dame qu'il rêvait de se jeter à la tête de son frère et de le rouer de coups pour exprimer dix ans de frustration. Elle soupira discrètement : cela n'allait pas être facile de mettre à plat une décennie de rancœurs et d'incompréhensions. Lorsque Sophie lui avait annoncé des bouleversements, lui conseillant de reporter sa chère lune de neige, Greta n'avait pas imaginé à quel point les changements seraient intenses ! Enora qui entrait dans leur vie, parvenait à toucher enfin le cœur de Kyrin, à faire voler en éclats ses certitudes et craintes les plus anciennes, et maintenant Arzian qui revenait, cela faisait en effet beaucoup de rebondissements dans leur vie !

Lukas fit irruption dans la cuisine, une expression inquiète sur son beau visage. Ne sachant pas les raisons de la convocation de Kyrin, il avait dû s'imaginer le pire. Le jeune homme se statufia un instant à la vue du revenant, avant de bondir à la vitesse de son félin pour lui flanquer son poing dans la figure, les traits tordus par la rage. Arzian aurait pu esquiver ou parer. Il n'en fit rien, laissant son frère le frapper. Même s'il était parti pour de bonnes raisons, il savait que la façon dont il s'y était pris avait blessé les siens. Il acceptait les représailles.

— Tu oses revenir comme une fleur ! gronda Lukas.

Comme il s'apprêtait à frapper à nouveau, Kyrin posa

une main sur son bras. Le jeune homme se tourna vers son frère, le regard empli de colère.

— Ne prétends pas que tu n'as pas envie de lui casser la gueule !

— C'est déjà fait.

Lukas inspira fortement avant de baisser le bras. Il le faisait à contrecœur, et uniquement parce que Kyrin le lui avait tacitement demandé. Comme Greta s'y était attendue, il rejoignait le clan hostile, qui comprenait déjà Kyrin et Érick. Même s'il était le troisième de la fratrie, Lukas avait également subi de plein fouet les retombées du départ d'Arzian et lui en tenait rigueur. À dix-sept ans, il avait lui aussi perdu un grand frère qu'il admirait et sur lequel il avait inconsciemment voulu se reposer, juste après avoir perdu ses parents.

— Je propose que nous nous installions en attendant Sören, fit la vieille dame.

Ce fut dans un silence tendu qu'ils prirent place. De nombreux regards s'échangeaient, prudents, curieux, méfiants ou encore emplis de rancœur. Si Érick n'avait toujours rien dit, il avait adopté cette attitude granitique dont Kyrin avait hérité. Ce dernier arborait un masque neutre, celui du chef et non celui du frère. Lukas, lui, ne cachait pas ses sentiments.

Greta s'activa à préparer les indispensables cafés. Pour une fois, personne ne se leva pour l'aider, pas même Lorie, qui se tenait un peu sur ses gardes, ne sachant trop quelle attitude adopter. La jeune fille était heureuse de retrouver un cousin, mais l'hostilité de Lukas et Érick et la fausse neutralité de Kyrin ne pouvaient que lui sauter aux yeux. Ce n'était pas une joyeuse réunion de famille ni d'émouvantes retrouvailles. Greta n'exigea pas qu'ils viennent la seconder. L'atmosphère était si électrique qu'il suffirait sans doute de peu pour enflammer les choses. Mieux valait qu'ils restent tous assis à leur place. Elle ne pouvait pas prendre parti pour l'un ou l'autre de ses petits-fils, car elle comprenait les motivations de chacun et surtout, elle les aimait autant l'un que l'autre. C'était à eux de résoudre leurs différends, c'était à Arzian d'expliquer ce qui s'était passé, c'était aux autres à accepter, ou non, de lui pardonner. Elle ne pourrait que leur apporter, à chacun, son soutien.

— Vous faites un Roi du silence ?

La voix joyeuse et ironique de Sören retentit de façon incongrue dans la cuisine silencieuse. Le choix de cette pièce n'était pas anodin. Même si Kyrin était furieux et blessé par la désertion et le silence d'Arzian, il avait choisi d'organiser la réunion dans cette pièce, plutôt que dans la salle de réunion impersonnelle de l'agence. La famille restait la famille, même lorsque les liens étaient distendus. Il ne s'agissait pas d'un tribunal, mais bien d'un conseil de famille. Cela donnait bon espoir à la vieille dame que les choses s'arrangent, avec le temps.

L'adolescent passa en revue les personnes installées autour de la table. Il haussa un sourcil en découvrant celui qui était presque un inconnu pour lui.

— Non, mais je rêve ! L'ours est sorti de sa tanière ! C'est gentil de venir nous rendre une petite visite.

Comme souvent, Sören distillait le chaud et le froid. Il y avait autant de chaleur que de critique dans ses propos, ce qui reflétait sans doute son tiraillement intérieur. L'adolescent était heureux de retrouver ce frère perdu de vue depuis si longtemps, tout en lui reprochant son absence. Une fois de plus, Arzian ne réagit pas. Il examina son plus jeune frère avec attention, comme s'il essayait de retrouver dans ses traits d'adolescent la bouille enfantine dont il avait gardé le souvenir. Sören passa derrière lui pour venir s'asseoir et lui frappa sur l'épaule au passage. Fort. Salut amical autant que mesure de rétorsion. Ce fut pourtant lui, et non Arzian, qui grimaça. Ce dernier avait toujours eu des muscles en béton, et la main de son petit frère venait d'en faire l'expérience.

— Bien. Puisque nous sommes tous là, commençons.

Kyrin se tourna vers leur invité-surprise.

— Nous t'écoutons.

Les regards se rivèrent sur Arzian, qui se redressa lentement, comme pour se préparer à se lancer dans l'arène. Il avait toujours été taciturne, pourtant Greta décelait en lui une douleur profonde, une grande lassitude, et peut-être même de la peur. Une douleur, une lassitude, une peur qui l'avaient amené droit à eux.

Chapitre 8
Mises au point

Kyrin éprouvait les plus grandes difficultés à demeurer en colère. L'attitude d'Arzian y était pour beaucoup. Son frère acceptait l'hostilité de certains d'entre eux avec stoïcisme. Il n'avait pas riposté lorsqu'il l'avait frappé, pas plus qu'il ne l'avait fait lorsque Lukas lui avait sauté dessus. Arzian n'avait jamais été du genre à encaisser les coups sans répondre, pas même venant de ses frères.

— J'ai passé ces dernières années en Chine. Je n'avais pas prévu de m'y attarder, encore moins de m'y installer, mais j'ai rencontré une femme. Une Chinoise. Nous nous sommes mariés.

— Où est-elle ? demanda Lorie, déjà ravie à l'idée d'une autre présence féminine.

Le visage d'Arzian se crispa, et Kyrin sut ce qu'il allait leur annoncer avant même qu'il ouvre la bouche.

— Elle est morte il y a quatre mois.

Un silence accueillit cette triste nouvelle. Ils se trouvaient dans une situation inconfortable : ils n'avaient pas connu cette femme, et Arzian n'avait pas donné signe de vie durant tout ce temps. Lui exprimer leurs condoléances aurait été étrange. En dépit de la sobriété avec laquelle il s'exprimait, Arzian souffrait de cette perte. Kyrin songea au petit panda roux lové dans les bras d'Enora.

— Et donc, là, tu t'es souvenu que tu avais une famille dans le coin et tu t'es dit que ce serait sympa de venir nous faire un petit coucou ?

— Sören ! s'exclamèrent Greta, Tim et Lorie, choqués.

— Ton niveau d'empathie est désastreux, soupira Eliott.

— Sören, tu la fermes jusqu'à nouvel ordre, énonça Kyrin.

L'adolescent dut prendre conscience de ce que sa façon de présenter les choses avait de déplacé, car il se dandina sur son siège, gêné. Il jeta un regard d'excuse à Arzian, lequel semblait plongé dans ses pensées, comme indifférent à ce qui se passait.

— Nüwa était une métamorphe aussi, reprit-il après quelques secondes de silence tendu. Une *Lung*.

Comme ils assimilaient l'information avec perplexité, Lorie intervint.

— Un dragon chinois, c'est bien ça ?

— Oui.

La soif de connaissance de leur cousine en faisait un puits de science dans les différentes mythologies du monde. Elle allait se faire un plaisir d'aider à alimenter la nouvelle base de données.

— Ils ne sont plus guère nombreux, ajouta Arzian. Les *Lungs* sont aussi vénérés que convoités. Ou craints. Nüwa a été prise pour cible par un groupe de fanatiques persuadés qu'elle était responsable du typhon qui a ravagé la région où nous nous trouvions.

— Le *Lung* est lié aux éléments, ajouta Lorie dans un souci de précision. Il est également intime avec les orages.

Arzian opina.

— De l'orage au typhon...

Un soupir las lui échappa.

— Rester là-bas était impossible et... je n'y arriverai pas seul, acheva-t-il d'une voix cassée par l'émotion.

— Ton fils et toi êtes les bienvenus.

Kyrin résista au réflexe de poser une main sur l'épaule de son frère. Leurs regards se croisèrent. Oh ! Les rancœurs du passé étaient toujours là, mais lorsqu'un membre de la famille rencontrait un problème, ils se serraient les coudes. Ils régleraient leurs comptes, mais pas tout de suite. Personne ici ne demanderait à ce qu'Arzian et son fils soient jetés dehors.

— Ton fils ? s'étonna Lukas, qui en oublia de maintenir sa mine revêche.

— Où est-il ? demanda aussitôt Greta.

— Avec Enora.

Lorie jeta un coup d'œil agacé à Sören, qui venait de lui donner un coup de coude. L'adolescent respectait la consigne que Kyrin lui avait donnée, mais à son expression, il était évident qu'il mourait d'envie de poser des questions. Il espérait que sa cousine le ferait pour lui.

— Est-ce qu'il est aussi un *Lung* ? demanda la jeune fille, s'attirant un large sourire de son jeune cousin.

— Entre autres. Il a hérité de nous deux et possède une forme serpentine aussi bien que la capacité de prendre l'apparence d'un mammifère. Et c'est là mon grand problème.

Arzian passa une main sur son crâne. Ses cheveux étaient coupés très court, un peu comme les siens, remarqua Kyrin. Autrefois, Arzian avait les cheveux longs, qu'il nouait en catogan.

— Luo-Han est un enfant spécial. Il ne parle pas. Et depuis la mort de sa mère, il n'a plus repris forme humaine. Il a trouvé refuge dans sa forme animale et refuse tout contact, en dehors du mien.

— Il a pourtant adopté Enora à la seconde où ils se sont rencontrés, releva Kyrin.

— Oui. Ça m'a surpris.

— C'est Enora, fit Sören en haussant les épaules.

Il grimaça en remarquant le regard noir de Kyrin et en réalisant sa bévue. Il fit mine de se coudre les lèvres.

— Il a aussi communiqué avec elle, et ça, même

avant... avant la disparition de Nüwa, c'était rare. Il lui a dit son prénom francisé, c'est une chose qu'il n'a jamais faite, pas en si peu de temps, avec une personne rencontrée à peine une demi-heure auparavant !

— Comment a-t-il pu communiquer avec elle, s'il ne parle pas ? s'enquit Tim, toujours attentif aux détails.

— Les *Lungs* ont la capacité de s'adresser d'esprit à esprit aux personnes de leur choix. C'est un privilège qu'ils octroient avec parcimonie.

— Quel âge a ce petit ? demanda Greta.

— Presque sept ans.

Kyrin secoua imperceptiblement la tête, comme pour remettre ses idées en place. Une belle-sœur *Lung* qu'il ne connaîtrait jamais, un neveu traumatisé, un frère qu'il avait voulu haïr et pour lequel il souffrait... cela faisait beaucoup à digérer.

— Luo-Han, ou Lohan, si c'est plus facile à prononcer pour vous, est un enfant très calme et timide, reprit Arzian.

— Nous avons l'habitude, s'amusa Eliott en donnant une pichenette à son jumeau.

— Il a besoin de sérénité et d'être entouré. De se sentir aimé et en sécurité. J'ai tout essayé, mais il refuse de muter pour reprendre son apparence humaine. Plus le temps passe, et plus j'ai peur qu'il reste ainsi. Et comme il ne communique avec personne, j'ai peur que sa part humaine se dissolve et qu'il ne reste que la part animale.

Le phénomène restait rare, mais se produisait parfois,

lorsqu'un changeforme laissait l'animal prendre le dessus. C'était souvent un mécanisme de défense, après un traumatisme. Les craintes d'Arzian étaient légitimes.

— Pour la sérénité, ce n'est pas garanti, s'amusa Lorie avec une moue comique. C'est souvent bruyant et agité, ici.

— Mais pour le reste, il ne manquera de rien, conclut Kyrin en se levant.

Arzian hocha la tête sans masquer son soulagement. Avait-il vraiment cru qu'ils allaient leur refuser asile ? Et pourtant, il était venu à eux. Il devait vraiment être désespéré. Kyrin fronça les sourcils. Son instinct lui soufflait que son frère ne leur avait pas tout dit. Cependant, ce n'était pas le moment de compliquer une situation déjà spéciale.

— Ça n'a pas dû être simple de traverser les frontières avec un animal, fit Lukas.

— Surtout un panda roux, soupira Arzian. C'est un animal en voie de disparition.

— Il se transforme en petite peluche toute mimi ? releva Lorie.

— Doux et timide, rappelle-toi, répondit Tim.

S'ils avaient espéré un animal féroce ou un mini-dragon, ils en étaient pour leurs frais. Sans se concerter, les jeunes bondirent sur leurs pieds, prêts à se ruer hors de la cuisine pour aller faire connaissance avec leur neveu et petit-cousin.

— Stop ! cria Kyrin.

Ils obéirent et se tournèrent vers lui. Lukas, encore assis en train de siroter son café, esquissa un rictus moqueur.

— Si vous débarquez comme des sauvages, vous allez lui fait peur. Ce n'est pas comme ça que nous allons convaincre Lohan de reprendre forme humaine.

Leurs mines contrites amenèrent un sourire sur le visage d'Arzian, qui observait la scène avec attention.

— Tim, tu y vas le premier. Les autres, vous attendrez votre tour.

Des soupirs et des bougonnements accueillirent ses consignes, et ce fut en traînant les pieds qu'ils sortirent, à l'exception de Tim, qui arborait un petit sourire, mais qui eut la sagesse de ne pas enfoncer le clou en soulignant que lui bénéficiait d'un traitement privilégié.

— Entre Enora et Tim, ton Lohan devrait se sentir bien, approuva Greta en commençant à débarrasser.

— Je n'ai pas réussi à déterminer quelle sorte de créature elle était, fit Arzian en se levant à son tour pour l'aider.

— Ce qui est normal, puisqu'elle est humaine.

Arzian marqua un temps d'arrêt, surpris par cette annonce. Il glissa un regard en coin à Kyrin qui fit mine de n'avoir rien remarqué. Ses interrogations furent balayées par le raclement de la chaise d'Érick. Le vieil homme n'avait rien dit ni montré la moindre émotion, durant la discussion. Kyrin savait que son grand-père approuvait sa décision, mais cela ne l'empêcherait pas de battre froid à Arzian. Sa désertion avait blessé le vieil homme. Il avait vu en lui celui qui reprendrait les rênes, son héritier qu'il formerait afin de lui confier en toute sécurité tout ce qui comptait à ses yeux, au lieu de quoi, son départ avait plongé la famille davantage dans la détresse et achevé de mettre en péril l'existence de *Nielsen Investigations*. Pardonner n'était pas dans la nature d'Érick. Gagner son respect prenait du temps, et quand on le perdait, c'était de façon définitive. Ils regardèrent le patriarche quitter à son tour la cuisine, le dos raide. Les trois frères s'observèrent sans un mot. Le temps de l'émotion liée à l'histoire d'Arzian et de son fils était passé, remettant sur le devant de la scène les frustrations et la colère.

— Si vous voulez vous cogner dessus, allez le faire dans la salle de sport, lança Greta d'un air sévère. Si vous décidez de rester ici, je vous embauche pour m'aider à préparer le dîner.

Ils échangèrent un regard et, d'un même mouvement, entamèrent une retraite stratégique. S'il n'y avait plus autant d'agressivité entre eux, la tension était toujours présente. Greta avait raison, ils devaient l'évacuer.

Sans un mot, ils se dirigèrent vers la salle de sport, non sans jeter un coup d'œil au salon, dans lequel Enora et Tim se trouvaient avec le panda roux, occupés à regarder un dessin animé. Le petit animal, bien calé sur son oncle, paraissait captivé par l'écran. Ainsi, Tim avait déjà réussi à se faire adopter par Lohan. Kyrin hocha la tête, satisfait de son choix. Il ne doutait pas une seconde que les autres réussiraient à conquérir l'enfant aussi, même ce garnement de Sören, mais les lui faire rencontrer un par un faciliterait la prise de contact. À leurs pieds, Nemo dormait comme un bienheureux. Le tableau paisible sembla rassurer Arzian, dont le regard avait d'abord cherché son fils, avant de balayer la pièce, à la recherche de la moindre menace. Il s'était abstenu de leur raconter les détails de la mort de sa femme, ainsi que son périple de la Chine à la France, mais Kyrin pouvait deviner que cela n'avait pas été facile. Il lui faudrait du temps pour perdre ses réflexes ultra-protecteurs.

Enora se tourna vers eux. Elle fronça les sourcils en avisant leur attitude et se leva avec mille précautions pour ne pas déranger le trio qui lui tenait compagnie. Ils sortirent dans le couloir. Poings sur les hanches, elle les toisa, pas le moins du monde impressionnée par les trois hommes.

— J'espère que vous n'allez pas vous battre.

Elle commençait à trop bien les connaître.

— Bien sûr que si, répondit Lukas.

La jeune femme leva les bras au ciel d'un air exaspéré.

— Vous savez, s'installer pour discuter, c'est bien, aussi. Moins douloureux. Plus efficace.

— *Peace and love*, se moqua Lukas en déposant un baiser sur sa joue avant de se mettre en route.

— Ne t'étonne pas si je décide de mettre du sel dans

ton café ! cria Enora.

Seul un ricanement lui répondit.

— Si tu veux être crédible, essaie des menaces que tu pourras tenir, fit Kyrin.

— Le sel dans le café, c'est tout à fait à ma portée.

— Non. Tu n'irais jamais gâcher une bonne tasse de café. Tu peux toujours cesser de faire barrage à ses groupies, voire lui organiser quelques rendez-vous.

Elle parut réfléchir sérieusement à cette possibilité.

— Non, soupira-t-elle, ce ne serait pas déontologique. Ma vengeance ne peut pas se faire dans le cadre de mon travail.

— Alors, j'ai bien peur que tu ne sois obligée de nous laisser nous taper dessus.

Arzian assistait à leur échange sans masquer son intérêt, sans doute surpris de la façon dont ils se répondaient du tac au tac, en toute légèreté. Le fait qu'Enora, la standardiste humaine, se permette de critiquer ses patrons devait le surprendre.

— Juste pour savoir : c'est un truc de frères, ou de métamorphes ?

— De frères, répondirent-ils d'une même voix.

— Eh bien ! Je suis bien contente de ne pas en avoir ! J'espère au moins que ça vous remettra les neurones en place.

Elle les abandonna pour regagner le canapé. Tim attendit qu'elle soit occupée avant de leur adresser un regard amusé. Lui comprenait très bien, même s'il était d'un naturel plus doux, moins bagarreur.

Comme ils se dirigeaient à leur tour vers la salle de sport, leurs épaules se frôlant par moment puisqu'ils avançaient de front, Arzian prit la parole.

— Est-ce une impression, ou y a-t-il quelque chose entre toi et Enora ?

Kyrin ne répondit pas. Arzian et lui n'avaient plus ce genre de relation. Son frère avait perdu ce privilège en partant.

— Je l'aime bien, reprit Arzian.

Il n'aimait pas Judith, se rappela Kyrin, avant de chasser cette pensée inopportune. Il devait cesser de faire ce genre de comparaison, puisqu'il était établi qu'Enora et Judith n'avaient rien en commun.

Ils entrèrent dans la salle, où Lukas les attendait, visiblement impatient d'en découdre. Il avait ôté sa veste et roulé les manches de sa chemise. Pieds nus, il s'avança sur l'espace qui leur servait aux entraînements en corps à corps. Arzian retira son pull d'un seul geste, dévoilant une musculature encore plus impressionnante qu'autrefois. Il avait le corps massif et la placidité de l'ours dont il prenait l'apparence, mais gare à celui qui l'aurait considéré comme un gros balourd. Ses attaques pouvaient être fulgurantes. Surtout, Arzian était un combattant intelligent. Lukas et Kyrin échangèrent un regard, puis le second retira à son tour son pull et envoya valser ses chaussures, pour ne garder que son jean.

— Vous vous êtes étoffés, constata Arzian en les examinant d'un œil expert.

— À quoi t'attendais-tu ? siffla Lukas.

Kyrin inspira profondément pour conserver son calme. Il allait avoir besoin de toute sa maîtrise pour ne pas laisser la colère l'aveugler. Le retour d'Arzian, son attitude en cet instant, commençaient à lui causer un malaise qui n'avait plus seulement à voir avec la rancœur. Arzian se comportait comme s'il était chargé de les évaluer, pour voir s'ils étaient à la hauteur. Si lui l'était.

— Je vous préviens, les gars, je me suis laissé faire tout à l'heure, mais cette fois-ci, j'ai bien l'intention de répliquer. Ne vous attendez pas à ce que je serve de punching-ball sans réagir.

— Nous n'en espérions pas moins, rétorqua Lukas.

Sans attendre davantage, il lança un coup de pied circulaire, avant d'enchaîner avec une manchette. Kyrin profita de ce qu'Arzian était focalisé sur Lukas pour lui coller un coup de poing, sans chercher à retenir sa force.

— Ça, c'est pour être parti sans un mot !

Lukas encaissa un coup avant de lancer son poing dans les abdominaux de son adversaire.

— Ça, c'est pour avoir abandonné l'agence !

Les coups pleuvaient à présent à un rythme effréné, de tous côtés. Chacun distribuait et encaissait, les grognements ponctuant régulièrement les frappes. Ils n'échangeaient plus un mot, concentrés sur leur objectif.

Autrefois, ils s'étaient souvent entraînés ainsi, le plaisir de n'avoir pas à juguler leur force prenant le pas sur toute autre considération. Cette fois-ci, cependant, Kyrin ressentait un autre besoin. Celui de s'affirmer, de prouver à son déserteur de frère qu'il avait su prendre le relais, malgré son abandon, et qu'il tenait sa place de chef sans faillir. Il ne le laisserait pas blesser à nouveau les siens, il ne le lui permettrait pas !

Le temps s'écoulait sans qu'aucun des trois ne manifeste la moindre faiblesse. La sueur dégoulinait sur leurs visages et leurs torses, les coups pleuvaient. Lukas et Kyrin attaquaient tantôt simultanément, tantôt à tour de rôle. Leur duo était bien rôdé, ils n'avaient même pas besoin de se concerter. Arzian ne les décevait pas, parant et ripostant avec efficacité, sans chercher à les ménager. Chaque fois que l'un d'eux touchait sa cible, une sourde satisfaction l'envahissait.

Puis, peu à peu, le rythme ralentit, les coups se firent moins puissants. La fatigue prit le pas, rendit certaines attaques moins précises, certaines gardes moins efficaces, certains réflexes moins vifs. Ils finirent par s'arrêter, essoufflés, et se laissèrent tomber à terre. Ils étaient couverts de sueur, du sang coulait de leurs lèvres fendues et du nez de Lukas, leurs peaux allaient se teinter de multiples couleurs. Tout aurait disparu avant l'heure du dîner, ou presque.

Lukas essuya son nez sans égard pour sa chemise autrefois blanche et à présent bonne pour la poubelle.

— Te battre en costume, franchement, c'est quoi ce délire ? se moqua Arzian d'une voix rauque.

— Parce que tu crois que sur le terrain, j'ai le temps de me désaper ? riposta Lukas en se relevant.

Il ramassa sa veste et ses chaussures.

— Ne m'attendez pas pour le dîner. Je vais chez Saphia.

Kyrin ouvrit un placard dont il sortit une bouteille d'eau qu'il lança à Arzian avant d'en prendre une pour lui. Ils burent en silence. Kyrin fit mine d'ignorer le regard de son frère. Autrefois, ils auraient ri ensemble, en commentant leurs meilleurs coups ou en se moquant des tentatives ratées. À présent, ils n'étaient plus que deux étrangers. Arzian ne chercha pas à engager la conversation, pas plus qu'il ne tenta de le retenir lorsque Kyrin quitta la salle, le laissant seul.

Chapitre 9
À l'unanimité

Enora reposa sa liseuse avec un soupir de lassitude. Trop de pensées tourbillonnaient dans son esprit. Elle ne parvenait pas à se concentrer et venait de relire pour la troisième fois le même passage sans comprendre ce qui se racontait. Il était difficile de se passionner pour une fiction quand une histoire palpitante se déroulait au même moment et que vous en étiez l'un des personnages principaux !

Le retour d'Arzian avait troublé l'harmonie familiale, ce n'était rien de le dire. Lukas et Érick n'avaient pas daigné venir dîner. Pour la première fois depuis son arrivée, Enora s'était sentie comme une intruse, ignorant ce qui se jouait entre les membres de cette famille habituellement joyeuse. Chacun avait surveillé ses paroles et ses gestes, autant pour ne pas perturber Lohan, qui guettait tout le monde avec un peu d'inquiétude depuis les genoux de son père, que pour ne pas commettre d'impair. Cela avait donné une discussion hachée qui avait très vite tourné autour de banalités. Kyrin avait à peine ouvert la bouche, les yeux rivés sur son assiette. Arzian avait répondu aux questions par des phrases brèves, montrant qu'il n'avait pas envie de s'étaler. Le dîner avait donc été expédié en un rien de temps, puis chacun avait pris la fuite, littéralement, pour regagner ses quartiers et mettre fin à cette étrange réunion de famille.

Enora enfila un peignoir. Quand elle voulait se détendre, ses coloriages s'avéraient presque miraculeux. D'ailleurs, elle avait été tellement occupée ces deux derniers jours qu'elle n'avait pas eu le temps de colorier au bureau ! Elle allait récupérer un ou deux marque-pages, sa boîte de crayons, et se vider l'esprit pour trouver enfin le sommeil.

Comme elle s'avançait dans le couloir, Enora se heurta à un mur. Levant la tête, elle découvrit, sans véritable surprise, qu'il s'agissait de Kyrin. Ainsi, lui non plus n'arrivait pas à dormir. Il portait encore ses vêtements. Enora aurait pu parier sans prendre de grands risques qu'il avait passé ces dernières heures dans son bureau, à s'étourdir dans le travail. Et à présent, il se tenait là, presque devant sa porte.

Ils demeurèrent silencieux quelques secondes. La lampe de chevet qu'Enora avait laissé éclairée jetait assez de lumière pour qu'elle distingue le regard grave et intense que le jeune homme posait sur elle. Sans un mot, elle se haussa sur la pointe des pieds pour embrasser sa mâchoire, souriant en sentant sous ses lèvres le début d'une barbe. Puis elle recula de quelques pas. Accepterait-il de franchir le seuil, cette fois-ci ? Oui ! Enora ne masqua pas son sourire en voyant Kyrin s'avancer. Il la souleva dans ses bras, lui arrachant un petit cri de surprise. Il entra dans la chambre sans la moindre hésitation, refermant le battant d'un coup de pied. Ravie, elle s'accrocha à son cou, avec la sensation d'être l'héroïne de l'une des romances qu'elle affectionnait ! Il la portait comme si elle ne pesait pas plus lourd qu'une plume. C'était grisant. Et sexy !

Alors que Kyrin avançait jusqu'au lit, il trébucha et perdit soudain l'équilibre. Les réflexes prirent le dessus, il se plaça instinctivement de manière à amortir la chute. Ils se retrouvèrent étendus à terre, Enora affalée sur lui. Elle pouffa, le nez dans sa chemise.

— Oups ! Je crois que j'ai oublié de ranger mes chaussures !

— Te connaissant, j'aurais dû me douter que le parcours serait miné.

— C'est sûr que ça ne serait pas arrivé, dans ta chambre, se moqua-t-elle en se redressant.

Kyrin la contemplait en souriant, constata-t-elle. Un vrai sourire, de ceux qui gagnent les yeux et font apparaître des fossettes. Les lits, c'était très surfait, décida la jeune femme. Après la table de la cuisine, de toute façon, ils n'étaient plus à ça près ! Elle voulut s'installer à califourchon sur lui, mais il l'en empêcha, la repoussant avec douceur. Vexée, elle se releva, avec le sentiment d'être idiote. Soulevant le bassin, Kyrin fouilla sous son dos et en extirpa une bottine, qu'il agita avant de la lancer à l'aveuglette.

— Nous parlerons rangement plus tard, fit-il en se remettant sur ses pieds.

Enora se coula avec enthousiasme dans ses bras. Enlacés, ils atteignirent le lit sans accident et se laissèrent tomber sur le matelas.

Comme elle était belle ! songea Kyrin en observant le visage souriant d'Enora. Il avait posé les avant-bras de part et d'autre de sa tête pour ne pas l'écraser sous son poids. Ses cheveux formaient un nuage de boucles folles sur l'oreiller et il sentait son corps frémir contre le sien. Avec Enora, tout devenait simple et amusant. Pas de drames, pas de questions à n'en plus finir, pas d'exigences. Elle prenait les choses comme elles venaient.

Avec douceur, il fit courir ses lèvres sur son front, ses pommettes, son nez, déposant un baiser ici, un autre là. Il avait l'impression de baigner dans son parfum. Enfouissant le visage dans son cou, il inspira à pleins poumons. Ses boucles soyeuses chatouillaient sa peau. Cette nuit, il comptait prendre son temps pour découvrir son corps et ce qui le faisait vibrer.

— On dirait que c'est une zone sensible, murmura-t-il tout en déposant un baiser juste sous son oreille, provoquant de petits frissons qu'il trouva excitants.

Enora se mit soudain à rire. Kyrin recula un peu pour l'observer avec un demi-sourire. Elle n'était pas censée rire en pareil moment, pourtant, ce son sonnait comme une agréable mélodie.

— Serais-tu chatouilleuse ?

— La secrétaire et le patron, c'est très cliché, non ?

— Tu es déconcertante. Avec toi, je ne sais jamais à quoi m'attendre.

— À ce point ?

— Oui. Mais j'aime ça.

Pour appuyer ses dires, Kyrin reprit ses lèvres. Les doigts d'Enora volèrent le long de son torse jusqu'à atteindre la ceinture de son jean. Elle tira sur la chemise, sous laquelle ses mains fureteuses s'immiscèrent, effleurant ses abdominaux. Obligeant, Kyrin l'aida à lui ôter ses habits, les envoyant valser plus loin, avant de lui rendre la pareille. Le jeune homme crut qu'il allait prendre feu en se reculant pour admirer son corps nu. Enora n'était ni grande ni plantureuse, mais tout était joliment proportionné chez elle, de sa taille fine à ses petits seins ronds. Lentement, il promena une main sur son buste, savourant la sensation de sa peau douce sous ses doigts. C'était le genre de femme qui donnait envie à un homme de la prendre dans ses bras et de la tenir contre lui sans plus jamais la lâcher. Il enroula une de ses boucles sombres autour de son index.

— Tes cheveux me rendent fou, murmura-t-il en tirant la mèche pour la porter à ses narines et inspirer l'odeur fruitée de son shampoing.

— Ils me rendent folle aussi, mais pas pour les mêmes raisons.

Kyrin se pencha et explora la peau tendre de sa gorge. Il parcourut longuement son corps frémissant, attentif à ses réactions, apprenant Enora du bout des doigts et des lèvres. Quand les yeux clairs de la jeune femme se voilèrent avant de se refermer sur un gémissement proche du sanglot, il se laissa à son tour aller.

***

Il était lourd. Délicieusement lourd. Enora pouvait sentir leurs cœurs battre fort tandis que tous deux reprenaient leurs souffles et leurs esprits. La jeune femme caressa le dos puissant et réprima un sourire de fierté en songeant qu'elle avait réussi à mettre hors d'haleine un homme comme Kyrin Nielsen.

Il finit par rouler sur le côté, l'entraînant afin que leurs corps demeurent collés. Avec un soupir de satisfaction, Enora posa la tête sur son torse. Les doigts de Kyrin se perdirent dans ses cheveux, jouant avec.

— Tu ne plaisantais pas, en disant que tu aimes mes cheveux.

— Il y a des sujets sur lesquels il est interdit de

plaisanter. Tes cheveux en font partie.

Comme pour appuyer ses dires, Kyrin glissa la main dans les boucles. Enora faillit rire lorsque ses doigts rencontrèrent un nœud. Il le défit avant de masser sa nuque, lui arrachant un ronronnement de plaisir. Cet homme avait des mains magiques, à tout point de vue.

— Une telle fascination est suspecte, tout de même. C'est un truc de métamorphe ?

— Je te rappelle que je ne peux pas me changer en animal.

— Tu es un modèle unique. J'aime ça.

Un silence accueillit sa remarque. Levant la tête, elle croisa son regard insondable.

— Et au moins, tu ne risques pas de dévoiler ton corps de rêve à n'importe qui en passant d'un état à l'autre.

— Mon corps de rêve ?

— C'est tout ce que tu as retenu de mes propos, à ce que je vois, s'esclaffa la jeune femme.

— Je ne t'intéresse que pour mon corps, donc.

Mais c'est qu'il plaisantait ! Avec cette mine grave qui le caractérisait, mais il n'y avait pas le moindre doute à avoir sur son état d'esprit : ses yeux pétillaient.

— Bien sûr. Quoi d'autre ? Ce n'est pas comme si tu étais un type sérieux et protecteur, qui vire la standardiste avant de venir lui présenter des excuses, qui traque les monstres pour rendre les rues plus sûres, qui accueille son frère à coups de poing pour ensuite lui ouvrir sa porte. Et ta famille, on en parle ? Pour une fille comme moi, qui n'a pas vraiment grandi dans un foyer uni, les Nielsen sont un peu comme ces familles idéales de série télévisée. Bien sûr, il faut aussi faire abstraction de ton obsession de l'ordre et du rangement. Non, vraiment, tu n'as aucun atout pour toi, en dehors de ton grand corps musclé. Et de tes mains magiques.

Il n'avait cessé de la caresser durant leur échange.

— Toi aussi, tu es unique, Enora. Tu nous vois, nous.

— Je vous côtoyais avant de connaître vos petites particularités. Je connais Greta depuis plusieurs années, maintenant. À aucun moment vous ne m'avez donné l'impression de ne pas être humains. Exception faite de ton obsession du rangement, bien sûr, qui frise le surnaturel.

— J'aurais tendance à dire que ta capacité à tout retourner sur ton passage, ça, c'est une capacité surnaturelle.

— Je parie que quand tu cuisines, tout est impeccable.

— Je ne me mets pas de farine sur le visage, moi.

— Et tu pèses chaque ingrédient, en suivant scrupuleusement la recette.

— Bien sûr. C'est à ça que sert une recette. Mais j'imagine que toi, tu fais les choses au hasard.

— Les résultats sont souvent étonnants. Et tu ne peux pas prétendre le contraire, il me semble que tu apprécies mes créations culinaires !

— J'apprécie aussi beaucoup la cuisinière, repartit Kyrin avec un petit sourire en coin qu'elle ne lui avait encore jamais vu.

Kyrin sérieux, c'était déjà quelque chose, mais Kyrin séducteur, alors là, Enora n'était pas sûre de pouvoir s'en remettre !

— Puisqu'il est établi que nous n'avons rien en commun, où cela nous mène-t-il ? demanda la jeune femme d'un ton badin.

Le visage de Kyrin redevint grave.

— Où aimerais-tu que cela nous mène ?

— Mon côté fantaisiste aurait tendance à me conseiller de nous laisser porter par les événements et de profiter de chaque occasion sans nous poser de question pour l'instant. Mais je suppose que ton côté organisé s'y oppose.

— J'aime savoir où je vais.

— On ne peut pas toujours tout maîtriser, surtout en matière de sentiments.

Il eut un petit sourire de dérision.

— Ça, je l'ai compris, depuis ton arrivée parmi nous !

Enora se dégagea avec douceur de son étreinte pour s'asseoir. Voyant que ses yeux s'égaraient sur ses seins, elle leva les yeux au ciel en souriant avant de tirer la couette pour se couvrir un minimum. Une fois certaine que son attention n'était plus détournée et qu'il était prêt à l'écouter, elle reprit.

— Quoi qu'il puisse se passer entre nous, jamais je ne vous nuirai, à toi comme à ta famille, tu le sais, n'est-ce pas ?

Il la contempla durant de longues secondes avant de lever une main pour caresser sa joue, du revers des doigts.

— Je le sais.

— Alors... on adopte ma méthode, pour le moment ?

— À l'unanimité.

Chapitre 10

Tensions

Enora se laissa tomber à terre.

— Le sport est une forme de torture raffinée, en fait.

Sa remarque n'appelant aucune réponse particulière, Tim se contenta de lui sourire.

— Il faut que tu travailles ton endurance, commenta Lorie. Tu t'essouffles vite.

— Si je croise la route d'un méchant, je ne passerai pas une demi-heure à essayer de l'atteindre. Soit j'y arrive tout de suite et je me sauve, soit je n'y arrive pas et je me fais massacrer.

— Pour te sauver, il te faut du souffle. Si tu craches tes poumons au bout de deux cents mètres, le méchant n'aura aucun mal à te rattraper.

— Non ! Non, non et non ! Je te vois venir, Lorie !

— Comment ça ? s'enquit la jeune fille avec un regard

faussement innocent.

— À la base, je devais juste faire deux séances de sport, cette semaine, pour me défouler après ma rencontre traumatisante avec le Lébérou. Résultat, Tim veut que je m'entraîne tous les jours pour acquérir des réflexes. Ça, je veux bien. C'est du bon sens. Mais il n'est pas question que tu m'ajoutes du jogging au programme.

— On demandera à Kyrin ce qu'il en pense, susurra la petite peste avec un large sourire.

— Tu sais très bien ce qu'il dira, ronchonna Enora.

Il ne s'était pas plaint de son endurance, cette nuit, songea *in petto* la jeune femme, avant de vite chasser ces pensées torrides de son esprit pour se concentrer sur la discussion en cours.

— C'est très agréable, de courir en forêt, argua encore Lorie. On pourrait y aller avec Nemo, il sera content de profiter de la nature.

— C'est petit de te servir de mon chien.

— Si ça peut te motiver, on invitera aussi Saphia. Un moment entre filles, ça peut être chouette.

— Un chouette moment entre filles, c'est un après-midi shopping suivi d'un arrêt dans un salon de thé.

Lorie grimaça.

— Je hais le shopping.

Enora la fixa, bouche bée. Non, il n'y avait pas d'erreur, Lorie était tout à fait sérieuse !

— Je propose quelque chose, annonça soudain Tim.

Elles se tournèrent vers le jeune homme.

— On reprend l'entraînement. Enora, si tu parviens à toucher Lorie, tu gagnes le droit de la traîner pour une séance de shopping. Si tu échoues, tu iras courir avec elle dans les bois.

Lorie afficha le sourire rusé d'un chat ayant attrapé une souris et s'apprêtant à la tremper dans un pot de crème.

— C'est injuste ! protesta Enora. Elle est bien mieux entraînée que moi, je ne peux pas gagner !

— Tu as réussi à toucher Sören, lundi. À toi de réitérer l'exploit.

Avec le sentiment de s'être fait piéger, la jeune femme se releva.

— Tim, gardien du Bien et du Mal, grand défenseur des opprimés et modèle de loyauté ? Pfff ! Tu es aussi manipulateur que n'importe lequel des Nielsen, oui !

Impossible de savoir ce qu'il avait derrière la tête, car le jeune homme, fidèle à sa discrétion naturelle, ne dévoilait rien de ses intentions. Il attendait sans manifester la moindre impatience. Enora songea qu'elle serait curieuse de le voir perdre son sang-froid, un jour.

Bien sûr, elle aurait pu tout simplement refuser, voire tourner les talons et planter là ses deux tortionnaires. Cependant, Enora avait toujours aimé les défis. Gagner ou perdre lui était généralement indifférent, du moment qu'elle prenait plaisir à repousser ses limites.

— J'ai une bonne motivation : séance de shopping *vs*

course dans les bois. Lorie, tu peux commencer à trembler, j'arrive !

Elle se remit en position, concentrée, se remémorant les conseils de Tim. Lorie, bonne joueuse, lui laissa le temps de se préparer. Une voix grave les fit se retourner, juste au moment où Enora se sentait prête.

— Bonjour, lança Arzian en pénétrant dans la salle.

Une fois de plus, Enora fut frappée par la puissance tranquille qu'il dégageait. Sa seule présence suffisait à faire paraître la salle plus petite. Quelle forme animale prenait-il ? s'interrogea la jeune femme. Ours ou taureau, décida-t-elle. L'ours semblait le plus évident, puisque c'était ce que signifiait la racine celtique *arz*.

— Bien dormi ? demanda Lorie.

— Oui.

Enora réprima un sourire en constatant qu'il ne paraissait pas décidé à formuler une réponse plus longue.

— Comment va Lohan ? s'enquit-elle.

— Bien. Il est avec Eliott, à l'accueil.

— Je parie que Geek est en train de lui faire un cours sur les ordinateurs, s'amusa Lorie.

— Quelque chose comme ça.

Arzian les observa quelques secondes.

— Vous vous entraînez ?

— Nous essayons surtout d'entraîner Enora, ricana Lorie. On part de loin.

Enora voulut lui envoyer un coup, que la jeune fille

para avec une aisance vexante. Arzian examina la jeune femme avant de hocher la tête.

— Tu es petite et fine. Mieux vaut miser sur les frappes de la main que sur celles du pied.

— La Chine est le pays des arts martiaux ! Je suis certaine que tu as appris plein de techniques, là-bas, s'exclama Lorie.

Arzian approuva.

— Tu pourrais nous enseigner deux ou trois trucs, reprit la jeune fille, toujours avide de découvertes.

— Avec plaisir.

Tim, qui devait partir sur une enquête, les abandonna, non sans convenir d'un rendez-vous avec son frère pour s'entraîner avec lui. Vingt minutes plus tard, Enora grimaçait.

— Nous irons courir samedi, annonça Lorie, guillerette, avant de quitter la salle d'un pas dansant.

— Tu finiras par l'avoir, commenta Arzian.

— J'en doute. Je suis condamnée à courir tous les samedis jusqu'à la fin des temps.

— Tu retiens tes coups. Tu as beau savoir que ton adversaire est bien plus fort que toi, tu n'oses pas aller au bout, de peur de le blesser. Même avec moi.

— Gentille Enora, c'est moi. On ne se refait pas.

Enora haussa les épaules en souriant. L'œil au beurre noir de Sören avait vraiment été un coup de chance. Elle ne doutait pas, toutefois, de frapper de toutes ses forces si elle se retrouvait à nouveau nez à nez avec le

Lébérou : simple question de motivation ! Feu son parapluie pouvait en témoigner.

— Je ferais mieux de me dépêcher d'aller relayer Geek, s'exclama-t-elle en avisant l'heure.

La séance avait duré plus longtemps que prévu. La jeune femme courut à sa chambre. Au moment d'abandonner ses affaires de sport en vrac sur le sol, elle se ravisa : la chute de la nuit dernière, même si elle s'était terminée dans les bras de Kyrin, devait demeurer exceptionnelle ! D'ailleurs, elle en profita pour repousser du pied la deuxième bottine qui traînait encore au milieu du chemin. L'autre était invisible. Fouillant dans sa valise, Enora constata qu'il ne lui restait plus grand-chose à se mettre. Elle n'avait pas prévu de s'attarder chez les Nielsen, en la remplissant. Il lui faudrait faire un saut à son appartement pour récupérer quelques affaires et, tant qu'à faire, effectuer un tri dans son réfrigérateur.

Tandis qu'elle se glissait dans la douche, Enora sourit. Sa vie avait pris un tour surprenant, mais elle n'aurait pas songé une seconde à s'en plaindre. Jamais elle ne s'était sentie aussi bien, à sa place, entourée. Et la décision que Kyrin et elle avaient prise cette nuit la réjouissait. Que l'homme impérieux et méfiant ait accepté de se laisser porter par les événements, concernant leur relation, lui paraissait prometteur. Enora avait l'impression qu'en sa présence, lors des moments d'intimité, Kyrin s'autorisait à oublier un instant le fardeau qu'il semblait assumer en permanence. Elle ne demandait pas mieux que de l'aider. Et de profiter de ses baisers enivrants !

Le regard qu'il posa sur elle à son arrivée au bureau la fit frémir. De plaisir, et non de crainte. Apparemment, Kyrin appréciait ses tenues colorées, à présent. Ils n'avaient pas songé à évoquer l'attitude à adopter en public, aussi se retint-elle de venir lui donner un baiser. Kyrin était un homme peu démonstratif, même avec les siens. Ses yeux pétillaient, cependant, et elle sut sans l'ombre d'un doute qu'il repensait aux instants partagés durant la nuit. À juger la lueur qui embrasait ses iris, il comptait bien recommencer au plus tôt. Enora était tout à fait d'accord !

L'arrivée d'Arzian, son petit panda dans les bras, mit fin à un échange de regards qui, à lui seul, faisait office de discussion complète. L'expression de Kyrin se refroidit, son corps se raidit. Enora ignorait toujours ce qui s'était passé avec son frère, mais le retour de ce dernier ne se faisait pas dans la liesse générale. Du moins ne se tapaient-ils plus dessus, c'était déjà ça !

— Tu auras un rapport de plus à classer, annonça Kyrin en tendant un dossier à Enora.

— Il faudra jeter un œil aux livres que tu as confisqués à ce magicien, pour retrouver le sortilège employé, fit Eliott, surexcité, et apparemment indifférent à la sourde hostilité de son frère envers Arzian. Je n'avais jamais entendu parler de pareil phénomène !

— Comment ? taquina Enora. Tu n'as jamais rien vu susceptible d'exploser une moto et de creuser un cratère ?

— Pas de cette façon-là !

— Eliott pressé de plonger dans un livre, on aura tout vu, ironisa Lorie, qui enfilait sa veste avant de partir. Mais une chose est sûre, remplir la nouvelle base de données va être passionnant ! Tu as eu une idée de génie, Enora.

— Une créature qui ressuscite deux fois, en devenant de plus en plus grosse chaque fois, tu te rends compte ? s'extasia Eliott.

— Je ne suis pas sûre d'avoir très envie de croiser ce genre de créature, avoua Enora.

— Lors de la première résurrection, elle a pris l'apparence d'une énorme araignée. Plus grosse que la Goliath. Bien plus grosse !

Eliott se tourna vers Lorie, affichant un air supérieur.

— Tu vois, je n'ai pas perdu mon temps, l'autre jour, en cherchant quelle était la plus grosse araignée du monde. C'est toujours utile.

Enora frissonna au souvenir de la fameuse araignée Goliath, dont Eliott avait pris plaisir à leur montrer des photos. Et Kyrin avait affronté un truc encore plus imposant ?

— Et la deuxième fois, la créature ressemblait à une espèce de dinosaure et avait la taille d'un éléphant, conclut Eliott avec un regard empli de respect pour son frère, qui avait vaincu ce monstre atypique.

Voilà qui expliquait le cratère ! Les légendes de chevaliers terrassant des dragons avaient peut-être ce genre d'histoires pour origine, qui sait ?

— Parce qu'en plus, cette créature ne garde pas la même classification ? s'étonna Enora. Passer de l'arachnide à une sorte de reptile, ce n'est pas logique, il me semble, ajouta-t-elle devant leurs mines interrogatrices.

— Il y a autant de possibilités que d'êtres surnaturels, ou presque, tempéra Eliott. Certains changeformes n'ont qu'un seul animal. Chez les Nielsen, nous nous transformons en mammifères. Mais parce qu'il y a toujours des exceptions à la règle, Kyrin se distingue, et Papy, lui, peut également devenir un oiseau. Et n'oublions pas Lohan aussi, avec sa forme de dragon.

Un dragon ? Enora observa le panda, si mignon avec sa fourrure rousse. Il se transformait donc en monstre ailé cracheur de feu ? Ah ! non, songea-t-elle, les dragons chinois, contrairement à leurs homologues européens, n'étaient pas dotés d'ailes, ce qui ne les empêchait pas de voler, toutefois. Comprenant que c'était le petit qui venait de lui fournir ces informations, Enora lui adressa un clin d'œil.

— As-tu besoin d'aide ? proposa Arzian en la voyant se diriger vers la salle des archives.

Enora faillit répondre par l'affirmative, avant de se rappeler que le retour d'Arzian n'en faisait pas un membre à part entière de l'agence. D'ailleurs, comptait-il s'installer de façon définitive ? Dans le doute, la jeune femme se tourna vers Kyrin, interrogative. Il regardait son frère, les mâchoires crispées. Toute son attitude hurlait son opposition à le voir occuper la moindre fonction à *Nielsen Investigations*.

— Ça ira, merci, déclina-t-elle avec gentillesse, afin d'adoucir son refus.

Kyrin se détendit, de manière imperceptible.

— Ce midi, je ferai un saut chez moi pour prendre davantage d'affaires, annonça encore Enora.

Certes, sur son temps libre, elle pouvait faire ce qu'elle voulait, mais ils ne savaient toujours pas grand-chose sur le Lébérou. Au vu de la réaction de Kyrin, la veille, quand elle était venue le chercher, il lui semblait préférable d'évoquer son projet.

— Quelqu'un t'accompagnera, décréta Kyrin.

Enora faillit froncer les sourcils. Qu'il s'inquiète de sa sécurité était une chose, qu'il lui donne des ordres en était une autre. Elle n'avait pas l'intention de le laisser adopter avec elle l'attitude qu'il avait avec sa famille : il n'était pas question qu'il prenne les décisions et responsabilités sans tenir compte de son avis.

— Personne n'est disponible. Je connais l'agenda par cœur, rappela-t-elle. Et Greta et Érick se sont absentés pour la journée. Je ferai un aller-retour, sans m'attarder.

— Hors de question ! Tu attendras que quelqu'un soit disponible, dans ce cas.

Cette fois-ci, Enora ne prit pas la peine de masquer sa contrariété. Elle n'était pas stupide au point de se ruer dehors dans son dos juste pour faire exactement le contraire de ce qu'il lui ordonnait, toutefois, il lui semblait essentiel de poser immédiatement les bases de leur relation : son avis comptait autant que le sien, et les décisions se prenaient à deux.

— Kyrin, tu as un rendez-vous à l'autre bout de la ville dans un quart d'heure, fit-elle d'un ton suave qui indiquait qu'ils auraient une discussion plus tard.

Elle ne mettrait pas son autorité à mal devant un frère avec lequel il entretenait des relations difficiles, mais elle ne deviendrait pas une petite compagne bien docile que l'on met sous cloche et à qui on dicte sa conduite. Même si les intentions de Kyrin étaient louables, sa façon d'agir n'était pas la bonne. Elle se chargerait de le lui faire intégrer.

— Pour quelle raison Enora ne peut-elle pas sortir seule ? intervint Arzian.

— Pour la même raison qui fait que je suis venue m'installer ici quelque temps, expliqua Enora. J'ai croisé la route d'un vilain monstre et nous ignorons s'il compte encore me tuer ou s'il est passé à autre chose.

— Je peux t'accompagner, si tu veux.

La façon dont les yeux de Kyrin étincelèrent ne trompa pas Enora : il était furieux à la perspective qu'Arzian l'escorte. Loin d'Enora l'idée de titiller sa jalousie en acceptant la proposition de son frère, toutefois, ils étaient dans une impasse. Arzian était la solution simple et logique à un problème somme toute sans grande importance. Elle aurait pu attendre, bien sûr. Cependant, elle ne voyait pas la nécessité de déranger les autres Nielsen pour une hypothétique menace. Leur emploi du temps était déjà bien rempli, alors qu'Arzian était disponible.

— Parfait, fit la jeune femme avec un sourire.

Kyrin ne trouvant rien à opposer, hormis son hostilité, tourna les talons et s'éloigna d'un pas raide.

— J'ai l'impression que quoi que je fasse, je ne trouverai pas grâce à ses yeux, commenta Arzian.

— Il n'était pas très accueillant non plus, lorsque je suis arrivée. Le fait que je sois humaine et que je ne connaisse pas votre nature le stressait. Deux semaines plus tard, je suis un membre à part entière de l'agence. Kyrin n'aime pas les changements, parce qu'il ne peut pas contrôler leurs effets sur la famille. Il faut lui laisser un peu de temps pour les accepter.

Arzian la contempla avec attention.

— Tu es une femme étonnante, Enora.

— Je sais. Je ne fais pourtant rien de particulier pour être étonnante, c'est mon état naturel ! s'esclaffa la jeune femme.

Un sourire léger affleura sur les lèvres d'Arzian.

— J'ai l'impression qu'avec toi, Kyrin n'a pas fini de se faire du souci.

Chapitre 11
Menace invisible

Agacé, Kyrin gagna le garage. Il avait le plus grand mal à se dominer en présence d'Arzian. Il allait falloir qu'il ait une discussion sérieuse avec son frère pour mettre les choses au point. Mais pas tout de suite. Il lui fallait d'abord se calmer, afin de pouvoir tenir une conversation posée. La façon dont Arzian semblait s'insinuer dans la famille, quelques heures seulement après son arrivée, mettait le jeune homme sur les nerfs. Il avait coaché les jeunes à l'entraînement, et voilà qu'à présent, il proposait son aide à Enora. Kyrin avait conscience que sa réaction était disproportionnée. Enora ne s'était pas privée de le lui faire comprendre par son attitude. La jeune femme ne comptait pas le laisser diriger sa vie. Et lui allait devoir apprendre à jongler entre autorité professionnelle et compromis de couple.

Pourquoi donc tout lui tombait-il dessus en même temps ? Pour un homme qui aimait que les choses soient simples et claires, cela faisait beaucoup de nouveautés et d'inconnues. La plus grande de ces inconnues étant Arzian.

Quels étaient les projets de son frère ? Kyrin serra les dents : hors de question de le laisser revenir comme si de rien n'était. Arzian allait devoir se montrer convaincant s'il souhaitait s'installer durablement, surtout s'il envisageait de s'investir dans l'agence. Si cela n'avait tenu qu'à lui, Kyrin aurait envoyé son frère au diable. Mais il y avait le petit Lohan.

Avec un grognement, Kyrin avisa l'emplacement vide occupé habituellement par sa moto. Il faudrait qu'il s'occupe de la déclaration à l'assurance. Il imaginait la tête de l'assureur s'il mettait les vraies causes du sinistre. Motif de l'accident ? Un sortilège raté ayant produit un monstre qui avait voulu jouer les Phénix et ressusciter plusieurs fois. Avant de monter dans une voiture, il envoya un message à Enora. C'était le genre de tâche administrative fastidieuse qu'il se faisait un plaisir de déléguer. La jeune femme saurait sans nul doute présenter l'accident de façon crédible. Dans la foulée, il expédia un message à Lorie pour l'informer d'une nouvelle séance commando pour la fin de l'après-midi. Si sa cousine avait espéré passer entre les mailles du filet, elle allait constater qu'il possédait une excellente mémoire. Cela dit, sauf nouvelle ânerie de sa part, ce serait la dernière séance. Il faudrait aussi qu'il passe un peu de temps en tête à tête avec Lukas. Son frère prenait le retour d'Arzian aussi mal que lui. Quant à Érick, ce n'était même pas la peine d'en parler ! C'était une bonne chose que Greta et lui partent pour leur lune de neige à la fin de la semaine.

Une heure et demie plus tard, il ressortait de son rendez-vous, contrat signé en poche, calmé, mais toujours pas serein. Comme il s'apprêtait à regagner sa voiture, son téléphone sonna. Enora. La simple vue de son nom sur l'écran suffit à défaire le nœud qui lui vrillait les entrailles depuis leur entrevue avec Arzian.

— *C'est Arzian. Nous sommes chez Enora. Il y a un problème.*

***

Enora sourit à Lohan, dont la frimousse dépassait du sac en tissu dans lequel il avait pris place. C'était le genre de sac qu'utilisaient les propriétaires de chiens de petite taille pour emporter partout leur toutou. Le panda roux semblait s'y trouver bien. Arzian patienta, portant son fils, pendant que la jeune femme relevait son courrier. Elle remarqua qu'il fronçait les sourcils.

— Y a-t-il un problème ?

— Une odeur étrange.

Enora renifla, sans rien remarquer de particulier. Elle haussa les épaules. Son odorat n'était pas aussi affûté que celui de son compagnon.

Ils gravirent les escaliers jusqu'à atteindre le dernier étage. Arzian la devançait de quelques marches, son impressionnante carrure lui masquant presque la vue. Il s'arrêta soudain, tendant une main autoritaire derrière lui pour la faire stopper. Un pied encore en l'air, Enora obéit, inquiète. D'interminables secondes passèrent, durant lesquelles, en équilibre précaire, elle n'osa plus bouger ni respirer. Un souffle tremblant lui échappa lorsqu'Arzian se tourna vers elle.

— Reste là.

Il lui tendit le sac et, sans attendre qu'elle l'interroge sur les raisons de son comportement, fit volte-face. Il semblait concentré, aux aguets. Ce n'est que quand il atteignit la dernière marche qu'Enora comprit. La porte de son appartement bâillait, comme arrachée de ses gonds. La jeune femme se raccrocha à la rambarde. Ses jambes tremblaient tandis qu'Arzian pénétrait dans l'appartement. De là où elle se tenait, la jeune femme pouvait apercevoir l'entrée de son petit deux-pièces, qui semblait avoir été traversée par un cyclone. En était-il de même dans les autres pièces ? Une onde de réconfort l'envahit. Lohan. Conscient de son trouble, le petit panda lui transmettait son affection.

Arzian ressortit quelques instants plus tard.

— Il n'y a aucun danger. Mais ton appartement a été saccagé.

Muette, Enora le rejoignit, appréhendant le spectacle

qui l'attendait au-delà du palier. Serrant les anses du sac de peur de le laisser tomber, elle s'avança. Un hoquet de stupeur lui échappa en découvrant l'étendue des dégâts.

Tout avait été éventré, déchiqueté, lacéré, avec une minutie presque maniaque. Pas un coussin, pas un mur, pas un rideau, pas un objet ne semblaient avoir été épargnés. Ce qui avait été un petit appartement coquet et chaleureux n'était plus qu'un amas d'objets brisés et inutilisables. Le sapin avait particulièrement retenu l'attention, à en croire les brins de guirlandes répandus partout, comme s'ils avaient été retirés un à un de leur support. La chambre ne valait pas mieux : le matelas et le sommier avaient été éventrés, les portes du placard arrachées, elles aussi, et tous les vêtements d'Enora étaient disséminés à travers la pièce. Dans la salle de bain, les flacons, les pots, les crèmes avaient également été fracassés jusqu'à répandre leur contenu sur le carrelage. Les livres qui garnissaient la petite bibliothèque dans l'étroite entrée avaient eux aussi été méthodiquement réduits en pièces. Surtout, des griffures profondes marquaient les murs.

Enora n'avait pas besoin de plus pour comprendre qui était à l'origine de ce carnage. Le Lébérou était bel et bien venu jusque chez elle avec l'intention de la tuer. Si elle était restée, si elle n'avait pas accepté de s'installer chez les Nielsen, son corps serait étendu là, le cœur arraché. Une sueur froide l'envahit, et elle préféra poser Lohan. Ses mains tremblaient.

— L'odeur... celle que tu as sentie..., balbutia-t-elle.

— Elle est très forte, partout dans l'appartement.

Il s'approcha, faisant craquer sous ses semelles des débris indéterminés, et posa une main apaisante sur l'épaule de la jeune femme.

— Tout va bien, Enora. Tu es en sécurité.

— Je sais. Ce...

Elle inspira profondément, et cette fois-ci perçut les relents de l'odeur du Lébérou.

— Ce ne sont que des dégâts matériels. Personne n'a été blessé.

Dans un état second, elle parcourut l'appartement. Quand Arzian lui demanda son portable, elle le lui tendit sans poser de questions. Préoccupée par le bazar qui régnait, elle l'entendit vaguement parler à quelqu'un. Partout où se portait son regard, il n'y avait qu'objets brisés ou déchiquetés. Rien ne semblait avoir échappé au monstre.

— Kyrin est en route.

Elle hocha la tête, examinant le réfrigérateur éventré, renversé et qui reposait en partie sur le comptoir. Les surgelés contenus dans la partie congélateur s'étaient déversés sur le carrelage. Ils avaient piètre allure. Le saccage devait dater du lundi soir, songea-t-elle. Ainsi, tandis qu'elle attendait avec Saphia, Lorie, Greta et Sören quelques rues plus loin, le Lébérou s'en était donné à cœur joie. Comment avait-il pu agir en toute impunité, sans que personne ne le remarque ? Les détectives avaient pourtant quadrillé la ville, avec une attention particulière pour ce quartier, Eliott scrutant les caméras.

— Comment se fait-il que personne n'ait rien entendu ? demanda Arzian en redressant le réfrigérateur avec une aisance déconcertante, libérant ainsi l'accès au coin-cuisine.

— Monsieur Guibert, mon voisin de palier, est à l'hôpital depuis qu'il s'est cassé le col du fémur. Au deuxième étage, Madame Dubosky est sourde et Lisa est infirmière de nuit. Au premier, les Cartier sont souvent en déplacement professionnel, et les Bergeron sont partis dans leur résidence secondaire, dans le sud.

Et comme elle habitait au dernier étage, personne n'avait remarqué que quelque chose n'allait pas. C'était une chance, songea la jeune femme, avec la sensation de flotter dans une bulle d'irréalité. Qui sait ce qu'il serait advenu si l'un de ses voisins, alerté par le bruit, était sorti pour voir ce qui se passait ?

Kyrin surgit soudain, faisant éclater la bulle pour la ramener brutalement à la réalité. Le jeune homme l'observa une seconde avant de s'avancer vers elle. Lorsqu'il la prit dans ses bras, ce fut comme si une digue se rompait. Enora éclata en sanglots.

Elle craquait. Après plusieurs jours à encaisser les mésaventures, dangers et déconvenues, Enora avait atteint le point de rupture. Kyrin resserra son étreinte, l'enlaçant étroitement. Elle ne chercha pas à se dégager, bien au contraire. Elle s'accrocha à lui comme si elle craignait de se perdre si elle le lâchait. Enora avait fait preuve d'un grand courage jusqu'à présent, et elle avait besoin de sentir qu'elle n'était pas seule, qu'il y avait des personnes qui se souciaient d'elle, des personnes prêtes à la soutenir. Lui le premier. Dans ses bras, elle semblait toute petite, fragile même. Le visage enfoui dans son pull, masqué par ses boucles noires, elle aurait presque pu passer pour une petite fille. Il savait pourtant la force tranquille qui l'habitait. Le jeune homme aurait voulu pouvoir l'entraîner jusqu'au canapé pour s'asseoir avec elle et la laisser pleurer tout son saoul, mais le Lébérou avait veillé à ce qu'aucun meuble ne soit utilisable après son passage. Alors, il demeura là, la tenant simplement contre lui en lui caressant les cheveux d'une main. Les paroles creuses étaient inutiles, et de toute façon, il ne voyait pas ce qu'il aurait pu dire de réconfortant, aussi préféra-t-il garder le silence, l'assurant simplement de sa présence inébranlable.

Par-dessus la tête d'Enora, Kyrin observa Arzian, qui faisait le tour des pièces, observant les lacérations, portant parfois quelque chose à ses narines. Calme et silencieux, son frère relevait les premiers indices. De temps en temps, il jetait un coup d'œil dans leur direction, comme pour s'assurer qu'Enora allait bien. Finalement, la jeune femme se détacha de Kyrin, au grand regret du jeune homme, mais demeura près de lui.

Elle essuya ses yeux rougis avec sa manche, puis fouilla dans son sac à main pour en tirer un paquet de mouchoirs. Elle jeta un regard désabusé autour d'elle, comme si elle doutait de pouvoir extirper de ce fatras quoi que ce soit d'intact. Elle finit par hausser les épaules, comme pour rejeter le poids des soucis. Son visage se détendit. Courageuse Enora, qui prenait les bons côtés de la vie et refusait de s'apitoyer sur ce qui n'allait pas.

— J'aimerais comprendre comment il a pu nous échapper, murmura Kyrin en examinant à son tour le capharnaüm.

— Il a réussi à entrer malgré le digicode, fit remarquer Arzian. Mais il n'a pas forcé la porte de l'immeuble, uniquement celle d'Enora. La serrure, d'abord, ajouta-t-il en examinant les restes. La porte ensuite, sans doute comme une ultime vengeance avant de partir.

— Il serait arrivé sous sa forme humaine ? intervint Enora en se penchant pour ramasser un cadre photo cassé. Vu les griffes qu'il a, je doute qu'il ait pu taper un code ou trafiquer quoi que ce soit.

Elle acheva de le démonter pour en tirer le cliché, intact. Un léger sourire aux lèvres, elle rangea la photographie dans son sac. Se réjouir d'un rien, c'était la force de cette femme. Une bouffée de fierté et d'affection envahit Kyrin.

— Est-ce que tu remarques une odeur humaine autre que celle d'Enora ? demanda-t-il à son frère.

Même s'il ne faisait pas confiance à Arzian sur le plan personnel, il ne risquerait pas de passer à côté d'un élément important à cause de cette sourde rivalité entre eux. La vie d'Enora pouvait dépendre de détails que seul Arzian était capable, en cet instant, de relever. Plus tard, il ferait venir Tim, mais dans l'immédiat, il devait compter sur les compétences de son aîné.

Arzian, le front plissé par la concentration, commença à faire le tour de l'appartement, tentant de faire abstraction de l'odeur de fourrure sale du Lébérou pour identifier celle de l'homme.

— Je perçois plusieurs odeurs. Chien, bien sûr. Lorie et Greta ?

Enora hocha la tête.

— Je sens aussi une autre odeur, féminine.

— Saphia, sans doute.

— La copine de Lukas ?

Il n'attendit pas leur réponse, poursuivant ses investigations.

— Je retrouve une odeur humaine très forte dans la chambre. Masculine.

— Alors, c'est lui. Ça fait un bail qu'aucun homme n'a mis les pieds dans cette pièce, y compris mon père.

Kyrin se sentit ridicule à éprouver autant de satisfaction à l'idée qu'Enora n'ait eu personne dans sa vie depuis un long moment. Il avait la sensation d'être spécial. Réflexe de machisme primaire, sans doute, mais le fait était qu'il s'en réjouissait.

Arzian ramassa un lambeau de tissu qu'il laissa tomber en constatant qu'il s'agissait des restes de ce qui avait sans doute été un ravissant dessous, prit un tee-shirt en piteux état à la place pour le porter à son nez. C'était étrange de voir son frère renifler les affaires d'Enora. Kyrin réprima la bouffée de possessivité qui menaçait. C'était dans des moments comme ça qu'il percevait la part animale tapie en lui. Il avait parfois des réactions instinctives qui tenaient plus de l'instinct animal que de réactions humaines sensées.

— Je pense qu'il a commencé à détruire certaines choses avant sa transformation, fit Arzian. Son odeur humaine est partout sur tes vêtements, par exemple.

— Il aime les bonbons.

Enora agita une boîte vide avec une petite moue.

— Elle était neuve.

Un monstre amateur de sucreries... On aurait tout vu. Il était troublant de trouver chez ce tueur des traits humains. Arzian sortit sur le palier.

— Il était sous forme humaine, hors de l'appartement, indiqua-t-il. L'odeur de Lébérou prédomine, ce qui fait que je n'y ai pas prêté attention avant, mais quand on sait ce qu'il faut chercher, on trouve.

Voilà qui leur fournissait de nouveaux éléments. Même s'ils ignoraient toujours combien de temps le Lébérou était resté chez Enora, le fait qu'il soit arrivé et reparti sous sa forme humaine indiquait qu'il avait conscience de ses actes. Il était venu dans le but de tuer la jeune femme et de repartir avec son cœur. Kyrin commençait à comprendre comment il avait pu piéger certaines de ses victimes et surtout, pourquoi il avait réussi à se promener pleine lune après pleine lune sans que personne l'aperçoive.

— Je vais devoir me transformer. Si quelqu'un me voit en train de renifler les murs ou le sol, ça risque d'attirer l'attention.

Enora se mit à rire. Inquiets, les deux hommes la fixèrent, se demandant s'ils devaient s'attendre à une crise d'hystérie.

— Désolée ! Mais d'un seul coup, j'ai eu l'image d'Arzian à quatre pattes sur le trottoir, le nez sur l'asphalte.

Arzian passa dans la chambre, dont il ressortit une minute plus tard, transformé en chien. Un bon point pour lui, il avait pensé à ne pas s'exhiber devant la jeune femme. C'était agaçant de constater que son frère semblait adopter le comportement parfait en toutes circonstances. Kyrin ne pouvait, pour le moment, rien trouver à redire à son attitude. Arzian l'avait même appelé en découvrant les dégâts.

Après un regard à Enora, Kyrin décida d'emboîter le pas à son frère. La jeune femme continuait à fouiller parmi les débris, tentant de retrouver des objets intacts. Le panda roux était sorti de son sac et l'aidait. En temps normal, Kyrin aurait pu trouver amusante cette image du petit animal allant et venant pour fouiner dans le bazar et courir jusqu'à Enora chaque fois qu'il trouvait quelque chose. Sans un mot, les deux frères gagnèrent le hall d'entrée, puis la rue, Arzian tâchant de remonter la piste. Kyrin hésita, puis stoppa au coin de la rue, répugnant à laisser Enora sans surveillance. Il était hors de question de laisser qui que ce soit pénétrer dans l'immeuble en leur absence. La porte arrachée ne fermait même plus, et ce n'était pas le timide Lohan qui pourrait protéger Enora si l'homme qui se transformait en Lébérou se présentait. Arzian poursuivit seul, disparaissant à l'angle d'une autre rue. Kyrin regagna le dernier étage, s'attendant à demi à trouver Enora à nouveau en pleurs. Il n'en était rien. Solide, la jeune femme avait entrepris de rassembler les tissus divers et variés, de ses rideaux au plaid, en passant par les housses de coussins et les vêtements.

— Les Vieilles Sorcières parlaient de faire un patchwork, expliqua-t-elle en remarquant que Kyrin l'observait, sourcils haussés. Autant que tout ça serve.

Vif comme l'éclair, Lohan parcourait l'espace, apportant sa contribution au futur patchwork.

— Enora...

Elle interrompit sa tâche pour le regarder. S'il la devinait encore soucieuse, son regard était clair. Elle avait surmonté le choc.

— Ne change rien. Tu es parfaite telle que tu es.

Elle sursauta et un sourire étira ses lèvres. Se redressant, elle se précipita dans ses bras. Kyrin la réceptionna, répondant au baiser qu'elle réclamait.

— On remettra tout en état, promit Kyrin en posant son front contre celui de la jeune femme.

— Ce ne sont que des objets. Pendant qu'il détruisait tout ici, il ne tuait pas une autre femme pour lui prendre son cœur. C'est peu cher payé.

Il n'y avait qu'une seule femme sur cette planète pour réagir ainsi. Et il la tenait contre lui. À cet instant, Kyrin sut qu'il ne la lâcherait plus. Quoi qu'il arrive, il garderait Enora. Que perçut-elle exactement des réflexions qui l'agitaient ? Il n'aurait pu le dire, cependant, son sourire s'effaça et elle posa une main sur sa joue, soudain grave.

— Merci d'être là.

Toujours. Il le serait toujours, songea le jeune homme, farouche. Il l'aurait volontiers gardée ainsi dans le cercle de ses bras. Il se força à desserrer son étreinte pour la libérer.

Enora retourna à son tri. Du bout des doigts, elle souleva ce qui avait été un chausson-panda.

— On peut lui reprocher beaucoup de choses, mais pas de manquer de méticulosité. Tout est bon à jeter. J'ai intérêt à tout bien remettre en état si je veux récupérer ma caution, le jour où je partirai.

Les affaires ayant réchappé aux griffes du monstre tenaient dans le petit sac de transport de Lohan. Arzian revint bredouille quelques minutes plus tard. Une fois retransformé et habillé, il livra son compte-rendu en quelques phrases. Comme pour Tim quelques nuits plus tôt, la piste s'était diluée en arrivant sur des avenues très fréquentées, d'autant plus qu'elle était déjà ancienne.

Enora contempla les sacs-poubelle alignés au milieu du séjour. Il y avait encore du travail de déblayage, mais Kyrin avait hâte de la ramener à l'agence, en sécurité.

— Je vais réparer ta porte, annonça Arzian.

— Il n'y a rien à voler, répondit la jeune femme en haussant les épaules. Mais je ne suis pas à l'abri que ma mère ou Saphia décident de venir me voir. Mieux vaut qu'elles trouvent porte close.

Kyrin préféra s'abstenir du moindre commentaire. Comme Érick, Arzian avait toujours été habile de ses mains. Lui-même n'avait pas les compétences pour remettre la porte en état. Enora ramassa le sac contenant ses maigres effets, sans remarquer le silence tendu de Kyrin.

— Je n'ai plus rien à me mettre. Lorie ne va pas avoir le choix : elle n'osera pas refuser de m'accompagner en séance de shopping !

Chapitre 12

Admettre ses peurs

Penchés sur des échantillons de couleurs, Enora et Arzian prêtèrent à peine attention à Kyrin quand il entra dans les locaux de l'agence pour le café que tous partageaient volontiers avant de partir. Le jeune homme réprima l'agacement désormais familier qu'il ressentait en présence de son frère, surtout lorsque ce dernier se trouvait avec Enora. Ce qui arrivait fréquemment depuis quelques jours, puisqu'Arzian avait entrepris de remettre l'appartement de la jeune femme en état. Enduits, carrelage, peintures, il y passait ses journées. Pendant ce temps, au moins, il ne se mêlait pas des affaires de l'agence, ce qui soulageait Kyrin. Lukas, renfrogné, s'était installé loin de son aîné. Il lui battait toujours froid, demeurant le plus de temps possible hors des locaux et préférant prendre ses repas à l'extérieur. Il passait presque toutes ses nuits chez Saphia. Dans la mesure où les plus jeunes se montraient amicaux avec Arzian, l'attitude de Lukas rassurait un peu Kyrin, qui se sentait moins seul, d'autant que Greta et Érick étaient partis pour leur lune de neige.

— J'hésite entre deux teintes, pour la cuisine, fit Enora en se mordillant la lèvre inférieure. Kyrin, qu'en penses-tu ?

Elle pointa du doigt deux nuances de jaune quasiment identiques. L'une ou l'autre, pour Kyrin, cela restait du jaune, soit une couleur qu'il n'aurait jamais envisagé d'utiliser. Le blanc, c'était bien, le blanc. Ça allait avec tout.

— Ça va jurer avec la peinture « framboise écrasée » que tu as choisie pour ton séjour, finit-il par dire.

— Framboise et citron, pourtant, ça fonctionne bien, pour la glace, s'amusa Sören.

— Bon, soupira la jeune femme, je demanderai l'avis de la tante de Saphia. Elle est décoratrice d'intérieur, elle saura mieux que moi comment marier les couleurs.[2] Et ce n'est pas comme si Arzian n'avait pas déjà du travail à revendre !

Enora avait surmonté le choc lié à la découverte du saccage et s'était lancée avec son enthousiasme habituel dans toutes les épreuves consistant à choisir de nouveaux meubles et remplacer vaisselle et vêtements.

---

2 Pour faire la connaissance de l'étonnante Corinne Dubreuil, direction *Autant en emporte l'éclair* ! Vous comprendrez mieux la passion de Saphia pour le surnaturel !

Comme il était hors de question de la laisser sans protection, les jumeaux et une Lorie dépitée l'avaient escortée dans les magasins dès le lendemain. Tim et Eliott avaient accepté sans rechigner de porter les emplettes. Lorie, quant à elle, avait acheté quelques tenues, fait qui l'avait plongée dans la plus grande perplexité, comme si elle avait découvert au retour à l'agence que certains sacs étaient pour elle. La magie Enora avait encore frappé ! Cela dit, la jeune fille s'était vengée le samedi matin en emmenant Enora courir. Celle-ci avait réussi à entraîner Saphia dans l'aventure. Épuisée, la journaliste avait renoncé à l'accompagner lors de sa visite hebdomadaire aux Vieilles Sorcières. Tim, le seul de la tribu à apprécier de jouer au Scrabble, avait donc escorté Enora à la maison de retraite, où il avait fait sensation. Si les commentaires sur son physique avenant l'avaient mis mal à l'aise, ceux sur ses talents au jeu de lettres, dont il avait remporté toutes les parties, l'avaient quelque peu détendu. La menace qui pesait sur Enora justifiait qu'elle ne se déplace plus sans un garde du corps, ce que la jeune femme acceptait sans difficulté, et les Vieilles Sorcières, informées des derniers rebondissements, avaient approuvé avec vigueur, le regard empli de malice. Kyrin n'avait pu s'empêcher de sourire lorsque la jeune femme lui avait relaté cette visite. Ce n'était certes pas son frère qui se serait lancé dans l'énumération de ses propres qualités ! La bonne nouvelle était que désormais, le réseau des vieilles dames était activé, afin de rassembler un maximum d'informations sur le Lébérou. Avec un peu de chance, peut-être quelqu'un parviendrait-il à l'identifier, voire à dénicher son antre. Les clans surnaturels se montraient souvent réservés les uns envers les autres, mais les amitiés nouées par les Nielsen étaient solides. Les complices de Greta feraient tout ce qui était en leur pouvoir pour protéger Enora et les magiciennes qui risquaient de devenir les victimes du monstre.

Officiellement, un dégât des eaux monumental avait ruiné l'appartement d'Enora, la contraignant à emménager chez les Nielsen le temps des travaux. Il avait bien fallu trouver une explication plausible, au cas où Saphia aurait débarqué chez son amie à l'improviste, comme cela arrivait fréquemment. C'était Lorie qui en avait eu l'idée.

Comme si le fait de penser à elle suffisait à la faire apparaître, Lorie fit son entrée dans la kitchenette. Ses cousins ouvrirent des yeux ronds en découvrant sa mise. Gênée, la jeune fille tira sur sa jupe, qui lui arrivait aux genoux, comme pour lui faire gagner quelques centimètres. Si elle s'acharnait encore un peu, elle parviendrait peut-être à étirer le tissu jusqu'à couvrir ses chevilles.

— Lorie, tout va bien ?

— Non, ça ne va pas, Sören. Je dois porter ce genre de truc pour ma mission d'infiltration.

Lorie montra d'un geste vague son ensemble. Kyrin la

trouvait très jolie, ainsi vêtue. Certes, Lorie était belle au naturel, mais à force de la voir en jean et tee-shirts, à se battre ou à tenir la dragée haute aux frères Nielsen, il avait presque oublié qu'elle était une jolie jeune fille. De toute évidence, parader dans des tenues plus féminines la mettait mal à l'aise, aussi jeta-t-il un regard d'avertissement à Sören, l'enjoignant à ne pas taquiner davantage leur cousine sur le sujet.

— En quoi consiste ta mission ? s'enquit Enora.

— Je dois infiltrer une entreprise dont le personnel féminin démissionne sans préavis à toute vitesse depuis quelque temps.

— Marrant, ça me rappelle quelque chose, marmonna Sören en lançant un coup d'œil ironique à Lukas.

— Ça n'a rien à voir, intervint Kyrin. Lukas ne harcèle pas les femmes.

Ce dernier leva sa tasse en un semblant de toast pour remercier son frère de remettre les choses en perspective.

— Le PDG soupçonne ce genre de problème dans l'entreprise, reprit Kyrin, mais comme personne n'a porté plainte ou fait remonter le moindre incident, il ne peut rien prouver. Donc, Lorie va aller...

— ... se faire harceler, ricana l'adolescent. Essaie de ne pas trop leur refaire le portrait.

— Je ne peux rien promettre. Je suis déjà au maximum des efforts que je suis capable de faire, avec cette jupe.

Très digne, la jeune fille se servit un café.

— Je suis surpris que tu envoies Lorie, K, releva Eliott.

— Vu que Lorie est la seule femme sur le terrain, c'est plutôt logique, répondit Arzian.

Les sourires taquins de Sören et des jumeaux lui firent hausser un sourcil.

— D'habitude, Kyrin se charge lui-même de ce genre d'affaires, expliqua Eliott. Il est très convaincant, d'ailleurs. Il a passé beaucoup de temps à observer les attitudes des femmes jusqu'à pouvoir les imiter. Même Lukas s'y est laissé prendre, et pourtant, c'est le spécialiste ès femmes !

Enora cacha son sourire dans sa tasse de café, tandis que Lukas grimaçait. Kyrin haussa les épaules. Oui, comme toujours, il avait fait des recherches poussées pour ne pas se faire démasquer à la première occasion. À l'époque, il avait réussi à mener son frère en bateau assez longtemps pour que ce dernier lui demande son numéro de téléphone. Si ce dernier n'avait pas été sous le contrôle de ses hormones en ébullition, il aurait identifié sa signature énergétique et se serait rendu compte de la supercherie. Mieux valait que Kyrin s'abstienne de mentionner qu'il s'était entraîné à marcher avec des talons ! Pareille anecdote serait racontée à ses petits-enfants, à n'en pas douter !

— Qu'est-ce qui a changé ? s'enquit Arzian.

Kyrin fut tenté d'ignorer sa question, comme il le faisait souvent. Toutefois, les regards insistants des autres lui firent prendre conscience qu'ils attendaient aussi une justification à ce qui, pour eux, était un comportement inhabituel de sa part.

— Quelqu'un m'a expliqué que je devais arrêter de vouloir tout gérer.

Les regards convergèrent sur Enora, dont les yeux pétillaient de gaieté. La première réaction de Kyrin, en découvrant ce nouveau contrat, avait été de s'en charger lui-même. Sa capacité à adopter n'importe quelle apparence faisait de lui le candidat idéal. Pourtant, quelque chose l'avait arrêté. Après réflexion, il avait décidé, bien qu'à contrecœur, de laisser Lorie s'occuper de cette mission. Il s'agissait d'un problème humain, aussi la jeune fille pouvait-elle se débrouiller pour réunir les preuves nécessaires sans se mettre en danger. Comme l'avait souligné Sören, elle était capable de distribuer un coup de poing ou un coup de genou bien senti si besoin. Par ailleurs, il ne pouvait pas la présenter comme un membre de l'équipe tout en continuant à la couver, sous prétexte qu'elle était une femme. Il ne lui serait pas venu à l'idée de le faire pour l'un de ses frères, aussi devait-il mettre en sourdine son côté protecteur pour ne pas se transformer en gros macho. Henrick n'avait jamais traité sa femme autrement que comme une partenaire qui était son égale.

— Enora, épouse-moi !

La déclaration emphatique de Lukas fit rire les autres.

— Tu as réussi là où nous avons tous échoué, durant

toutes ces années ! Tu as obtenu que le grand chef autoritaire lâche du lest ! Pour cela, tu as droit à ma gratitude éternelle, et je suis prêt à sacrifier ma chère liberté pour te garder parmi nous.

— Lukas, ce serait avec plaisir, mais il y a un problème : je te rappelle que tu sors avec ma meilleure amie.

— Moi, je constate qu'Enora parle de Saphia, alors qu'elle aurait juste pu dire qu'elle ne peut pas, puisqu'elle sort avec K.

Kyrin et Enora se figèrent en entendant Sören. Ils ne se cachaient pas, à proprement parler, cependant, ils n'avaient pas encore évoqué leur relation avec le reste de la famille. Kyrin secoua imperceptiblement la tête : il n'aurait pas dû être étonné que la bande de fouines qui lui servait de fratrie soit informée. Rien ne demeurait secret bien longtemps, ici, surtout avec la manie du petit dernier d'espionner son monde. À tous les coups, le renardeau avait attendu le moment propice pour lâcher sa bombe.

— Vous pensiez vraiment qu'on n'était pas au courant ? ricana Sören.

« Ta famille, ton problème », semblait signifier le regard d'Enora. Ah ! Tiens ! Là, ça ne la dérangeait pas qu'il reprenne les rênes, songea Kyrin, amusé.

— Eh bien ! Voilà, vous savez. Et je vous rappelle qu'une longue semaine nous attend, donc je vous suggère de finir votre café et de vous mettre au travail.

Lorie examina une dernière fois sa tenue, avant de quémander l'avis d'Enora, qui valida d'un pouce levé accompagné d'un large sourire.

— J'ai l'impression d'être déguisée, grommela la jeune fille en quittant la pièce.

— Hauts les cœurs, p'tite couz, l'encouragea Sören en passant un bras autour de ses épaules. Pense à Kyrin, quand il doit prendre l'apparence d'une femme. C'est bien pire que quelques vêtements. Considère que c'est ta tenue de combat.

La suite de leur conversation se perdit dans le couloir. Kyrin attendit que tout le monde soit parti, buvant son café adossé au comptoir dans le hall. Il regarda Arzian embrasser son fils avant de le confier à Enora. Kyrin fit mine de se concentrer sur l'agenda pour ne pas fondre sur son frère et l'éloigner de la jeune femme d'une bourrade. Il avait conscience qu'il se comportait de manière irrationnelle, mais il lui était de plus en plus difficile de réprimer ses sentiments.

— Si tu pouvais te voir dans un miroir, tu te ferais peur tout seul.

Enora s'approcha, Lohan calé sur son épaule. L'enfant se montrait moins farouche et ne semblait plus redouter Kyrin, même s'il n'en était pas encore à venir se nicher dans ses bras comme il le faisait avec Tim ou Lorie.

— Tu devrais parler avec ton frère, reprit la jeune femme. Ne laisse pas les non-dits s'installer. Ça ne te ressemble pas de refuser d'affronter les choses en face.

Kyrin grimaça, mais ne nia pas. Enora n'avait posé aucune question, jusqu'à présent, respectant les secrets de la famille Nielsen.

— Je ne vais pas te mentir : sans Lohan, il y a longtemps que ce serait fait.

— Faux. Sans Lohan, tu n'aurais même pas laissé ton frère franchir la porte. Là, il s'agit d'avoir une discussion à cœur ouvert et de mettre les choses à plat. J'ai vécu avec vous quelques jours avant son arrivée, et je ressens bien le malaise qui s'est installé entre vous tous. Vous êtes tellement liés, en temps normal, que ça me peine de vous voir sur vos gardes. Lukas et toi rongez votre frein, Arzian attend que vous preniez l'initiative, les jeunes marchent sur des œufs, même s'ils sont moins tendus. Et je ne parle pas de Greta et Érick.

— C'est très désagréable de t'entendre me faire la leçon.

— Tu n'as pas l'habitude, c'est pour ça.

Kyrin porta la main au visage de la jeune femme pour lui caresser la joue. Elle tourna la tête et déposa un baiser dans le creux de sa paume.

— Cela fait dix ans que je gère tout, et d'un seul coup, j'ai l'impression que tout m'échappe en même temps.

— Que crains-tu ?

Tellement de choses ! Que l'arrivée de nouveaux éléments dans l'équipe bouleverse l'équilibre. Que l'un des siens soit blessé parce qu'il aurait délégué une enquête au lieu de la prendre en charge. Que le retour d'Arzian signe une révolution au sein de la famille. Que cette révolution crée une scission entre eux tous. Que le Lébérou s'attaque à Enora. En cherchant encore un peu, Kyrin aurait sans doute pu trouver quelques points à ajouter.

— De prendre les mauvaises décisions, même avec les meilleures intentions du monde, et que les autres en paient le prix.

— Un jour, il faudra que tu me racontes quelle mauvaise décision tu as prise pour douter autant de ta capacité à gérer les choses, alors que tu sembles le faire à la perfection depuis si longtemps.

Il aurait dû partir. Il avait du travail. Enora aussi. Pourtant, il n'en fit rien. Enora s'était montrée patiente. Elle ne lui avait pas demandé pourquoi il l'avait rejetée avec tant de vigueur, n'avait rien demandé concernant Arzian. Kyrin ne pouvait pas l'inclure dans sa vie, dans leur vie à tous, sans lui expliquer la situation.

— Elle s'appelait Judith.

Enora l'observa avant de hocher la tête et de s'asseoir. Prête à l'écouter, sans jugement. Alors, il lui fit un récit succinct des événements. Kyrin la vit froncer les sourcils quand il lui raconta certaines des réactions de Judith, l'émotion se peindre sur ses traits à l'évocation de la mort de ses parents. Elle n'afficha ni dégoût ni reproche lorsqu'il révéla la traque à laquelle il s'était livré pour venger Tania et Henrick. Son visage se fit pensif lorsqu'il acheva avec le départ inattendu d'Arzian.

160

Étrangement, elle ne commenta pas la partie concernant Judith. Dans la mesure où il avait surmonté ses réticences, sans doute jugeait-elle inutile de disserter sur le sujet. Il lui en fut reconnaissant. Enora, avec sa bienveillance habituelle, se concentrait sur le plus important. Le présent. Arzian.

— Il n'y a pas eu de signe qu'il souhaitait partir ?

— Pas que je me souvienne. D'un autre côté, nous étions tous tellement sens dessus dessous que nous avons peut-être manqué certaines choses. Il s'est heurté plusieurs fois à papy au sujet de l'agence, mais j'étais occupé à traquer les sorciers noirs, donc souvent absent.

Il soupira, passa la main dans ses cheveux, songeant qu'il allait falloir qu'il les rase, car ils commençaient à être un peu trop longs à son goût.

— J'ai tourné et retourné les choses des dizaines de fois, sans jamais comprendre ce qui s'était passé dans son crâne épais pour en arriver à nous laisser tomber.

— Je pense que tu n'as pas considéré les faits sous le bon angle, fit Enora avec douceur.

— Comment ça ?

— S'il était resté, que se serait-il passé ?

— Eh bien, les choses se seraient déroulées comme elles l'auraient dû. Arzian aurait pris la tête de l'agence.

Et par ricochet, de la famille, les deux étant indissociables. C'était ce qui terrifiait Kyrin, à présent que son frère était de retour. En tant qu'aîné, Arzian pouvait tout à fait réclamer la place, d'autant que lui pouvait adopter une forme animale. C'était la raison pour laquelle Kyrin repoussait la discussion qu'il aurait dû avoir avec ce dernier dès son arrivée. Parce qu'il ne savait pas quelle décision il prendrait, si Arzian déclarait son intention de récupérer le poste qui lui revenait. Kyrin n'avait pas voulu devenir le chef de famille, toutefois, à présent, il était hors de question pour lui de céder la place. Que se passerait-il si son frère s'entêtait ? Se battraient-ils ? Qu'il gagne ou qu'il perde, cela bouleverserait l'équilibre des Nielsen en profondeur.

Poings serrés, Kyrin s'efforça au calme. Ils n'en étaient pas encore là. Arzian observait, reprenait ses marques, évaluait les choses. Pour le moment, lui non plus n'était pas prêt pour une confrontation.

— Vous êtes impressionnants, vous, les Nielsen, soupira Enora en se levant. Vous êtes intelligents, sans doute plus que la moyenne, pourtant, quand il s'agit de sentiments, vous vous comportez parfois comme de beaux idiots.

— Que veux-tu dire ?

— Que tu devrais parler de toute urgence à ton frère. Je pense avoir compris pourquoi il est parti il y a dix ans, et tu l'aurais compris aussi si tu avais analysé les choses avec un peu de recul, parce que c'est assez évident. Arzian n'est pas un ennemi, pas plus que je ne suis comme Judith.

Elle adoucit son discours par un baiser, avant de rejoindre le comptoir, Lohan sur les talons. Kyrin resta immobile, songeur. Il ne voyait pas ce qui semblait sauter aux yeux d'Enora. Cependant, elle paraissait confiante. Il aviserait et ferait au mieux. Comme toujours.

.

Chapitre 13
Une affaire en expansion

Enora s'efforçait de ne pas observer avec trop d'insistance l'homme qui patientait dans la salle d'attente. Cela aurait été très impoli de le regarder comme une bête curieuse. Grâce à Lohan, caché sous le comptoir, la jeune femme savait que Liam O'Connel était un Ankou, un ange guerrier. Les anges existaient ! Et l'Ankou, cette créature personnifiant la Mort, n'était absolument pas tel que les légendes bretonnes le décrivaient. Encore une chose à ajouter dans la base de données. Cela dit, l'homme qui attendait avec placidité que Lukas et Tim le reçoivent n'avait rien d'angélique, avec ses cheveux noirs, ses yeux bleu saphir et ses traits affirmés. Jamais elle n'aurait deviné ce qu'il était sans l'aide du panda roux. Bon, elle aurait compris qu'il était un guerrier, ça, on pouvait le voir à sa carrure et à son attitude, mais le côté angélique, il fallait vraiment le chercher ! Il ne la regardait pas en face, plissant les yeux chaque fois qu'il tournait la tête dans sa direction. Avait-il des problèmes de vue ? Voilà qui risquait d'être rédhibitoire pour son embauche.

La sonnerie du téléphone interrompit le cours des réflexions d'Enora.

— *Bonjour, j'ai rendez-vous à quatorze heures, mais je n'arrive pas à entrer sur le parking.*

Enora se décala pour jeter un coup d'œil à l'extérieur. À travers la baie vitrée, elle aperçut un homme, debout juste devant l'entrée, sa voiture garée le long du trottoir. Les pierres enchantées avaient parlé : recalé !

— Je suis navrée que vous vous soyez déplacé pour rien, je n'ai pas eu le temps de vous appeler pour vous prévenir que le rendez-vous est annulé.

Elle n'allait certes pas lui dire que les pierres ne le jugeaient pas fiable ! Les petits secrets de *Nielsen Investigations* ne devaient pas être dévoilés aux méchants ! Il comprendrait sans doute, s'il n'était pas trop stupide, que la magie s'était chargée de la première étape de son entretien d'embauche et lui avait refusé l'accès aux étapes suivantes.

— *Vous voulez dire que j'ai fait le déplacement pour rien ?* éructa l'homme.

— J'en ai bien peur. Bonne journée.

Enora s'empressa de raccrocher. Lukas lui avait donné des consignes claires : face à ce genre d'individus, elle devait mettre fin à la conversation au plus vite, sans justification particulière. De son poste d'observation, elle vit l'homme aller et venir encore quelques minutes, approchant puis reculant, cherchant la faille. Apparemment, il était même prêt à escalader le mur qui ceignait la propriété ! Il finit par céder et repartir. La jeune femme raya son nom de l'agenda et l'agrémenta d'un code dont elle avait convenu d'avance avec Lukas pour signifier que l'homme n'était pas amical. C'était toujours bon à savoir pour les Nielsen : connaître les gens malintentionnés ne pouvait que leur servir !

À l'occasion de ces entretiens d'embauche, Enora avait découvert un Lukas différent de ce qu'il lui avait donné à voir jusqu'à présent. Certes toujours élégant, charmeur et drôle, il s'avérait très sérieux dans son travail. Elle avait alors réalisé que Lukas était le bras droit de Kyrin depuis plusieurs années et que ce dernier, qui déléguait rarement les responsabilités, le faisait lorsque c'était Lukas qui prenait le relais.

— Vous mentez mal.

La voix grave de Liam O'Connel la fit sursauter. Il ne la regardait toujours pas, détournant légèrement la tête, mais un léger sourire étirait ses lèvres et sa posture était détendue.

— Ce n'est pas un talent que j'ai eu l'occasion de développer.

Cette façon de ne pas la regarder, alors qu'elle était certaine qu'il était parfaitement conscient du moindre de ses gestes, commençait à l'agacer. Les pierres l'avaient laissé passer, il ne lui sauterait donc pas dessus pour lui trancher la gorge si elle lui disait son fait, n'est-ce pas ? Et puis, c'était un ange...

— J'ai une verrue sur la figure ?

— Pardon ?

Il tourna enfin le visage, mais plissa encore les yeux, comme si quelque chose l'agressait.

— Vous ne me regardez pas et quand vous le faites, on dirait que vous souffrez atrocement.

Il éclata de rire. Enora eut une petite moue vexée.

— Vous ignorez tout des Ankous, n'est-ce pas ?

— Je n'ai pas eu le temps de me renseigner.

— Les anges, dont les Ankous sont une catégorie parmi d'autres, perçoivent les âmes de lumière des humains. La vôtre est intense. Pour moi, c'est comme essayer de regarder le soleil en face.

Que voilà un joli compliment ! Même s'il se contentait d'exposer la situation sans la moindre trace de séduction, Liam venait tout de même de la comparer au soleil, l'air de rien.

— Ça ne doit pas être très pratique pour vous promener au milieu d'une foule.

— Tous les humains ne sont pas dotés d'une âme de lumière. Seuls les meilleurs en ont une.

Cet homme était excellent pour son ego ! Si Lukas et Tim ne le sélectionnaient pas comme nouvel équipier potentiel, ils entendraient Enora râler ! Elle le leur fit d'ailleurs savoir sans ambiguïté une fois l'Ankou reparti.

— Sois tranquille, sœurette, il est sur la liste, et plutôt bien placé, la taquina Lukas. Par contre, évite de montrer trop d'enthousiasme devant Kyrin, il risque de le voir comme un rival et de décider de ne pas le prendre. Ce serait dommage de devoir renoncer à deux cents ans d'expérience de chasse aux démons à cause d'une crise de jalousie.

— Il a deux cents ans ?

— C'est jeune, pour un Ankou, expliqua Tim, comme si c'était un fait tout à fait banal.

Dans dix ou vingt ans, peut-être Enora parviendrait-elle à être aussi blasée devant les phénomènes surnaturels. Peut-être.

— Et il n'a pas assez de travail ?

— Beaucoup moins depuis ces dernières années. Les Ankous traquent les démons. Or la situation s'est améliorée.

C'était plutôt une bonne nouvelle ! Même si Enora ne savait rien des démons, elle supposait qu'ils ne devaient pas être bien sympathiques, si des anges guerriers les traquaient.

— Du coup, les Ankous s'ennuient. Ce sont des hommes et des femmes d'action, ils ne peuvent pas se contenter de redevenir des anges protecteurs lambda. J'avoue que je n'aurais jamais pensé à recruter l'un d'entre eux, mais ce serait un sacré atout pour l'agence d'en avoir un !

Au fil de la journée, ils firent ainsi régulièrement le point sur les candidats. Flattée, Enora constata que les deux hommes prenaient son opinion en compte. Elle comprit qu'ils faisaient exprès de faire patienter les postulants, afin de pouvoir observer leur attitude envers la jeune femme. Que les Nielsen lui accordent tant de considération la touchait.

— Les nouveaux doivent être capables de s'entendre avec chacun, expliqua Tim. Ils auront souvent affaire à toi, puisque tu es notre interlocutrice privilégiée, il est donc hors de question de prendre quelqu'un qui ne te respecte pas, même sans connaître le détail de tes tâches.

Ils avaient pensé à tout ! À la fin de cette journée d'entretiens, les deux frères avaient retenu quatre candidats, dont une Valkyrie du nom de Brynhildr, si grande qu'Enora devait lever la tête pour lui parler. Elle se demandait comment Lorie réagirait à la présence d'une autre femme dans l'équipe. Cela dit, Brynhildr lui avait fait bonne impression. Pour commencer, elle n'avait pas eu l'air perturbée par le charme de Lukas, ce qui était déjà un bon point. Deux autres femmes avaient été recalées pour cette raison. Liam O'Connel faisait partie des trois hommes, et si les deux autres lui avaient bien plu, la jeune femme devait avouer que l'Ankou était son favori. Kyrin trancherait dans les jours qui viendraient. Il n'avait pas caché qu'il voulait des renforts opérationnels pour la prochaine pleine lune, qui aurait lieu dans trois semaines à peine.

Enora venait d'éteindre l'ordinateur lorsque Lorie la rejoignit à l'accueil, vêtue d'un des jeans qu'elle affectionnait tant.

— Je n'arrive pas à y croire ! s'esclaffa la jeune femme. La première chose que tu as faite, en rentrant, a été de te changer ? C'est si difficile que ça, de porter une jupe ?

— Pour moi, oui. J'en ai porté jusqu'à ce que je parte de chez mes parents. J'ai juré de ne plus jamais en mettre, sauf cas de force majeure comme aujourd'hui.

Enora avait bien compris, à quelques allusions ici et là, que les parents de Lorie étaient très stricts et guère enclins à l'amusement.

— Tu n'avais pas le droit de porter des pantalons ?

— On ne me l'a jamais interdit, mais je t'assure que supporter le poids de la réprobation maternelle était irrespirable. La première chose que j'ai faite à mon arrivée ici a été de remplir mon armoire de jeans et vêtements pratiques. Bien sûr, j'ai laissé mes robes, mes chemisiers sages et mes jupes chez mes parents. La liberté, pour moi, ce n'est pas de brûler mon soutien-gorge, mais de porter ce que je veux !

Lorie effectua quelques mouvements de jambe, à la manière d'une danseuse de French Cancan. Elle était remarquablement souple et légère. À sa place, Enora aurait eu l'air ridicule et serait probablement tombée en arrière.

— J'aurais besoin de ton aide pour demain, reprit Lorie en reposant le pied au sol.

— Tu t'es très bien débrouillée, aujourd'hui. Ta tenue était parfaite.

— Pas d'après ma responsable. Elle m'a dit que ma jupe était trop courte.

— N'importe quoi ! s'insurgea Enora. Elle avait la longueur idéale.

— Aglaé soutient le contraire, et comme c'est plus ou moins la patronne et que j'ai besoin de me la mettre dans la poche pour essayer de comprendre ce qui se passe, il vaut mieux que je ne la contrarie pas pour quelques centimètres de tissu.

— Comment s'est passée cette première journée ? s'enquit Enora.

Lorie éclata de rire.

— Pardon ! souffla-t-elle, mais on dirait une maman demandant à sa petite fille comment s'est déroulée sa rentrée des classes.

Enora joignit son rire à celui de la jeune fille. Lohan, installé sur le comptoir, les observait. On aurait presque pu croire que le panda roux souriait aussi.

— Eh bien, reprit Lorie une fois leur hilarité passée, rien de vraiment anormal ne m'a sauté aux yeux. Il n'y a qu'une seule femme, la responsable, Aglaé, et elle a été très aimable avec moi. Pour le moment, mes collègues semblent corrects. J'ai essayé de poser quelques questions l'air de rien concernant le turn-over, mais personne n'a vraiment relevé. Apparemment, ils sont tellement blasés qu'ils ne font plus vraiment attention aux nouvelles. Un peu comme mes cousins avec les standardistes avant toi, dirais-je.

— La remarque de cette Aglaé avait peut-être pour but de t'éviter des ennuis. Si elle est la seule femme, elle doit bien savoir ce qui se passe.

— Peut-être. C'est pour cela que je ne veux pas la contrarier pour une histoire de jupe. En tout cas, quand tu la vois, tu te dis que tu veux être elle quand tu seras grande. Elle est très belle et elle a une classe folle ! Les hommes lui sont totalement dévoués, et elle m'a dit qu'elle sentait un grand potentiel chez moi et espérait que je serais à la hauteur. Ça donne envie de tout faire pour lui donner satisfaction.

— Et je ne doute pas que tu y parviendras, douée comme tu l'es, affirma Enora.

***

Après avoir reçu individuellement les quatre candidats retenus par Lukas et Tim, Kyrin leur fit passer un certain nombre de tests physiques. Si elle n'avait pas été informée de la particularité de certaines enquêtes, Enora aurait sans doute trouvé qu'il exagérait. Cependant, puisqu'ils étaient amenés à croiser des créatures aussi dangereuses que le Lébérou, mieux valait qu'ils soient dangereux également !

À la grande surprise de la jeune femme, Brynhildr était au courant de tout ce qui lui était arrivé. Radio Vieilles Sorcières avait rempli son office.

— Tu es devenue une sorte de célébrité, Enora Kerlan, lui lança en souriant la Valkyrie tandis qu'elle attendait son tour pour les tests.

— Je m'en serais bien passé. D'autant que je n'ai accompli aucun exploit qui mérite d'en devenir une.

— Tu as survécu à ta rencontre avec le monstre de la pleine lune, et tu as réussi à résister au charme de Lukas Nielsen. Ça fait deux exploits.

Le regard torve d'Enora fit rire la femme.

— Tu m'as fait gagner beaucoup d'argent, reprit celle-ci.

— Comment ça ?

— Chaque fois qu'une nouvelle standardiste est engagée par *Nielsen Investigations*, les paris sur la durée de son contrat vont bon train. C'est devenu un des divertissements préférés de la communauté surnaturelle, ces derniers temps.

Ils n'avaient rien de mieux à faire ?

— Par chance, j'ai un bon réseau. J'ai été informée que tu étais une candidate différente et que Greta Nielsen croyait beaucoup en toi.

— Laisse-moi deviner : tu as eu des infos de première main parce que tu connais les Vieilles Sorcières.

— Je connais surtout Sophie. Bref, j'ai parié que tu tiendrais au-delà de la Saint Valentin.

— Pourquoi la Saint Valentin ?

C'était vexant de penser que les gens ne l'avaient pas crue capable de tenir plus de trois semaines ! Et encore ne savaient-ils pas que Kyrin l'avait virée dès le premier jour ! Quelqu'un avait-il parié sur cette hypothèse ?

— Si une femme se fait des illusions sur un homme, elles sont exacerbées par cette fête commerciale. Les fleurs, les chocolats, les petits cœurs, les publicités partout et les vitrines, la fête des amoureux est omniprésente, impossible d'y échapper. Il semblait donc logique que le quatorze février représente une sorte d'étape essentielle.

— Je devrais demander un pourcentage sur tes gains, grommela la jeune femme, amusée.

— Ça représente une petite fortune. Tu étais loin de partir favorite.

— Parce que je suis humaine ? devina Enora.

Brynhildr opina.

— Et si tu n'avais pas eu des tuyaux sur moi, qu'aurais-tu parié ?

— Je n'aurais pas joué. Je ne joue que si je suis sûre de gagner, et uniquement quand il y a un gros lot à la clef. C'est bien plus intéressant.

Liam O'Connel les rejoignit, le visage marqué. Quand Kyrin annonçait vouloir vérifier les aptitudes au combat des candidats, il ne plaisantait pas ! Brynhildr haussa un sourcil en découvrant dans quel état il se trouvait. Comme Liam chaussait des lunettes de soleil, Enora lui sourit. Il les portait déjà à son arrivée, en prévision de leur rencontre, et avait pu lui parler de face. Encore un détail qui jouait en faveur de l'Ankou.

— Il est aussi bon qu'on le raconte, informa l'Ankou. Et il cogne fort.

Enora sentit une pointe de fierté à l'idée que son homme était respecté dans la communauté magique. Jusqu'à présent, elle n'avait pas eu l'occasion de le voir interagir avec d'autres surnaturels, et n'en avait guère rencontré elle-même. Aussi n'avait-elle aucune idée de la façon dont les Nielsen étaient perçus, et en particulier leur chef, métamorphe, mais incapable de prendre forme animale. La jeune femme avait eu le temps de se renseigner sur les Ankous et ne s'était pas privée de parcourir le dossier monté par Eliott sur Liam. Elle savait donc que ces derniers étaient de redoutables combattants. Que Kyrin ait réussi à lui tenir la dragée haute en dépit de son incapacité à se transformer l'emplissait de joie. Compatissante, elle proposa de la glace à l'Ankou, qui déclina. Lorsque Kyrin vint chercher Brynhildr, la jeune femme constata que lui aussi n'avait pas été épargné. Son beau visage était meurtri. L'enthousiasme d'Enora en fut refroidi. Bien sûr, les quatre candidats n'étaient pas des amateurs, ils savaient forcément se battre. Le regard de Kyrin balaya la scène, et si rien dans son expression ne trahit ses pensées, Enora était certaine qu'il notait le fait que Brynhildr et Liam, bien qu'adversaires pour le poste, conversaient amicalement et l'avaient incluse dans la discussion. Sans le vouloir, ils venaient sans doute de gagner des points. Sur un signe de Kyrin, la Valkyrie les abandonna pour aller se confronter au chef des Nielsen.

Ce recrutement, bien que stressant, car source de nouveaux bouleversements, s'avérait passionnant !

Chapitre 14
Affaires de familles

Kyrin entra dans la chambre d'Enora. La jeune femme était installée sur le lit, adossée aux oreillers, en train de lire. Elle ne leva pas la tête, prenant bien soin de rester cachée derrière sa liseuse : si elle croisait le regard du jeune homme, elle risquait d'éclater de rire. Ce serait dommage de mettre fin trop vite à la blague.

— J'ai l'impression que quelqu'un est passé fourrer son nez dans mes placards, une fois de plus.

— Je jure que cette fois-ci, je n'ai pas réordonné tes affaires à la russe.

Deux jours plus tôt, en réponse à une énième remarque sur le bazar qui régnait dans sa chambre, Enora avait décidé d'aller faire une incursion dans la sienne. Elle s'était arrangée pour se trouver avec lui au moment où il était rentré. La tête de Kyrin en découvrant la façon dont elle avait réorganisé ses étagères valait son pesant d'or. Et encore avait-elle été gentille en ne mettant pas tout par terre, tout bonnement.

— Le tri par couleur, c'est bien mieux, avait argumenté Kyrin en commençant à rassembler les pulls bleus, que la jeune femme avait dispersés dans plusieurs piles.

Elle avait poussé le vice jusqu'à mélanger les tee-shirts et les pulls, histoire d'ajouter une touche de fantaisie.

— Il existe d'autres critères de tri.

— Ah oui ? Alors, éclaire-moi sur celui que tu as utilisé avec mes placards, parce que j'ai beau chercher, je ne trouve pas.

— On l'appelle le rangement à la russe, avait-elle déclaré avec aplomb.

— À la russe... comme la roulette ? On appelle ça le hasard, tout simplement.

Il la connaissait trop bien ! La jeune femme avait éclaté de rire avant de l'aider à remettre un semblant d'ordre – à la Kyrin. Elle avait beaucoup ri aussi, le lendemain, en découvrant qu'il lui avait rendu la pareille en réorganisant ses placards selon sa méthode. Kyrin était capable de se montrer taquin !

Ce jour-là, Enora était donc allée chercher tous les vêtements noirs de Kyrin, vidant une grande partie de ses armoires puisqu'il s'agissait de sa teinte de prédilection, pour les fourrer avec les siens. Pour faire bonne mesure, elle avait également kidnappé ses chemises impeccablement repassées. Sören, en la voyant aller et venir, avait proposé de lui donner un coup de main, enchanté de jouer un tour à son frère. La jeune femme avait guetté le retour de Kyrin avec impatience, curieuse de voir comment il allait réagir. Après tout, il aurait dû deviner qu'elle n'en resterait pas là. Il n'avait qu'à fermer à clef la porte de son appartement, s'il ne voulait pas qu'elle y remette les pieds. Il fonça droit sur le placard. À sa décharge, il n'esquissa même pas une grimace en découvrant la façon dont elle avait tassé ses vêtements pour les faire rentrer.

— Nous devrions faire le contraire, laissa-t-il tomber négligemment en attrapant quelques chemises.

— Comment ça ?

— Tes affaires dans mes placards. J'ai plus de place que toi.

Enora en resta muette de saisissement. Il était rare de la surprendre au point de court-circuiter son sens de la repartie. Sur ce coup-là, Kyrin avait réussi. L'air mortellement sérieux, il attendait qu'elle se reprenne. Parce qu'elle le connaissait bien, à présent, Enora comprit que son attitude détachée masquait en réalité une attente angoissée devant un possible refus.

— Je te préviens, je vais m'occuper un peu de la décoration.

— Tant que tu ne repeins pas un mur en jaune et un autre couleur framboise, ça devrait aller.

Il esquissa un sourire qui acheva de faire craquer la jeune femme. Envoyant valser la liseuse, Enora bondit du lit pour se précipiter dans ses bras. Puis elle entreprit d'entasser ses vêtements dans sa valise, sans le moindre égard. Kyrin secoua la tête d'un air désabusé.

— J'ai introduit le loup dans la bergerie, marmonna-t-il. C'est fini, je ne retrouverai plus jamais mes affaires.

— Oh oui ! On pourra jouer à « Loup, y es-tu ? », mais à l'envers !

Il la regarda avec une expression d'incompréhension qu'elle trouva adorable. Enora aimait le déstabiliser, c'était devenu un jeu qu'elle pratiquait avec enthousiasme, bien décidée à mettre un peu de fantaisie dans la vie trop bien rangée de Kyrin Nielsen. Il se laissait faire, tolérant de sa part des choses qui auraient sans doute valu des pompes à ses frères ou à sa cousine. Si ça, ce n'était pas de l'amour, elle n'y connaissait rien !

— Loup, y es-tu ? M'entends-tu ? Que fais-tu ? chantonna-t-elle. J'enlève ma chemise ! fit-elle en essayant de prendre une voix grave.

Son fou rire ruina quelque peu l'effet. Kyrin haussa un sourcil. Ses yeux pétillaient, signe de son amusement, qu'il s'efforçait de contenir. Un jour, elle réussirait à le faire rire aux éclats, foi d'Enora.

— Ça s'appelle un strip-tease, fit-il remarquer.

— Tu en feras un, rien que pour moi ?

Il se contenta de sortir de la chambre avec ses

vêtements, laissant Enora batailler avec sa valise trop remplie qu'elle n'arrivait pas à fermer. Sören, éternelle commère de la famille, passa la tête dans l'embrasure alors qu'elle s'asseyait dessus pour tenter de tout tasser vaille que vaille.

— Besoin d'aide ?

— Tu peux t'occuper des vêtements de Kyrin, proposa la jeune femme.

— Si tu touches encore à mes affaires, je me fais une pelisse avec ta fourrure, le renardeau ! cria Kyrin de l'autre bout du couloir.

— Oups ! Je tiens à la vie, moi, commenta l'adolescent.

Enora lui tendit sa valise, dont elle était venue à bout, avant de prendre une brassée de tee-shirts. Kyrin ne dit rien en la voyant arriver, les bras pleins, semant deux ou trois vêtements derrière elle, que Sören prit bien soin de contourner à grand renfort de gestes théâtraux. Kyrin ne dit rien non plus en la voyant changer les draps et la housse de couette. Au contraire, il lui donna un coup de main. Sans doute avait-il compris qu'elle avait fait exprès de choisir les plus colorés qu'elle avait pu trouver. Il ne dit rien non plus lorsqu'une fois le lit refait, il l'attrapa et la fit tomber au milieu, avec l'intention manifeste de froisser les draps.

**

Au terme de la semaine, Kyrin avait arrêté sa décision : les quatre candidats étaient engagés pour une période d'essai. Enora avait été surprise, mais d'un autre côté, en observant l'agenda, il n'y avait rien d'étonnant à ce que *Nielsen Investigations* recrute massivement : les Nielsen allaient enfin pouvoir s'accorder des vacances, à tour de rôle, une fois les nouveaux formés. Par ailleurs, Kyrin anticipait la possibilité que l'une ou l'autre des recrues ne fasse pas l'affaire ou ne souhaite pas rester, tout compte fait. C'était d'autant plus vrai que Liam, en tant qu'Ankou, continuerait à donner la priorité à sa mission d'ange, et que Joshua et Conrad étaient des métamorphes et pouvaient ne pas trouver leur place au milieu des Nielsen. Certes, ils intégraient l'agence, et non la meute, mais la frontière était mince entre les deux, et cela pouvait finir par leur peser. S'ils semblaient pour l'instant ne pas avoir de problème avec l'idée de travailler pour *Nielsen Investigations*, la pratique pouvait s'avérer délicate. Accepteraient-ils sans broncher de recevoir des ordres de Kyrin ?

— Sur le papier, vous avez toutes les qualités requises. Mais rien ne vaut l'expérience du terrain, expliqua ce dernier lors de la réunion qu'il organisa et à laquelle ses frères, Lorie et Enora assistaient également.

Seul Arzian manquait à l'appel. Il n'avait pas été invité et n'avait pas manifesté l'envie de venir. L'annonce fut accueillie par des hochements approbateurs.

— Nous allons donc vous confier quelques enquêtes

qui permettront de voir si nous sommes toujours sur la même longueur d'onde, de chaque côté.

Il leur expliqua le mode de fonctionnement de l'agence, précisa le rôle d'Enora et ce qu'ils pouvaient ou non lui demander, avant de les mener vers les bureaux, qui avaient été réaménagés en vue des changements. Les détectives seraient désormais deux par pièce, ce qui ne posait guère de problème puisque dans les faits, ils passaient peu de temps à l'agence. Lorie avait d'office décrété qu'elle partagerait le sien avec Liam. Le fait qu'il soit le plus séduisant des nouveaux venus n'y était sans doute pas étranger, et Kyrin avait averti sa cousine qu'il ne voulait pas de complications. Enora n'aurait pas été surprise qu'il prenne l'Ankou en tête à tête pour le menacer des pires représailles s'il s'avisait d'avoir des vues sur la jeune fille. Lukas n'avait pas demandé à partager son espace avec Brynhildr : il faisait la part entre travail et vie privée. À partir du moment où elle intégrait l'agence, la Valkyrie n'entrait plus dans la catégorie « femme que Lukas peut séduire ». Cette dernière s'installerait donc dans le bureau de Tim. De toute façon, aux dernières nouvelles, Saphia et Lukas se voyaient toujours et si la journaliste papillonnait volontiers, elle ne courait pas plusieurs lièvres à la fois et en attendait sans nul doute autant de la part du jeune homme.

Une fois les quatre aspirants détectives repartis, Kyrin fit signe aux siens de le rejoindre dans son bureau.

— Tant que je ne les aurai pas validés, ils n'accèdent pas à la salle des archives.

— Étant donné que tu es passé devant sans ouvrir la porte pour la leur montrer, je m'en doutais, fit Enora. Idem pour la salle de contrôle, la salle de magie et le laboratoire.

— Ils n'ont rien à faire non plus dans la partie privative, indiqua Lukas. Seuls les membres de la famille y sont admis.

— Et moi.

Kyrin se pencha par-dessus le bureau pour prendre le menton d'Enora dans sa main.

— Toi, tu es ma compagne. Tu fais partie de la famille.

Il la gratifia d'un baiser profond, inhabituel dans le cadre professionnel, où ils observaient toujours une certaine retenue. C'était la première fois qu'il la qualifiait de compagne. Pas petite amie. Compagne. Et devant les autres, en plus ! Enora se sentit étrangement émue.

Chapitre 15
Orgueil et préjugés

Le week-end démontra une fois de plus que le recrutement de nouveaux détectives, en dehors même de l'affaire du Lébérou, devenait une urgence. Lukas, Tim et Eliott pointèrent à peine le bout de leur nez dans la cuisine familiale, qui semblait bien vide.

— Je me demande si j'ai encore des amis, soupira Eliott.

— Tu as des tas d'amis, rectifia Lorie.

— Virtuels. Ça oui, j'en ai des tas. Je parle d'amis avec qui sortir boire un verre ou danser. Je ne sais même plus à quand remonte ma dernière soirée au *Sanctuaire*.

En compulsant le dossier de Brynhildr, Enora avait découvert avec surprise que la Valkyrie gérait la sécurité d'un club un peu spécial, *le Sanctuaire*, réservé aux créatures surnaturelles, seules capables d'en trouver l'emplacement, puisque le complexe était masqué par la magie. Sur place, chacun pouvait adopter l'apparence qu'il souhaitait, sans avoir à masquer sa nature. Enora espérait bien négocier un laissez-passer spécial pour voir ça de ses propres yeux !

— Eh bien ! intervint Sören en se levant, moi, j'ai une vie sociale, alors je vous laisse. Soirée ciné avec les potes.

— On ne pourrait pas trouver un prétexte pour le punir de sortie ? grommela Geek. Pour lui faire passer cette mauvaise habitude de narguer les courageux travailleurs.

— Tu as du boulot, rappela son cadet en opérant un retrait stratégique.

— Vivement que les nouveaux soient opérationnels.

Ce fut le moment que choisit Kyrin pour appeler Enora. La jeune femme grimaça quand il lui annonça qu'il risquait de rentrer tard, puisque sa cible avait décidé de passer du bon temps dans un club de strip-tease. Heureusement qu'elle avait confiance en lui, sinon, elle serait sans doute morte dans les affres de la jalousie !

— Soirée filles ? proposa-t-elle à Lorie.

Arzian se faisait discret lorsqu'il revenait de l'appartement d'Enora et passait tout son temps libre avec son fils. Lorie était donc sa dernière chance de ne pas passer une soirée en tête à tête avec Nemo.

— On pourrait inviter Saphia. Lukas étant au boulot, elle est seule aussi.

— Ça ne pose pas de problème de la faire venir dans les parties privatives ? s'enquit Enora.

L'idée ne lui avait pas traversé l'esprit que son amie pouvait venir. D'un autre côté, même si Lorie était une excellente combattante, sortir sans escorte n'était pas une bonne idée. La meilleure solution était sans conteste de faire venir Saphia.

— Il suffit de prévenir tout le monde. C'est rare qu'on reçoive des invités non surnaturels, mais ça arrive parfois. Sören, notamment, a des copains du collège qui passent de temps en temps.

La journaliste ne se fit pas prier pour les rejoindre. Si elle jeta un coup d'œil curieux en direction de la porte que Lorie indiqua comme étant celle de l'appartement de Lukas, Saphia les suivit sans rechigner chez la jeune fille. Celle-ci se montrait enchantée de jouer les maîtresses de maison et d'inaugurer son coin-cuisine. Occupée à sa formation de détective, Lorie n'avait pas vraiment eu l'occasion de nouer des amitiés, du moins pas de celles qui aboutissaient à ce genre de réunion. Elle avait décliné la proposition d'Enora de l'aider à préparer quoi que ce soit.

— J'ai l'impression que ces derniers, temps, on ne se voit presque pas, fit remarquer Saphia en prenant place dans le canapé.

— C'est vrai. D'habitude, il ne se passe presque pas un jour sans qu'on échange au minimum une cinquantaine de messages ! ajouta Enora pour le bénéfice de Lorie.

Sa vie était devenue tellement trépidante et pleine de secrets qu'elle préférait ne pas courir le risque de faire une gaffe dans ses échanges avec son amie. Elles avaient l'habitude de se répondre du tac au tac, sans prendre le temps de peser leurs mots. Enora était tout à fait capable de lui parler du Lébérou sans s'en rendre compte !

— C'est ce qui arrive quand un homme s'interpose, lança Lorie depuis la kitchenette où elle s'affairait à la préparation de cocktails. Alors quand il y en a deux...

Oups ! Enora se mordit la lèvre. Elle n'avait pas encore eu l'occasion d'annoncer à sa meilleure amie qu'il y avait du changement dans sa vie amoureuse. Ou, plus exactement, que désormais, elle en avait une.

— Nora...

La façon dont Saphia l'observait tout en susurrant son surnom avait toujours fait son effet sur Enora : dans ce cas, elle lâchait tout ce qu'elle était censée cacher. Liam avait raison, elle faisait une très mauvaise menteuse. Lorsqu'elles étaient plus jeunes, quand les parents de Saphia voulaient savoir quelque chose et que leur fille refusait de parler, ils se tournaient vers Enora. Elle se mettait à rougir, à se trémousser, à balbutier, et même si elle n'avouait jamais vraiment, ils parvenaient à déduire les choses de ses réactions. Il était beaucoup plus facile de mentir à une inconnue au téléphone pour annoncer que Lukas travaillait pour un quelconque service secret !

— Aurais-tu oublié de me raconter quelque chose ?

— Il se pourrait que, éventuellement, peut-être...

Enora s'interrompit, soupira devant la mine de chatte de son amie et le visage hilare de Lorie, qui ne perdait pas une miette de sa performance.

— Je suis avec Kyrin, lâcha-t-elle tout à trac.

— Je veux tous les détails ! piaffa son amie.

Ça, bonne menteuse ou pas, c'était hors de question ! Heureusement, Lorie se porta à son secours.

— Notre petite Enora a fait craquer mon cousin avec ses barrettes colorées et ses pâtisseries. Il a eu beau lutter, il a fini par se rendre à l'évidence : il est fou d'elle !

Enora sentit une bouffée de joie l'envahir : Kyrin n'était pas homme à se lancer dans de grandes déclarations d'amour. Il privilégiait les gestes plutôt que les mots. Ainsi, le souci qu'il se faisait pour sa sécurité valait bien des « je t'aime », sans compter la tolérance dont il faisait preuve face à son excentricité. La façon dont son regard la cherchait dès qu'il arrivait, dont ses traits se détendaient lorsqu'il l'apercevait, celle dont il la caressait, attentif à son plaisir avant de se préoccuper du sien, tout démontrait à quel point il tenait à elle. Cependant, entendre Lorie, qui connaissait plutôt bien son cousin, poser des mots sur ses sentiments pour elle, c'était émouvant.

— Yes ! cria Saphia. J'ai gagné !

— Gagné quoi ? s'enquit Enora.

— Mon pari avec les Vieilles Sorcières.

Depuis quand Enora Kerlan était-elle au centre de

189

paris ? D'abord les créatures surnaturelles, maintenant Saphia et les Vieilles Sorcières... D'ailleurs, il semblait suspect que ces dernières aient perdu, étant donné les renseignements de première main dont elles disposaient.

— J'ai parié que tu ferais craquer le beau Kyrin avant ton anniversaire. Mon instinct journalistique me soufflait que son attitude était trop distante pour être honnête, que ça cachait quelque chose.

Saphia se laissa aller dans le canapé avec l'expression de celle qui a accompli une mission de la plus haute importance.

— Ton dégât des eaux tombe vraiment bien, ajouta-t-elle avec un clin d'œil complice.

— Quel était l'enjeu du pari ? J'espère que ça en valait la peine !

— J'ai négocié la suppression des séances de tricot quand je viens leur rendre visite.

— Tu manques d'ambition, Saph, fit mine de déplorer Enora.

— Si tu crois que la négociation a été facile ! C'est qu'elles sont futées, ces petites mamies !

Quelque chose soufflait à Enora qu'elles l'étaient bien plus que le pensait Saphia : elles n'avaient sans doute cédé sur le tricot que pour mieux la piéger avec une autre activité.

— Et sinon, on peut trinquer à mes succès professionnels, annonça encore Saphia. Deux de mes articles ont été pris pour un hebdomadaire parisien.

— Bravo !

Ce n'était pas encore ce que visait Saphia avec tant d'acharnement, mais que son travail de pigiste, en complément de son poste au *Pays Breton*, commence à porter ses fruits ne pouvait que réjouir Enora. Peu à peu, Saphia parvenait à placer ses articles.

— Et pour le loup-garou, où en es-tu ? demanda Lorie d'un air innocent en apportant les boissons.

— Nulle part, marmonna Saphia, perdant son bel enthousiasme. La seule chose notable de cette pleine lune, c'est qu'il n'y a pas eu de victime. Il n'a donc pas pu collecter de nouveaux cœurs. Je n'ai pas réussi à trouver pour quelle raison il a besoin de ces cœurs. Un rituel, mais lequel ?

Dépitée, la journaliste vida la moitié de sa Piña Colada d'un trait.

— Au fait, Lukas t'a offert quelque chose pour la Saint-Valentin ? s'enquit Lorie sans masquer sa curiosité.

Saphia retrouva son entrain. Elle se pencha, comme pour livrer un secret, et les deux autres l'imitèrent.

— Son corps de rêve. Sans restriction.

Devant la mine dubitative de Lorie, elle apporta quelques précisions.

— On parle du corps de Lukas, ma belle ! Il a cuisiné. Nu. Il m'a servie. Nu. Et je ne pense pas avoir besoin de vous faire un dessin pour la suite...

Horrifiées, Lorie et Enora reculèrent en échangeant un

regard gêné : imaginer Lukas nu, c'était un peu trop pour elles ! Enfin, surtout pour Enora, car en vivant avec les Nielsen, Lorie avait forcément été amenée à voir certaines choses, même si chacun faisait un effort. Cependant, la jeune fille n'avait pas vraiment envie de connaître les détails sur la vie intime de son cousin, tandis qu'Enora se refusait à imaginer le frère de Kyrin autrement que comme le charmeur toujours élégamment vêtu.

— Non, mais regardez-moi ces petites vierges effarouchées ! se moqua Saphia. Je peux vous dire que s'il décide de devenir nudiste, je signe de suite pour le suivre. De tous les mecs que j'ai connus, c'est le mieux foutu, et de loin ! Et il est très habile de ses mains. Et du reste.

Lorie, qui avait tenté de reprendre ses esprits avec l'aide de son cocktail, avala de travers sa gorgée et se mit à tousser. Écroulée de rire sur le canapé, Saphia était ravie de son effet. Enora eut pitié de Lorie – et de son propre cerveau, un peu trop prompt à lui présenter des images indécentes de son beau-frère – et s'ingénia à détourner la conversation. L'enquête du moment de Lorie lui semblait un bon sujet. Nul doute que la question du harcèlement saurait détourner l'attention de la journaliste ! La jeune fille ne se fit pas prier pour narrer sa semaine, quand bien même elle n'avait pas beaucoup avancé jusqu'à présent. Tout en l'écoutant parler, Enora laissa son esprit vagabonder. Quelque chose mettait la jeune femme mal à l'aise, sans qu'elle parvienne à vraiment mettre le doigt dessus. Ce ne fut que le lundi soir qu'elle comprit enfin ce qui la dérangeait dans les récits que Lorie lui faisait de ses journées.

— Je n'aime pas la fameuse Aglaé, confia la jeune femme à Kyrin, alors qu'ils étaient enlacés dans le lit.

— Tu ne la connais pas, s'amusa Kyrin, qui jouait avec ses boucles noires.

— Et ce que m'en dit Lorie ne me donne pas envie de la connaître.

Le jeune homme tourna la tête, intrigué.

— Je ne vois pas pourquoi. Lorie la trouve sympathique. Ça ne te ressemble pas de porter des jugements aussi tranchés sur les gens, surtout sans les avoir rencontrés.

— Je sais, marmonna Enora, un peu honteuse. Mais chaque jour, elle fait une remarque à Lorie. Le premier jour, c'était sur la longueur de sa jupe. Celui d'après, elle lui a conseillé de se faire couper les cheveux, jugeant qu'une « vraie » femme ne devrait pas les porter si longs. Il y a eu le choix de son rouge à lèvres ou encore la couleur de son pull. Et aujourd'hui encore, elle lui a reproché d'avoir un bouton. On le voit à peine, ce bouton, Lorie a une peau quasiment parfaite.

— En résumé, ses goûts sont à l'opposé des tiens.

— Tu crois que c'est parce que je conseille Lorie que je le prends mal ? Je suis pourtant très pondérée dans mes choix, je ne lui fais pas porter des choses aussi colorées que moi.

Enora grimaça.

— J'ai réussi à la convaincre de ne pas courir chez le coiffeur tout de suite et de prendre le temps de réfléchir à ce qu'elle veut elle, et non ce que veut une femme qu'elle vient tout juste de rencontrer. En attendant, je lui ai appris à se faire un joli chignon, plutôt qu'une tresse ou une queue de cheval, puisque cela fait trop « jeune fille » et pas assez « femme », selon Aglaé.

— Le marché du travail n'est pas toujours simple, conclut Kyrin.

— J'en sais quelque chose. Je me suis fait virer deux fois, figure-toi !

Kyrin sourit et les fit rouler sur le matelas. En appui sur les avant-bras au-dessus d'Enora, il entreprit de disposer ses boucles sur l'oreiller d'une façon qu'il devait juger artistique.

— Par pitié, ne coupe jamais tes cheveux.

— Jamais de la vie ! Mon patron les adore !

— Ton patron a très bon goût.

Jusqu'à présent, ils avaient réussi à bien délimiter les choses : au bureau, Kyrin était le patron et Enora l'employée, attentive aux instructions, mais certes pas servile ! Une fois revenus en mode privé, toute trace de hiérarchie était effacée. Enora ne se privait pas de le taquiner sur le sujet. C'était une façon de lui rappeler qu'elle avait son mot à dire.

— La maison en briques.

Kyrin la regarda, haussant un sourcil interrogateur.

— Si tu étais l'un des trois petits cochons, tu serais celui qui construit la maison en briques, expliqua Enora, réprimant un fou rire. Pour protéger les tiens, bien sûr.

— La comparaison au cochon n'est pas très flatteuse.

— Un castor, alors. C'est un animal bâtisseur.

— Ce n'est pas l'animal auquel j'aurais songé si j'avais pu me transformer, fit Kyrin en laissant ses lèvres muser dans son cou, provoquant de délicieux frissons

— Non. Toi, tu es un loup, comme Greta. Tu gardes ta meute autour de toi et tu veilles en permanence.

Kyrin releva la tête pour la contempler, avec sur le visage une expression étrange. De l'émotion, comprit Enora.

— J'en rêvais, quand j'étais gamin. Je croyais que, si je le voulais avec assez de force, je finirais par me transformer, comme mes frères.

Il se laissa tomber sur le dos, à côté d'elle. Enora se redressa sur un coude pour l'observer.

— Même si tu ne peux pas te transformer, il est là, profondément enfoui en toi, fit-elle en posant la main sur le cœur de Kyrin.

— J'ai fini par le comprendre, mais j'ai traversé une phase difficile, à la naissance des jumeaux. À peine nés, ils pouvaient déjà se transformer. On retrouvait souvent un chiot et un petit jaguar, dans leurs lits. Je trouvais ça injuste.

— Et je parie que chacun de tes frères a rêvé, un jour ou l'autre, de posséder ta capacité à changer ton apparence.

Kyrin eut un sourire amusé. La tension qui l'habitait se dissipa.

— Crois-le ou non, mais Lukas était un gringalet, étant enfant.

— Vraiment ?

— Oui. Il bougonnait souvent que s'il avait pu changer sa morphologie, il aurait fait en sorte d'être le plus costaud du collège. Arzian, au contraire, était très mal à l'aise, car il dépassait toujours tout le monde. C'est presque comique, sur les photos de classe. Il y en a où on se demande qui est le prof.

— On obtient rarement ce qu'on voudrait. Il faut faire avec ce qu'on a. Moi, je rêvais d'avoir les cheveux lisses et d'être blonde, comme ma mère. À quatorze ans, j'ai voulu faire une coloration. J'avais opté pour un blond doré, un peu comme celui de Lorie.

Enora sourit, devinant à la tête de Kyrin qu'il essayait de la visualiser avec des baguettes de tambour blondes.

— Le résultat était catastrophique, vu que j'ignorais qu'avec des cheveux aussi noirs que les miens, il fallait plus que poser un produit étiqueté « blond californien » pendant vingt minutes. J'en ai pleuré toutes les larmes de mon corps. Il a fallu que ma grand-mère m'emmène chez le coiffeur pour tenter de réparer les dégâts. Ce jour-là, nous avons eu une discussion sur les diktats de la société et tout le toutim. J'ai décidé que tout compte fait, mes cheveux noirs n'étaient pas si mal, et que mes boucles n'avaient pas besoin d'être lissées sans pitié.

— Une femme sage, ta grand-mère.

— Elle disait souvent que les trolls avaient échangé son bébé avec un des leurs, à la maternité, que c'était la seule explication possible pour que ma mère soit aussi... évaporée !

— Tu parles peu de tes parents.

Leurs familles étaient si différentes ! Pour Kyrin, il était sans doute impensable de passer des semaines sans parler aux siens. Enora pouvait compter sur les doigts des deux mains le nombre de fois où elle voyait sa mère en un an. Quant à son père, une seule main suffisait.

— Nous ne sommes pas très proches, avoua la jeune femme. J'ai dépassé depuis longtemps le stade où je cherchais leur attention à tout prix. Ils m'aiment, à leur façon, je les aime aussi, mais ne pas passer du temps ensemble ne nous pèse pas. Je n'ai pas vu mon père depuis Noël. Si j'ai de la chance, il m'appellera pour mon anniversaire. Quant à ma mère, tout son amour est focalisé sur les hommes de sa vie. Aucun des deux n'a eu l'idée saugrenue d'avoir d'autres enfants, c'est une chance ! Heureusement, acheva-t-elle avec un large sourire, j'avais mes grands-parents. Ta famille me fait rêver, je l'avoue.

Kyrin s'esclaffa.

— J'ai souvent rêvé d'être enfant unique ! Mais ça ne

durait jamais plus de quelques minutes.

— C'est précieux, ce que vous partagez.

Enora se blottit contre lui. Un long silence s'installa. Alors qu'elle glissait dans le sommeil, Kyrin soupira.

— Je parlerai à Arzian demain.

Chapitre 16
Pacifiste, mais...

Arzian regardait Lohan manger avec appétit les crêpes qu'Enora avait préparées pour le goûter. Son visage souvent sombre était détendu, et une ombre de sourire se dessinait sur ses lèvres. Cet homme adorait son fils, c'était évident. Il n'évoquait que rarement leur vie en Chine ou sa femme décédée, mais il avait dû se produire des choses difficiles pour que l'homme soit toujours sur le qui-vive et que l'enfant préfère demeurer sous sa forme animale. Arzian se montrait cependant plus serein ces derniers temps. Depuis qu'il avait proposé de s'occuper de la réfection de l'appartement d'Enora, en fait. Sans doute appréciait-il le travail manuel et le fait de pouvoir se rendre utile, sans pour autant se mêler des affaires de l'agence. Érick, Lukas et Kyrin l'auraient mal vécu. Arzian était suffisamment lucide pour ne pas s'attirer leurs foudres et observait une réserve prudente en compagnie des autres Nielsen. C'était un homme patient, comme Enora avait pu le découvrir lors de leurs entraînements matinaux quotidiens. Elle ne redoutait pas qu'il lui fasse mal en lui montrant un mouvement, car il contrôlait sa force avec précision.

La sonnerie d'un téléphone troubla l'atmosphère paisible qui régnait dans la cuisine.

— Tu devrais répondre, conseilla Enora en lançant une nouvelle tournée de crêpes.

Arzian parut surpris, avant de sortir son portable. Il l'avait acheté la semaine précédente et semblait ne pas avoir l'habitude d'être contacté.

— Lorie, qu'est-ce que...

Un flot de paroles l'interrompit. Enora fronça les sourcils. Elle ne comprenait pas ce que disait la jeune fille, mais elle semblait hystérique, ce qui ne lui ressemblait pas.

— Où es-tu ?

Calme, attentif, Arzian arborait une expression grave et tendue qui n'annonçait rien de bon. Enora coupa l'appareil. Les crêpes attendraient.

— Lorie, tu ne bouges pas, d'accord ? J'arrive. Reste où tu es.

La voix de la jeune fille retentit à nouveau. Elle pleurait, comprit Enora, à présent vraiment angoissée. Que s'était-il passé pour que Lorie, toujours si énergique et solide, sombre dans la panique et appelle au secours ?

— Lor...

— Passe-la-moi.

Arzian lui tendit l'appareil sans se faire prier.

— Lorie, je suis là. Je reste avec toi le temps qu'Arzian te rejoigne.

Sans demander à ce dernier son avis, la jeune femme lui emboîta le pas, faisant signe à Lohan de les suivre. Ils gagnèrent le garage au pas de course, tandis qu'Enora parlait, tâchant de calmer son interlocutrice. Lorie sanglotait et ses explications étaient si hachées qu'Enora ne comprenait pas ce qu'elle lui racontait. Le prénom d'Aglaé revenait souvent, cependant. La jeune femme grimpa dans la voiture et boucla sa ceinture, serrant les dents. Si cette Aglaé avait fait du mal à Lorie, elle allait entendre parler d'Enora Kerlan !

Arzian roulait à la limite des vitesses autorisées. Assez prudent pour ne pas risquer de se faire arrêter, il mourait d'envie d'accélérer, cela se voyait. Il gardait l'oreille tendue pour suivre la conversation tout en surveillant le compteur. Arzian dégageait une assurance tranquille qui permettait à Enora de se concentrer sur Lorie. Il ne leur fallut pas très longtemps pour gagner le parc où elle avait trouvé refuge. Au pas de course, suivis par Lohan, les deux jeunes gens s'engouffrèrent dans le parc, désert à cette heure-ci. Ils repérèrent très vite la petite silhouette solitaire, tassée sur un banc. Enora, le cœur serré, remarqua que Lorie n'avait même pas son manteau.

La jeune fille ne broncha pas en les voyant, au contraire, ses pleurs redoublèrent. Son visage rougi par les larmes, son air misérable, ses mains glacées mirent le calme d'Enora à rude épreuve. Cependant, paniquer ou laisser libre cours à sa colère n'était pas ce dont Lorie avait besoin, en cet instant. D'un geste rapide, la jeune femme ôta son manteau et le drapa sur les épaules secouées de sanglots. Comme Lorie, perdue, ne semblait pas réagir plus que cela à leur présence, Arzian et Enora échangèrent un regard. Ils devaient la ramener à la maison, là où elle se sentirait en sécurité, où ils pourraient prendre soin d'elle. Arzian souleva sa cousine. Lorie se nicha contre son large torse, minuscule dans les bras du géant.

— Essaie d'appeler Kyrin, souffla-t-il à Enora.

— Pas... là, hoqueta Lorie.

Enora fouilla dans sa mémoire pour se rappeler sur quoi travaillait le jeune homme ce jour-là. Une filature qui nécessitait qu'il approche au plus près de gens peu recommandables. En dépit du danger que cela pouvait représenter, il avait sans doute coupé son portable pour ne pas risquer de se faire repérer. Néanmoins, elle fit une tentative, qui la conduisit directement sur le répondeur. Elle laissa un message rapide avant de prendre place sur la banquette arrière, près de Lorie, dont elle attrapa la main pour la serrer dans la sienne. Lohan vint se lover sur les genoux de la jeune fille.

Le retour à l'agence se fit dans un silence inquiet. Les

pleurs de Lorie semblaient s'espacer et ses doigts ne s'accrochaient plus convulsivement à ceux d'Enora lorsque la voiture pénétra dans le garage. La jeune fille sortit de la voiture toute seule et accepta le mouchoir que lui tendit Enora.

— Je suis nulle.

Les larmes envahirent à nouveau ses yeux.

— Certainement pas, intervint Enora avec fermeté.

— Aglaé dit que...

— On s'en fout de cette pétasse. Cousine ou pas cousine, si tu étais nulle, Kyrin t'aurait virée depuis belle lurette.

Lorie ne parut pas totalement convaincue, mais ne trouva rien à opposer à cet argument imparable. Le côté rigide et trop sérieux de Kyrin avait des avantages, parfois ! L'autorité d'Enora eut pour effet de refouler la nouvelle crise de larmes qui s'annonçait. Et Lorie ne s'insurgea pas d'entendre Enora insulter son idole, ce qui en disait long.

— Je vais te faire couler un bon bain plein de mousse, décréta encore la jeune femme. Ensuite, quand tu seras calmée, tu nous raconteras ce qui s'est passé, d'accord ?

La jeune fille obtempéra. Sa passivité, due sans doute en grande partie à la fatigue après avoir tant pleuré, lui ressemblait si peu qu'Enora préféra rester dans le salon de l'appartement occupé par Lorie pendant que celle-ci se prélassait dans son bain. Enora soupira de soulagement lorsque Kyrin la rappela enfin.

— *Comment va Lorie ?*

— Elle se détend dans un bain. Elle est calmée.

— *Que s'est-il passé ?*

— Je n'en ai aucune idée, grogna la jeune femme. Mais j'ai l'impression que la fameuse Aglaé n'est pas étrangère à cette crise.

— *Je suis sur le chemin du retour.*

— Ne va pas avoir un accident. Elle est en sécurité, inutile de prendre des risques.

Il raccrocha sans un mot. Enora secoua la tête en levant les yeux au ciel. Monsieur Protecteur devait s'en vouloir à mort de n'avoir pas pu répondre lorsque sa cousine avait appelé. Le fait que Lorie ait appelé Arzian et que ce soit lui, entre tous, qui se soit précipité à son secours n'allait pas arranger les tensions entre les deux frères. Elle n'avait plus qu'à espérer que Kyrin parlerait à Arzian, comme il le lui avait annoncé cette nuit.

Lorie reparut quelques minutes plus tard, le visage las, mais moins crispé. Elle avait revêtu un jogging confortable et noué ses cheveux encore humides en queue de cheval.

— Si tu veux l'emprunter, fais-toi plaisir, fit-elle en désignant le livre dans lequel Enora s'était plongée en attendant.

— Je l'ai déjà lu.

Enora referma le roman et le posa sur la table basse, avant de tapoter le canapé pour signifier à la jeune fille de prendre place à ses côtés. Lorie s'assit, repliant les jambes sous elle. Elle avait beau être plus calme, elle n'en demeurait pas moins affectée par ce qui lui était arrivé. La jeune fille toujours si sûre d'elle semblait soudain bien fragile, comme si elle doutait d'elle.

— Tu me racontes ? proposa Enora.

— Je ne comprends pas pourquoi j'ai réagi comme ça, marmonna Lorie. C'est complètement débile de se mettre dans des états pareils pour trois fois rien.

— Si tu t'es mise dans cet état, ce n'est pas pour trois fois rien. Raconte.

— Ce matin, j'ai mis le pull bleu ciel que j'ai acheté l'autre jour, et des boucles d'oreille que Saphia m'a données. C'est sa tante qui les a fabriquées, et je les trouvais rigolotes et jolies.

La tante de Saphia avait en effet une passion pour les boucles d'oreille. Enora en possédait elle-même une jolie collection. La jeune femme fronça les sourcils.

— Tu ne portais pas tes boucles, au parc, quand nous sommes arrivés.

— Je les ai retirées au bureau.

Lorie se mordit la lèvre inférieure, tandis que la détresse envahissait à nouveau son visage.

— Laisse-moi deviner : Aglaé n'a pas aimé.

— Enzo et Nicolas, deux de mes collègues, m'ont complimentée. Et là, Aglaé m'a demandé si j'avais cru qu'on se déguisait pour Mardi Gras, dans cette entreprise. Tout le monde a éclaté de rire.

— Je suis pacifiste. J'abhorre la violence. Je suis

pacifiste. J'abhorre la violence..., siffla Enora en inspirant profondément pour ne pas dire en des termes choisis ce qu'elle pensait de cette femme.

Lorie esquissa un petit sourire. C'était au moins ça de gagné.

— Et puis, toute la journée, ça a été la dégringolade. Elle a passé la matinée à me faire refaire les choses, à critiquer mon travail. Et cet après-midi, les autres ont commencé à me faire des petites remarques aussi. À partir de là, mes souvenirs sont flous. Je... j'ai craqué et je suis partie dès que j'ai pu. Sur le parking, Aglaé m'a attrapée au moment où je montais dans ma voiture. Elle m'a conseillé de ne pas revenir, parce qu'elle voyait bien que j'étais en difficulté et qu'elle ne voulait pas avoir à faire remonter l'information plus haut. Là, c'est le blanc total. Je me suis retrouvée dans le parc, et j'essayais d'appeler Kyrin et...

Une larme roula sur la joue de la jeune fille. Enora passa un bras autour de ses épaules pour la serrer contre elle.

— Eh bien ! fit-elle d'un ton léger, je pense que nous commençons à cerner le problème de cette entreprise. Ce n'est pas le harcèlement sexuel, mais une autre forme de pression.

— Je ne comprends pas comment j'ai pu péter un câble à ce point. Je me pensais plus solide que ça...

Comment, en l'espace de quelques jours, cette garce avait-elle pu faire craquer Lorie ? Comment s'y était-elle prise pour la faire douter de sa valeur et de ses capacités ? Enora pinça les lèvres : elle ne savait pas encore exactement de quelle manière, mais elle allait le découvrir ! On ne s'en prenait pas impunément à ceux qu'elle aimait.

Kyrin surgit quelques minutes plus tard, la mine anxieuse. Il balaya Lorie d'un regard rapide. La jeune fille se leva d'un bond et courut se jeter dans ses bras. Kyrin la serra étroitement contre lui, murmurant des paroles de réconfort à son oreille. Arzian se tenait derrière lui, sur le pas de la porte, hésitant à se mêler à eux.

— Je suis désolée, murmura Lorie.

— Stop !

La voix de Kyrin claqua, coupant court à une nouvelle séance de culpabilisation.

— J'ai confiance en toi, Lorie. Il y a un problème dans cette entreprise, et il ne vient pas de toi.

Il n'ajouta pas qu'il s'en voulait de l'avoir envoyée au lieu de suivre sa première intuition. Regretter ce qui était fait n'avait aucun intérêt. Il fallait aller de l'avant.

— Bien, déclara Enora en se levant. J'ai fait des crêpes, puisque c'est Mardi Gras. Je propose qu'on se mette en mode régressif avec une tournée de chocolat chaud, et qu'on réfléchisse à la façon de régler son compte à Aglaé.

Les trois autres la fixèrent, les yeux ronds.

— Quoi ?

— « Régler son compte à Aglaé », releva Lorie, un sourire aux lèvres. Tu es pacifiste, tu abhorres la violence...

— Tu sais ce qu'on dit, balaya Enora d'un geste de la main. Faites ce que je dis, pas ce que je fais. On va s'occuper de son cas vite fait, bien fait, à cette greluche, c'est moi qui te le dis !

Chapitre 17

Charme vénéneux

À présent calmée, Lorie démontrait une fois de plus sa capacité d'analyse. Kyrin soupira intérieurement, soulagé : voir sa cousine dévastée, doutant d'elle-même, l'avait secoué. Il chassa une fois de plus le sentiment de culpabilité qui l'étreignait depuis qu'il avait rallumé son portable et découvert les tentatives désespérées de Lorie de le contacter. Ce qui était fait était fait. Elle était saine et sauve, rien d'autre ne comptait pour le moment.

Une fois réconfortés par les petites douceurs préconisées par Enora, ils se penchèrent sur l'affaire. Kyrin laissa Lorie prendre la discussion en main. La jeune fille en avait besoin.

— Je n'ai pas senti de magie à l'œuvre, mais avec le recul, je me dis qu'il ne peut s'agir que de quelque chose de ce genre, conclut Lorie après avoir repris son récit pour leur bénéfice à tous.

— Qu'est-ce qui te fait dire ça ?

— Eh bien... D'abord, ce turn-over du personnel féminin : aucune femme n'a tenu plus de quelques jours dans l'entreprise, ces derniers mois, mais personne n'a fait remonter la moindre plainte. Nous sommes partis sur la piste la plus évidente, à savoir du harcèlement sexuel, ce qui fait que j'ai négligé de vérifier certaines choses, comme les dates d'embauche du personnel féminin, par exemple. Eliott ?

Geek s'était chargé de rassembler un maximum d'informations sur la fameuse Aglaé dès son retour, en commençant par les dossiers de l'entreprise sur son personnel. Lui toujours si agité se tenait, rigide, devant son ordinateur. Chacun d'entre eux prenait comme une attaque personnelle ce qui était arrivé à leur cousine.

— Aglaé Thelxiope est arrivée dans l'entreprise il y a environ huit mois, annonça Eliott.

— Ça correspond, décréta Lorie.

— Je n'arrive pas à trouver la moindre info la concernant avant cette date, reprit le jeune homme. Tout ce que mentionne le CV mène à des impasses. Vu le poste à responsabilités qu'elle occupe, c'est surprenant que personne n'ait fait une vérification de base ! Ce n'est même pas très subtil, les entreprises pour lesquelles elle est censée avoir travaillé n'existent même pas ! Pas besoin d'être un Geek pour le découvrir.

— C'est donc une fausse identité, devina Enora.

— Ça y ressemble, en tout cas, approuva le geek.

— Choisir un nom pareil, ce n'est pas très discret, fit remarquer la jeune femme. D'un autre côté, j'imagine que plus c'est gros, plus ça passe. Ce n'est pas une femme effacée, c'est ce qui ressortait déjà chaque jour de tes récits, Lorie. Elle aime être au centre de l'attention.

— Oui. Comme je te l'ai dit un jour, les hommes la vénèrent, ils boivent ses paroles, et si elle leur demandait de se mettre à genoux pour lui cirer ses chaussures, ils le feraient sans hésiter. J'aurais dû me douter que ce n'était pas normal, mais j'étais aussi sous le charme.

Lorie grimaça et passa les doigts dans ses longs cheveux, ces mêmes longs cheveux qu'elle avait failli sacrifier parce qu'une femme inconnue lui avait dit de le faire.

— Et ça explique qu'elle ait évincé toutes les femmes au fur et à mesure, conclut Enora.

— Le fait est que, chaque fois que j'ai essayé d'aborder la question, j'ai eu l'impression que mes collègues ne savaient même pas de quoi je parlais, reprit Lorie. C'était comme s'ils n'avaient même pas remarqué le défilé. Je n'ai pas tilté sur le moment, mais Enzo m'a dit, la semaine dernière, que c'était bien agréable d'avoir enfin une autre femme dans l'équipe. Quand je lui ai fait remarquer qu'il y en avait eu pas mal qui étaient passées avant moi, il m'a regardée comme s'il ne comprenait pas.

— Elle leur efface la mémoire ? supposa Enora.

La jeune femme prenait fait et cause pour Lorie. Kyrin n'aurait pas été surpris de la voir aiguiser ses ongles avant d'aller dire son fait à la fameuse Aglaé. La douce et gentille Enora se transformait en petite louve hargneuse lorsqu'on s'en prenait à quelqu'un qu'elle aimait.

— Je n'ai presque pas de souvenirs de ce qui m'est arrivé, alors c'est bien possible. Tout ce que je savais, c'était que je devais partir au plus vite et ne plus jamais revenir.

— Tu as dit que tes collègues masculins s'y sont mis aussi, l'après-midi, alors qu'ils avaient toujours été adorables avec toi jusqu'à aujourd'hui, releva Enora.

Mais c'est qu'elle ferait une bonne enquêtrice !

— Elle ne se contente pas de les subjuguer. Elle peut aussi manipuler leurs esprits. Il ne nous reste plus qu'à trouver à quelle créature nous avons affaire, conclut Eliott en reprenant son clavier.

— Sirène.

Ils regardèrent Lorie avec surprise. La jeune fille avait parlé d'un ton péremptoire.

— Tape donc Aglaé et Thelxiope dans ton moteur de recherche, Geek, et tu vas voir que ça va t'amener tout droit sur les sirènes de la mythologie grecque.

Le jeune homme s'exécuta, avant de hocher la tête pour signifier que sa cousine ne s'était pas trompée.

— Elle n'est pas si maligne que ça, ricana Lorie. Son

nom, à lui seul, la trahit. J'aurais dû y penser plus tôt ! C'était tellement évident, pourtant. Je me suis même fait la réflexion que ses parents avaient un curieux sens de l'humour pour l'appeler comme ça.

— Pour toi, c'est peut-être évident, mais pour le commun des mortels, je t'assure que ça ne l'est pas, commenta Enora.

— Thelxiope était le nom d'une sirène grecque, expliqua la jeune fille, et signifie « celle qui méduse par la parole ». Ça explique qu'elle ait réussi à envoûter tout le monde en un claquement de doigts, moi comprise. Aglaé, ou Aglaopé, était également le nom d'une sirène grecque.

— Il y a une différence entre les sirènes grecques et les autres ? s'enquit encore Enora. Parce que moi, à part les Marie Morgane[3] et Ariel la petite sirène, je n'y connais pas grand-chose !

— Les sirènes grecques sont des femmes-oiseaux, et non des femmes-poissons comme les sirènes scandinaves. Mais elles enchantent les marins de leurs voix et de leurs beaux visages, exactement comme leurs cousines à écailles.

— Et donc, tu sais tout ça parce que... ?

— Je te l'ai dit, il paraît que nous avons une sirène, parmi nos ancêtres. Une Scandinave. Je ne serais pas surprise que ce soit la cause du succès de Lukas, ajouta

---

3 Les Marie Morgane, littéralement les « nées de la mer », sont des sirènes évoluant le long des côtes bretonnes.

Lorie avec un petit clin d'œil. Il les fait toutes craquer sans effort, ça vient peut-être de là ? Bref, forcément, avec en prime un prénom comme le mien, je me suis intéressée aux sirènes.

— On en apprend tous les jours, soupira Enora, avant d'ajouter : Lorie, tu ne cesses de m'étonner. Je vais te coller devant la base de données dix heures par jour jusqu'à ce que tu aies entré toutes tes connaissances !

— Je préfère aller sur le terrain.

Le sourire de Lorie et le léger rosissement de ses joues ne masquaient pas, cependant, sa fierté devant pareil compliment. La curiosité insatiable de sa cousine, une fois de plus, lui permettait de rebondir. Bras croisés, Kyrin ne disait rien. Lorie n'avait pas vraiment besoin de lui, sur ce coup-là. Elle analysait les faits, retournait le problème en tous sens. Elle trouverait seule la solution pour résoudre cette enquête pas comme les autres. Il se tiendrait juste prêt à venir la seconder si besoin.

— Bon, alors, maintenant que nous avons établi qui est cette garce et comment elle agit, que fait-on pour la neutraliser ? reprit Enora, vindicative.

— Je vais retourner au bureau. Et cette fois-ci, elle ne me fera pas partir.

Le ton farouche de Lorie démontrait sa détermination. Kyrin réprima son envie de prendre les choses en charge. Son premier réflexe avait été de prendre la place – et l'apparence – de sa cousine. Pourtant, une fois encore, il garda le silence.

— Tu vas avoir besoin d'une protection, énonça Arzian.

Kyrin jeta un coup d'œil glacial à son frère. Que ce dernier se soit porté au secours de leur cousine lui restait en travers de la gorge, même s'il était soulagé que la jeune fille ait eu quelqu'un vers qui se tourner quand lui-même n'était pas disponible. Si une personne, dans cette pièce, devait se préoccuper de la protection de Lorie, c'était lui, et non ce déserteur. Impavide, Arzian soutint son regard.

— Je ne peux pas me mettre des boules Quies pour échapper à son charme. Je pourrais enchanter une pierre que je porterais sur moi, réfléchit Lorie. Elle me protégerait des effets de la voix d'Aglaé.

— Mais... je croyais que tu ne pouvais pas jeter de sorts ? s'étonna Enora.

— Je peux créer une potion dans laquelle tremper la pierre. Reste à trouver la recette... Il va falloir fouiller dans les livres des archives.

— Vivement que la base de données soit complétée ! s'exclama Enora.

— Au rythme où ça va, ça va se faire bien plus vite qu'on ne le pensait, s'amusa Eliott en éteignant son ordinateur.

— J'ai une idée !

Ils regardèrent Enora, qui semblait très satisfaite d'elle-même.

— Et si tu apportais des pierres enchantées pour les disposer un peu partout au bureau ? Tes collègues seraient ainsi immunisés à leur tour contre les effets de la magie d'Aglaé, et c'est elle qui se retrouverait isolée contre tous.

— Perdre son emprise sur tout le monde, sans même comprendre pourquoi, ça va la rendre dingue ! s'enthousiasma Lorie.

— Enora, en vrai, tu es terrifiante ! s'esclaffa Eliott. Rappelle-moi de ne jamais te contrarier !

Le plan de la jeune femme était simple et efficace. Kyrin se leva.

— Alors, mettez-vous au travail sans attendre, sinon, Lorie ne sera jamais prête pour demain.

Les yeux brillants de sa cousine valaient bien le sang d'encre qu'il n'allait pas manquer de se faire, le lendemain, en la voyant retourner dans l'arène.

— Et une fois que tu auras démasqué Aglaé, que feras-tu ? reprit Arzian.

— Notre employeur ne sait rien de la magie et du surnaturel. Il va falloir que je confronte Aglaé et que je l'incite à changer ses manières, fit Lorie après quelques secondes de réflexion. Si elle se sait sous surveillance, elle se montrera plus prudente, à moins qu'elle choisisse de disparaître et d'aller exercer ses méfaits ailleurs.

— Et c'est tout ? demanda Enora, l'air déçu.

Kyrin ne réprima pas son sourire, cette fois-ci. C'est qu'elle devenait sanguinaire !

— Concrètement, elle n'a tué ou blessé personne. Si elle ne m'attaque pas lors de notre explication, je n'ai aucune raison de l'attaquer de mon côté.

Lorie se tourna vers Kyrin, quêtant son approbation. Il la lui donna d'un hochement de tête.

— Notre mission n'implique pas de mettre à mort toute créature ou personne qui sort du droit chemin. Nous sommes des enquêteurs, pas des justiciers et rien, dans cette situation précise, ne nous autorise à jouer les juges et exécuteurs.

— Le contrat prévoit de comprendre les causes des démissions en cascades, rien de plus, ajouta Lorie.

Enora n'était qu'à demi convaincue.

— Si le problème avait été causé, comme nous le pensions au début, par un harceleur humain, nous ne l'aurions pas castré, reprit Kyrin.

— Et c'est bien dommage, grommela-t-elle.

— Nous devons nous comporter en êtres civilisés et donc adopter une attitude pondérée face à Aglaé. La suite dépendra des décisions qu'elle prendra.

Ainsi, si elle décidait de partir et d'aller exercer son charme vénéneux ailleurs, ils ne s'en mêleraient pas. Ils trouveraient une explication plausible à offrir à leur client, afin que tous y trouvent leur compte. En revanche, si Aglaé refusait d'entendre raison, ou si elle se retournait contre Lorie, alors oui, là, *Nielsen Investigations* interviendrait de façon un peu plus musclée. Il y avait une différence entre une sirène qui ne supportait pas la concurrence féminine et un Lébérou qui massacrait des femmes pour leur voler leur cœur !

Eliott et Enora emboîtèrent le pas à Lorie lorsqu'elle partit pour la salle des archives, laissant Kyrin seul avec Arzian et Lohan. Il avait promis à Enora d'avoir une discussion avec son frère. Le moment semblait bien choisi. Il devait savoir à quoi s'en tenir concernant Arzian et son implication dans leurs affaires. Il n'avait déjà que trop repoussé ce moment. L'occasion de mettre les choses au clair ne se représenterait peut-être pas de sitôt, d'autant que Greta et Érick ne tarderaient pas à rentrer de leur lune de neige. Mieux valait crever l'abcès maintenant.

Arzian avait entrepris de ranger tout le bazar que, dans leur précipitation, les autres avaient laissé derrière eux.

— Lohan, tu devrais rejoindre les autres aux archives.

Le panda roux observa Kyrin un long moment, avant de se tourner vers son père. Arzian, qui s'était retourné pour s'appuyer contre le plan de travail, acquiesça d'un petit signe de tête. Lohan sauta de la table pour se diriger vers la porte. Kyrin ne put s'empêcher de noter qu'il ne semblait pas effrayé. Son neveu ne le craignait plus. C'était un soulagement pour lui. S'il ne se visualisait pas dans le rôle du tonton-gâteau, il n'avait pas pour autant envie d'endosser celui de croquemitaine aux yeux du petit.

Les deux hommes attendirent que le panda se soit suffisamment éloigné pour s'observer. Kyrin avait conscience que ses traits étaient durs, son regard impérieux, tandis qu'il toisait son frère aîné. Arzian, de son côté, supportait avec stoïcisme ce regard hostile. Il n'y avait pas de défi dans son attitude, mais la force inébranlable de celui qui ne comptait pas se laisser faire.

— Alors ça y est, l'heure de la Grande Explication a sonné. Je me demandais combien de temps il te faudrait pour te décider à me cuisiner.

Kyrin serra les mâchoires. Il devait conserver son calme. Il était le chef, il n'avait pas de comptes à rendre à Arzian. Lui, en revanche...

— Pourquoi es-tu parti ?

Chapitre 18
Explications

Arzian prit quelques secondes avant de répondre.

— Pour t'obliger à prendre la tête de la famille.

Kyrin avait élaboré des dizaines d'hypothèses au fil des années, mais jamais celle-ci ne lui était venue à l'esprit ! Il en demeura statufié.

— Que veux-tu dire ?

Arzian se déplaça pour venir s'asseoir sur une chaise. Il croisa les bras sur la table. Patient, il attendit. Kyrin comprit que son frère ne comptait pas tenir cette discussion en situation d'infériorité. En s'asseyant, il montrait aussi qu'il ne voulait pas en faire une bataille rangée. Il aurait fait un chef remarquable, s'il ne s'était pas volatilisé un beau jour. Malgré ses réticences, Kyrin prit place à son tour de l'autre côté de la table. La curiosité le dévorait.

— Je n'ai jamais voulu prendre la suite de papy, reprit Arzian, mais je croyais avoir le temps avant que la question se pose. La mort de papa a bouleversé l'ordre des choses. Papy peut se montrer sacrément têtu quand il s'y met.

Ça, ce n'était rien de le dire ! Ils avaient tous, un jour ou l'autre, dû se confronter à l'inflexibilité d'Érick Nielsen. Autant discuter avec un mur, vous aviez plus de chance d'obtenir une réponse !

— L'agence, c'est toute sa vie. Il ne lui venait même pas à l'idée que l'un d'entre nous puisse ne pas vouloir y consacrer tout son temps, et moins encore de ma part que de n'importe lequel d'entre vous, puisque je suis l'aîné.

Kyrin hocha la tête : pour sa part, il avait toujours aimé l'idée de participer au fonctionnement de l'agence. Mener des enquêtes, trouver des réponses aux mystères qui se présentaient, aider des gens à résoudre leurs petits et grands problèmes lui plaisait beaucoup, d'autant que dans cette voie, il pouvait exploiter son talent si spécial. Arzian, il s'en souvenait à présent, n'avait jamais manifesté un enthousiasme débordant lorsqu'on lui confiait une enquête. Cependant, le stoïcisme naturel de son frère pouvait expliquer son apparente nonchalance. Kyrin n'avait jamais envisagé qu'Arzian ne voulait tout simplement pas faire carrière en tant qu'enquêteur. De là à s'enfuir comme un voleur, tout de même...

— Tu lui en as parlé ?

Arzian esquissa un sourire teinté d'ironie.

— J'ai essayé, mais je n'ai pas eu le temps de finir mes explications. Il m'a asséné un discours moralisateur sur le devoir envers la famille, la meute. *Mon* devoir. Pour lui, tout était acté, il n'y avait pas à chercher plus loin.

— Est-ce que ça aurait été si horrible que ça, de prendre les rênes ?

— Est-ce que toi, tu en avais envie ? repartit son frère.

— Non. Pourtant, aujourd'hui, je ne laisserais ma place pour rien au monde, ajouta Kyrin avec un regard de défi.

— Ça tombe bien alors, car je n'ai pas l'intention de te la disputer.

Kyrin le crut. Une vague de soulagement l'envahit : il n'aurait pas à se battre pour conserver la tête de la famille. Un long silence s'installa entre eux. Pour la première fois depuis le retour d'Arzian, ce n'était pas un silence tendu. Chacun plongé dans ses pensées, les deux frères réfléchissaient à ce qui s'était passé. À ce qui aurait pu se passer, aussi. Pour Kyrin, c'était une remise en question totale de tout ce qu'il avait cru ces dernières années.

— Tu avais les compétences pour devenir un bon chef, reprit-il.

À l'époque, déjà, Arzian affichait ce calme tranquille qui rassurait. Il renvoyait une image de solidité inébranlable donnant l'impression qu'il détenait toutes les réponses, toutes les solutions. Auprès de lui, il semblait que rien ne pouvait vous arriver. D'instinct, Kyrin avait voulu se reposer sur son frère aîné. Comme eux tous. Il ne lui était pas venu à l'esprit que toutes ces attentes étaient trop lourdes pour les épaules, pourtant larges, de l'aîné. Ce n'est qu'après son départ que Kyrin avait pu constater à quel point la place était difficile à tenir quand on voulait faire les choses au mieux, en dépit du soutien de ses grands-parents, qui l'avaient secondé et déchargé de nombre de soucis. Dans certaines meutes, le chef se fichait pas mal du bien-être des siens et privilégiait son intérêt avant toute chose. Dans d'autres, il ne se posait pas de questions existentielles et donnait des ordres, tout simplement. Kyrin, lui, n'avait jamais su se détacher de l'idée que chaque décision pouvait nuire aux siens.

— Toi aussi. Je n'ai jamais eu l'envie d'endosser cette responsabilité. Veiller sur vous, aider de temps en temps, oui, j'étais prêt à le faire et avec plaisir, en plus. Mais je ne voulais pas vouer ma vie à l'agence et à la meute. J'avais d'autres aspirations.

Le regard de Kyrin se porta sur les mains de son frère, ces grandes mains calleuses qui pouvaient infliger de terribles dégâts et qui, pourtant, étaient capables de beaucoup de douceur et de précision. Arzian avait toujours aimé le travail manuel. Il bricolait, sculptait le bois dès qu'il avait un peu de temps. Pas étonnant qu'il ait proposé à Enora de refaire son appartement ! Depuis son retour, il manifestait un intérêt distant aux affaires de l'agence, mais pas une fois il n'avait semblé vouloir s'impliquer. Kyrin devait à présent l'admettre. Exactement comme autrefois.

— Tu aurais dû m'en parler. Que papy soit hermétique, d'accord. Puisque ton but était que je prenne la suite, la moindre des choses aurait été de venir me trouver. À nous deux, nous aurions pu le faire changer d'avis, lui faire admettre que c'était pour le mieux.

— K..., soupira Arzian. Sois honnête avec toi-même. Même avant la mort de papa et maman, tu n'aurais pas été réceptif.

Kyrin faillit protester. Il se retint à temps et prit le temps de méditer sur la question. Sa petite grimace n'échappa pas à son frère. Être honnête avec soi-même n'était pas toujours très agréable.

— D'abord, tu ne transformes pas en animal. Rien que pour cette raison, tu aurais refusé sans même me laisser le temps de développer mon argumentaire. Ensuite, après Judith, tu n'avais plus confiance en ton jugement. Tu étais obsédé par l'idée de te racheter, mais tu ne te serais jamais jugé digne de devenir le chef. Et papy, même si je l'adore et qu'il est bourré de qualités, n'aurait pas davantage accepté. Il a des idées bien arrêtées, et il faut y aller au pied de biche pour l'obliger à en changer. Lukas était encore trop jeune, donc, on tournait en rond, et tout revenait à moi.

—Tu aurais pu attendre un peu. Laisser passer

quelques mois, le temps qu'on retrouve une stabilité.

Arzian secoua la tête.

— À partir du moment où j'aurais mis le doigt dans l'engrenage, il n'aurait plus été possible de faire marche arrière, aussi bien aux yeux de la famille qu'à ceux des autres meutes. Nous aurions eu l'air faibles si le chef avait soudain cédé la place à son petit frère qui ne peut pas prendre forme animale.

Chacun des arguments de son frère se tenait. Même si Kyrin lui en voulait encore, il devait reconnaître qu'Arzian avait sans doute fait ce qui lui avait semblé le mieux à l'époque. Il n'était pas beaucoup plus âgé que lui et la situation avait dû lui sembler inextricable. Cette idée attristait Kyrin : Arzian n'avait pu compter sur les siens pour l'aider. Choqués par le drame, englués dans leur chagrin, ils étaient restés aveugles, se reposant sur ce qui leur semblait être une évidence : Henrick disparu, c'était à son fils aîné de reprendre la tête de la famille, les autres étant de toute façon trop jeunes. Un instant, Kyrin imagina la réaction de sa mère si elle avait eu vent de tout ça. Tania n'aurait pas mâché ses mots devant cet héritage médiéval qui valorisait la primogéniture mâle, au détriment des souhaits et des compétences de chacun. Personne n'avait envisagé qu'Henrick mourrait si tôt, aussi la question n'avait-elle jamais été abordée à l'époque.

— Tu nous as laissés dans un sacré merdier, quand même.

Kyrin aurait voulu se montrer plus virulent, mais il s'en découvrait incapable. À la place d'Arzian, peut-être aurait-il agi de la même façon. C'était la culpabilité qui, dans un premier temps, l'avait obligé à assumer les conséquences du départ de son frère : il était responsable du chaos qui régnait et se devait de le réparer, aussi avait-il endossé le rôle de chef sans plus discuter, malgré ses réticences et ses doutes.

— Tu as toujours été un leader né, Kyrin. Rappelle-toi nos jeux d'enfants : on retenait toujours tes idées, parmi plusieurs propositions. C'est toi qui formais les équipes, parce que tout le monde savait que tu veillerais à ce qu'elles soient équilibrées. Tu soutenais ceux qui étaient plus faibles, les encourageais, prenais le temps de leur expliquer les choses. Personne ne protestait quand tu passais la balle à Ben, alors qu'il avait deux pieds gauches et loupait systématiquement les buts.

— Personne ne protestait parce que ça se serait terminé par un coup de poing bien senti.

— Entre autres. Mais pas que. C'est parce que chacun avait conscience que, si un jour il rencontrait une difficulté, tu serais là pour l'aider. Ce qui était valable pour nos copains l'est avec notre famille. Regarde comment tu gères les choses. À mon retour, ils ont tous calqué leur attitude sur la tienne : Lukas a arrêté de me cogner dessus quand tu le lui as demandé, sans avoir besoin de lever la voix, Sören l'a bouclée, papy n'a rien dit. Si tu avais montré ne serait-ce qu'une once d'agressivité envers moi, ils en auraient fait autant, parce que tu es leur chef et qu'ils te suivent en toute confiance.

Comme Kyrin esquissait une moue dubitative, Arzian reprit.

— Vois comment tu as laissé Lorie reprendre la main, aujourd'hui. Elle en ressort plus forte, certaine qu'elle est capable de se débrouiller, alors qu'elle était persuadée d'être un poids, une incapable.

Kyrin n'avait jamais envisagé les choses sous cet angle. Kyrin Nielsen, grand pédagogue... Enora trouverait sans doute l'appellation amusante. Quant à ses frères et sa cousine, ils se tordraient de rire !

— Mamie était au courant ?

— Oui.

Greta avait toujours su, voilà pourquoi elle avait refusé que l'on touche à l'appartement d'Arzian. La première réaction de Kyrin fut de s'insurger : combien de fois avait-il tempêté, après le départ de son frère, parce qu'il ne comprenait pas pour quelle raison il les avait abandonnés ? Greta n'avait rien dit, se contentant de répondre qu'Arzian avait ses raisons et qu'il ne leur appartenait pas de les critiquer. Ce qui avait le don de les faire sortir de leurs gonds, Érick, Lukas et lui. Cependant, Kyrin doutait que cela eût changé grand-chose si la vieille dame lui avait exposé les raisons de la désertion d'Arzian. Blessé par le départ de son frère, submergé par le poids de ses nouvelles responsabilités, hanté par le drame, Kyrin n'aurait pas été capable de lui pardonner son absence, peu importent les faits. Ils avaient réagi, l'un et l'autre, avec la fougue de la jeunesse. Une décennie plus tard, ils avaient gagné en maturité et pouvaient poser cartes sur table. Kyrin gardait une rancune envers son frère pour ses actes, même si à présent il pouvait les comprendre. Avec le temps, peut-être parviendrait-il à faire fi de sa déception. Il était encore trop tôt, cependant. Il soupira lourdement.

— Lukas risque de ne pas le prendre aussi bien que moi.

— Ça ne peut pas être pire que papy.

Ils échangèrent un bref sourire.

— Lukas est plus souple de caractère, reprit Arzian. Il s'alignera sur ton attitude, même s'il éprouve l'envie de rester rancunier. Pour ce qui est de papy...

Il haussa les épaules.

— Je l'ai déçu et il y a peu de chances que je parvienne à trouver grâce à ses yeux. L'âge ne l'a pas vraiment radouci. Je m'y étais préparé en revenant.

— Serais-tu revenu un jour, si les événements ne t'y avaient pas contraint ?

— Je l'ignore, avoua Arzian après un long silence. Je m'interrogeais souvent sur votre vie, et je dois reconnaître qu'il m'arrivait de taper le nom de l'agence sur Internet de temps en temps pour voir s'il y avait des éléments nouveaux. J'ai même cherché si je vous trouvais sur les réseaux sociaux. Je me disais que c'était mieux ainsi, que revenir risquait de perturber l'équilibre. Nüwa n'était pas de mon avis, mais j'ai préféré ne pas prendre le risque d'un rejet pur et simple. Je suis lâche, quand il s'agit de ceux que j'aime.

— Enora te dirait que nous autres, Nielsen, sommes de beaux imbéciles quand il s'agit de sentiments.

Kyrin se leva et alla chercher deux bières dans le réfrigérateur. Après les avoir décapsulées, il en tendit une à son frère. Il reprit place et ils choquèrent leurs bouteilles avant de boire une gorgée.

— Je suis lâche aussi, à ma façon, si on retourne les choses.

— Explique.

— Tu es parti à l'aventure, sans rien d'autre qu'un sac à dos et sans but précis. Je suis resté dans le cocon familial. Tu as voyagé, loin. Tu as vu des choses, rencontré des gens, vécu des expériences. Tu as dû trouver le moyen de gagner ta vie. Moi, la question ne s'est jamais posée concernant mon avenir professionnel. Ma place était tenue au chaud, je n'ai eu qu'à m'y installer.

— Vu comme ça...

Ils burent en silence.

— Qu'as-tu fait, pendant les premières années, avant de rencontrer ta femme ?

À présent que les choses avaient été mises à plat, Kyrin se découvrait curieux. Arzian n'était pas un étranger, pourtant, il se rendait compte qu'il ne savait rien de son frère. Il n'avait rien voulu savoir.

— J'ai fait une sorte de compagnonnage. Je rêvais de travailler le bois, de devenir ébéniste, alors j'ai cherché des mentors prêts à former une espèce de vagabond. J'ai beaucoup appris. Une fois que j'ai maîtrisé le bois, je me suis intéressé au métal. Je me suis fait quelques belles brûlures en jouant les forgerons ! Ma nature de métamorphe m'a été très utile, je guérissais plus vite. J'ai même soufflé le verre, figure-toi.

Imaginer son colosse de frère en train de manipuler de délicates bulles de verre amena un sourire sur les lèvres de Kyrin. En parlant, Arzian s'animait, et une expression heureuse flottait sur ses traits tandis qu'il lui narrait ses aventures. Il était évident qu'il avait aimé chaque minute de son périple, qu'il s'y était épanoui.

— Et puis, j'ai rencontré Nüwa. Et ce jour-là, j'ai su que j'avais trouvé l'endroit où poser mes bagages. Ou plutôt, la personne pour laquelle j'avais envie de le faire.

La voix d'Arzian n'était plus qu'un murmure tandis qu'il évoquait sa femme. La tristesse marquait son visage et ses yeux se perdirent dans le vague. Kyrin respecta son silence.

— Ne lâche pas Enora, petit frère. C'est une chance rare de croiser celle qui est faite pour soi. Quand on la trouve, on la garde.

Kyrin hocha la tête et regarda son frère quitter la pièce d'un pas lourd. Enora était-elle faite pour lui ? La réponse s'imposa à lui : oui. Cent fois, mille fois oui !

Chapitre 19
L'Amour

Enora remarqua tout de suite la différence. Pour un observateur extérieur, rien n'aurait semblé changé entre Kyrin et Arzian, mais à ses yeux, c'était le jour et la nuit. À leur manière peu démonstrative, les deux frères avaient enterré la hache de guerre. La jeune femme s'autorisa un petit sourire satisfait : les choses allaient pouvoir reprendre un cours normal, à présent que les secrets, non-dits et autres incompréhensions avaient été mis à plat.

Lorie avait retrouvé tout son allant, se jetant à corps perdu dans la préparation de sa journée du lendemain comme un militaire s'apprêtant à partir en guerre. Où, quand, comment, toutes les étapes de son entreprise avaient été analysées.

— Kyrin, je sais que tu es pris normalement, demain,

mais j'aurais besoin de toi pour m'occuper d'Aglaé, si tu veux bien.

Enora s'était bien gardée d'informer la jeune fille que Kyrin avait d'ores et déjà reporté ses rendez-vous et filatures. Arzian se chargeait de celle que le chef ne pouvait abandonner. L'agenda partagé était une mine d'informations pour une petite standardiste curieuse, et surtout, soucieuse du bien-être de ses employeurs...

— Que te faut-il ?

Comme toujours, Kyrin se montrait calme et concentré. Il fallait bien le connaître pour noter que la requête de Lorie lui faisait plaisir. Et le soulageait, sans aucun doute ! Il s'était libéré dans l'hypothèse où sa cousine aurait besoin de lui, aussi voir la jeune fille prendre les devants et l'impliquer dans son affaire le rassurait-il.

— Je vais confronter Aglaé dans un lieu public, par mesure de sécurité. Je lui proposerai d'aller boire un thé après le travail.

— Depuis quand tu bois du thé ? releva Sören.

— Moi, je bois du café, mais Aglaé préfère le thé. Bref, reprit Lorie, je devrais être en sécurité, au milieu des autres clients, mais au cas où, j'aimerais avoir quelqu'un en soutien.

Kyrin hocha la tête, actant son accord.

— Je pense qu'il vaudrait mieux que tu portes un micro, au bureau, enchaîna-t-il.

Lorie fronça les sourcils, réfléchit, avant d'acquiescer.

— Si elle pète un câble en voyant qu'elle n'a plus la moindre emprise sur nous, il vaut mieux que je ne sois pas seule pour faire face à la tempête.

La jeune fille pointa un index accusateur sur son cousin.

— Avoue que tu avais prévu depuis le début de me surveiller.

— Veiller sur toi, pas te surveiller. J'ai confiance en toi.

Lorie fit une petite moue, puis lui adressa un sourire éclatant.

— Je peux m'estimer heureuse que tu n'aies pas décidé de te présenter comme nouvel employé, histoire d'être encore plus près.

La grimace de Kyrin provoqua un éclat de rire général. De toute évidence, il y avait songé !

— Je peux le faire, si tu veux, glissa-t-il néanmoins.

Lorie, amusée, secoua la tête. Chacun avait fait des concessions, elle n'irait pas jusqu'à se faire baby-sitter au bureau. Kyrin n'insista pas. Enora se demandait s'il n'aurait quand même pas tenté sa chance, si Lorie n'avait pas anticipé ses projets... On ne pouvait pas s'attendre à ce qu'il change du tout au tout en quelques jours. Kyrin ne serait plus Kyrin s'il abdiquait trop facilement !

***

Kyrin trébucha en arrière et ne dut qu'à la porte qu'il venait de refermer de ne pas tomber. Enora venait de lui sauter au cou, littéralement, et l'embrassait avec une ferveur inattendue. Passée la première seconde de surprise, le jeune homme ne se priva pas de répondre à son assaut, même s'il n'en comprenait pas la raison. Enora était certes passionnée dans l'intimité, mais ils venaient tout juste de quitter le salon après une soirée passée à deviser joyeusement avec le reste de la tribu, et rien dans son attitude n'avait indiqué qu'elle se consumait de désir au point de ne pouvoir attendre. Enora finit par reculer, un sourire radieux aux lèvres.

— Eh bien ! Que me vaut cet accès d'enthousiasme ? Non pas que je me plaigne, note bien.

— Je suis fière de toi.

Kyrin haussa un sourcil surpris. Qu'avait-il bien pu faire pour justifier cette fierté ? Enora le contempla un instant, avant de secouer la tête d'un air indulgent.

— Et tu n'as aucune idée de ce qui se passe, n'est-ce pas ?

— Aux dernières nouvelles, je ne lis toujours pas dans les pensées des gens. Et je dois avouer que ton cerveau suit un mode de fonctionnement que j'ai encore plus de mal à appréhender.

La jeune femme parut enchantée de cette déclaration. Même si elle ne le faisait pas dans ce but, Enora aimait ne ressembler à personne.

— Aujourd'hui, tu as pris sur toi. Tu n'as pas étouffé

Lorie sous tes attentions, tu l'as laissée gérer son enquête. Tu as attendu qu'elle te demande ton aide au lieu de la lui imposer. Et tu as parlé à Arzian.

— Comment le sais-tu ?

— L'impression que, pendant le dîner, tu n'allais pas te saisir du premier couteau venu pour le menacer ? Ou peut-être, tout simplement, le fait que vous avez échangé de façon très courtoise, à plusieurs reprises, alors que rien ne vous y contraignait. Ce soir, vous êtes même tombés d'accord sur le programme télé, alors qu'en temps normal, tu aurais préféré t'arracher un bras plutôt qu'aller dans son sens.

Enora, observatrice et sensible aux humeurs et émotions des autres, n'avait pu manquer le changement. Il aurait dû s'y attendre.

— Et simplement à cause de ça, tu es fière de moi et tu te jettes à mon cou ?

— Je te connais, Kyrin. Ne pas intervenir d'autorité dans l'enquête de Lorie, c'est difficile pour toi. Et parler à cœur ouvert avec ton frère l'est tout autant. Alors oui, je suis fière de toi. Il y a encore quinze jours, tu aurais écarté ta cousine pour prendre sa place, ou tu lui aurais imposé ta présence pour jouer les gardes du corps, peu importe son opinion.

Kyrin se retrouva quelque peu déstabilisé. Il n'avait pas l'impression d'avoir fait quelque chose d'exceptionnel, mais devait convenir qu'Enora n'avait pas tort. Quand on connaissait son tempérament

235

protecteur à l'excès, sa réaction du jour pouvait paraître surprenante. De là à la glorifier... Il n'y avait qu'Enora pour réagir ainsi.

— Tu es bonne pour mon ego. Si je dois recevoir ce genre de compliment chaque fois que je fais un petit quelque chose, je crois que je vais trouver le moyen d'en obtenir davantage à l'avenir !

— Comme si tu cherchais les compliments ! Tu fais ce qui te semble juste, pas ce qui peut te rendre le plus populaire.

Elle changea soudain de sujet.

— Alors, qu'a donné ta conversation avec Arzian ? Je parie que ma théorie était bonne !

— Et quelle est cette théorie ?

— Il est parti parce qu'il ne voulait pas prendre la tête des Nielsen.

Venant d'une autre, Kyrin serait sans doute demeuré bouche bée. Mais c'était Enora. En quelques jours seulement, elle avait compris ce que lui n'avait pas su saisir en une décennie de cogitation.

— Comment l'as-tu compris ? demanda-t-il en allant s'asseoir sur le canapé – lequel avait gagné de nouveaux coussins colorés depuis la dernière fois qu'il l'avait vu, soit ce matin avant de partir travailler.

— D'abord, Arzian ne m'a jamais semblé être le genre d'homme ambitionnant la première place, expliqua Enora en venant le rejoindre pour se nicher contre lui. Ensuite, il y a la façon dont tu m'as dit, avec le plus parfait naturel, comme si ça coulait de source, que c'était lui qui aurait dû reprendre la tête de la famille. Je vous pratique depuis quelque temps, maintenant, et s'il y a une chose que j'ai remarquée, c'est que l'agence est tout pour vous.

— L'agence et la famille sont indissociables.

— Oui. Ça fait beaucoup de responsabilités. Et pour ma part, j'ai toujours refusé de suivre les traces de mes parents. Je me suis dit que ton frère pouvait, lui aussi, réagir de la même façon.

Kyrin décida qu'il laisserait la jeune femme exposer tout cela à son grand-père. Peut-être aussi à ses frères, d'ailleurs. Elle présentait les choses avec tant de naturel que personne ne pourrait trouver à redire, quelles que soient les rancœurs qui demeuraient envers Arzian. À présent que les projets de son frère étaient clairs, Kyrin n'avait plus l'intention d'épiloguer sur le passé. Arzian était parti. Il était revenu. Rien ne changerait, tout allait bien. Et puis, le sujet Enora intéressait bien plus Kyrin !

— Suivre les traces de tes parents ?

— J'avoue qu'à une époque, je me suis dit que, si je m'intéressais aux avions, à son métier, mon père m'accorderait davantage d'attention et de temps. J'ai vite déchanté et pour être honnête, le sujet me passionnait moyennement. J'ai failli devenir hôtesse de l'air, figure-toi !

Kyrin essaya de l'imaginer en uniforme d'hôtesse de l'air. Elle aurait su rendre le voyage agréable aux passagers, sans compter qu'avec elle, la passation des consignes de sécurité aurait sans nul doute été fort divertissante !

— Qu'est-ce qui t'a fait changer d'avis ?

— Je me suis rendu compte que c'était encore une fois pour tenter d'attirer l'attention de papa, et non pour moi. En plus, je n'avais pas envie de reproduire le schéma avec mes futurs enfants. Même si je sais bien que, s'il l'avait voulu, mon père aurait pu être bien plus présent et bien meilleur papa. Les absences liées à son métier n'étaient qu'un prétexte pour ne pas trop s'attarder à la maison. Mais j'ai décidé qu'il valait mieux choisir une autre voie.

— Tu n'as pas été tentée d'imiter ta mère, du coup ?

Enora éclata de rire en secouant ses boucles.

— Lorsque j'étais enfant et adolescente, elle me serinait que je devais me trouver un bon mari, avec un bon métier, capable de m'offrir une belle vie. C'était une évidence pour elle. Elle me répétait que, jolie comme je l'étais, je n'aurais aucun mal à rencontrer le prince charmant. Elle essaie encore parfois de me caser avec des hommes qui, selon elle, seraient parfaits pour moi. Selon ses critères, bien sûr.

Kyrin avait du mal à imaginer Enora en jolie poupée dépendant d'un homme.

— Il va falloir que tu lui dises que tu n'es plus sur le marché.

Ils n'avaient plus reparlé de l'évolution de leur relation

ces derniers jours, mais Kyrin ne comptait pas la laisser s'envoler. S'il avait accepté de se laisser porter par les événements dans un premier temps, il n'en demeurait pas moins certain que ce n'était pas qu'un feu de paille, entre eux. Mieux valait acter les choses dès à présent, au cas où Enora douterait encore. Elle lui adressa un regard espiègle, démontrant qu'elle n'était pas dupe.

— C'est bientôt mon anniversaire, rappela la jeune femme. Ce sera l'occasion de vous présenter l'un à l'autre.

— Hum... Crois-tu que je pourrais rentrer dans ses critères du prince charmant ?

— Voyons..., fit mine de réfléchir la jeune femme. Tu es beau garçon, fit-elle en levant un doigt. Tu es à la tête de ton entreprise, même si ce n'est pas une entreprise conventionnelle, et cette entreprise fonctionne bien.

Elle poursuivit l'énumération sur ses doigts.

— Tu peux te vanter de posséder une grande maison. Maman n'a pas besoin de savoir que cette maison n'est pas très conventionnelle non plus et que tu vis avec toute ta famille, bien sûr. Vous possédez plusieurs véhicules.

Elle passa à la deuxième main. Kyrin la stoppa dans son élan en souriant.

— Je ne suis pas sûr de vouloir connaître le reste de la liste.

Enora déposa un baiser sur ses lèvres.

— Il y a un critère sur lequel ma mère et moi sommes en accord, tu sais.

— Lequel ?

— L'amour est essentiel. Chez ma mère, il ne dure pas bien longtemps, mais il est toujours sincère.

Kyrin crut que son cœur allait s'arrêter de battre. Enora le fixait de son regard limpide, sans ciller.

— Est-ce que ce critère est rempli, pour toi ? demanda-t-il.

— Oui.

— Pour moi aussi, souffla-t-il.

Il s'empara de sa bouche et la renversa sur le canapé. Les mains d'Enora se perdirent dans ses cheveux, tandis que les siennes parcouraient les courbes de la jeune femme à travers le tissu de sa robe. Lorsqu'ils trouvèrent l'ourlet du vêtement, ses doigts fureteurs se glissèrent dessous et remontèrent le long de ses cuisses.

— On continue à utiliser ma méthode ? murmura-t-elle, haletante, lorsque leurs lèvres se séparèrent.

— À l'unanimité.

Chapitre 20
Opération Sirène

C'était plus fort que lui. Kyrin savait qu'il ne récolterait pas les félicitations du jury et qu'Enora ne lui décernerait pas une médaille pour ça, mais il ne pouvait se résoudre à patienter dans sa voiture tout au long de la journée, tandis que Lorie contrariait sciemment une sirène manipulatrice.

Une rapide recherche dans les dossiers de l'entreprise lui avait permis de cibler l'homme dont il comptait prendre l'apparence. Il n'avait pas été trop difficile de convaincre Nicolas Dubuisson de rester chez lui à se prélasser : s'il n'avait pas les compétences d'Eliott, Kyrin n'était pas non plus complètement ignare en matière d'informatique. Il lui avait suffi de pirater la boîte mail de la société et d'envoyer une bonne nouvelle à l'employé : les RTT qu'il avait demandé lui étaient accordés, avec les excuses des ressources humaines pour la réponse tardive. Une fois assuré que Dubuisson ne risquait pas de faire du zèle, Kyrin changea d'apparence, adoptant celle de l'employé. Il ne pouvait vraiment pas laisser Lorie seule face à l'ensorceleuse.

Une pierre enchantée glissée dans la poche, Kyrin se présenta au travail juste après l'arrivée de sa cousine. Par chance pour Lorie, Aglaé n'était pas du genre à arriver parmi les premiers, ce qui lui avait laissé quelques minutes pour cacher ses pierres. Maligne, elle en avait placé plusieurs directement dans les corbeilles à papier, les autres trouvant leur place au fond des tiroirs, là où il y avait peu de chances qu'une main se glisse et les trouve.

Le dossier d'Aglaé Thelxiope ne révélait rien la concernant, et le peu qui y figurait était faux. La photographie montrait cependant une très belle femme d'une trentaine d'années, aux cheveux noirs coupés en un parfait carré plongeant et aux yeux bleu outremer. Le cliché ne rendait toutefois pas justice à la présence incroyable de la sirène. Kyrin sentit comme une agitation dans l'atmosphère, précédant l'arrivée d'Aglaé. Elle entra dans les locaux comme une star foulant les tapis rouges du Festival de Cannes. Grande et sculpturale, elle était fascinante. En dépit de la protection de la pierre et des ondes générées par toutes celles que Lorie avait disposées, Kyrin ressentit le

242

pouvoir d'attraction de l'arrivante avec une acuité rare. Glissant la main dans sa poche, il toucha sa pierre. Cela l'aida à chasser l'engourdissement qui menaçait de s'emparer de lui. Elle n'avait donc pas besoin de faire usage de sa voix pour séduire son entourage, sa seule présence suffisait. Il allait devoir se montrer prudent au fil de la journée, s'il ne voulait pas succomber au charme d'Aglaé malgré lui. Se raccrochant à l'image d'Enora, il inspira profondément et parvint à reprendre sa maîtrise de lui-même.

— Lorelei ?

La sirène ne masqua pas sa surprise. Son déplaisir se lut brièvement sur ses traits magnifiques, avant qu'un sourire affable étire ses lèvres pulpeuses.

— Bonjour Aglaé ! chantonna Lorie, tout sourire. Je suis navrée pour hier, j'ai dû manger quelque chose qui est mal passé, je n'étais pas au summum de ma forme. Heureusement, aujourd'hui, je me sens mieux. Je vais pouvoir rattraper mon retard et mes erreurs.

— Voilà qui est... inattendu.

Lorie émit un petit rire tout en rejetant sa longue chevelure, qu'elle avait décidé de laisser libre ce matin. Terminé les coiffures censées complaire à Aglaé. Sa robe, qu'elle avait choisie avec Enora, était également de la longueur de la jupe du premier jour, celle-là même qui lui avait valu la première remarque perfide de la sirène.

— Tu vas voir, reprit la jeune fille avec un large

sourire, bientôt, tu ne voudras plus que des collaboratrices, tellement je vais être efficace ! Tu vas virer tous les hommes pour ne t'entourer que de super-assistantes !

Kyrin faillit lever les yeux au ciel : Lorie en faisait peut-être un tantinet trop.

— Nico, ronronna Aglaé, pourrais-tu aller me chercher de l'eau chaude pour mon thé, mon chou ?

Elle insuffla un peu de magie dans ses propos. Sans la pierre, il serait tombé sous son emprise en un rien de temps. C'était comme la caresse d'un chant porté par une douce brise. Kyrin se secoua mentalement et s'exécuta, non sans tendre l'oreille pour suivre la discussion qui se poursuivait entre les deux femmes. Leurs sourires éblouissants étaient aussi factices l'un que l'autre.

— Lorelei, je trouve ta tenue un peu... négligée, aujourd'hui, fit Aglaé en prenant place sur une chaise.

Elle croisa avec élégance ses longues jambes. Une onde de pouvoir parcourut la salle. Kyrin la sentit qui cherchait à s'insinuer sous son épiderme. La chair de poule hérissa sa peau tandis que la pierre luttait pour repousser le charme pernicieux qui tournoyait, guettant la moindre faille. Le détective commençait à se demander si les pierres enchantées seraient assez puissantes pour empêcher les hommes de succomber.

— J'ai décidé d'adopter un style plus décontracté. Après tout, nous ne sommes pas en contact avec le public, alors je n'ai pas besoin de porter un tailleur chic.

« Lorie, fais attention », gronda-t-il intérieurement. Aglaé accusa le coup et jeta un regard à son propre tailleur, sans aucun doute de grande marque. Sa magie se déploya en tourbillonnant, comme la sirène réprimait sa colère devant la critique sous-jacente. Kyrin vit les hommes se figer, puis se tourner vers les deux femmes. Leurs regards un peu vitreux révélaient que le pouvoir de l'enchanteresse faisait un peu plus que les effleurer, toutefois, aucun n'émit le moindre commentaire. Les pierres devaient agir malgré tout, comprit Kyrin, en constatant qu'Aglaé jetait un coup d'œil furieux sur sa cohorte d'admirateurs un peu trop passifs à son goût.

Il apporta la bouilloire en veillant à se faire discret : à si courte distance, Aglaé risquait d'identifier sa nature surnaturelle, d'autant que son don était à l'œuvre pour lui permettre de maintenir l'apparence de Nicolas Dubuisson. Par chance, la sirène, concentrée sur sa contrariété et saturant l'espace de ses ondes magiques, ne lui prêtait guère attention.

La journée s'avéra longue et pénible : la magie d'Aglaé se heurtait à l'influence des pierres protectrices, qu'elle parvenait parfois à contourner. Kyrin passa presque tout son temps la main dans la poche ou la pierre dissimulée dans sa paume afin d'en augmenter l'efficacité sur lui. La fatigue commençait à se faire sentir, et plus d'une fois, il dut s'assurer que son apparence ne se trouvait pas altérée. Même Lorie semblait parfois souffrir sous les assauts répétés. Cependant, sa cousine ne se laissa pas démonter. Pas une fois elle ne céda, pas une fois elle ne courba les épaules sous les réflexions de plus en plus acerbes de la sirène. Armée d'un sourire permanent, la jeune fille effectua ses tâches sans rechigner. À mesure que la journée passait, l'assurance d'Aglaé vacilla. Sa mauvaise humeur grandissait à vue d'œil. Tendu, Kyrin la surveillait du coin de l'œil, guettant l'explosion.

— Nous avons bien travaillé, déclara-t-elle soudain, alors qu'il restait une demi-heure. Rentrez chez vous.

Elle n'eut pas besoin de se répéter, ni d'user de son charme : les employés, enchantés à l'idée de gagner un peu de temps, rangèrent rapidement leurs bureaux avant de quitter les lieux, non sans adresser à leur supérieure des regards reconnaissants qui parurent revigorer un peu l'ego malmené de la sirène.

— Et si nous allions boire un thé ? proposa Lorie en tendant la main vers son sac à main – emprunté à Enora, à en juger les couleurs vives qu'il arborait.

— Quelle excellente idée ! Tu es décidément pleine de surprises, Lorelei.

Aglaé avait parlé d'une voix aimable, pourtant, son regard était glacial. Lorie fit mine de n'avoir rien remarqué. Elle émit un petit rire tout en replaçant une mèche derrière son oreille, l'air plus juvénile que jamais. Kyrin rêvait-il, ou parvint-elle à rosir sur commande, comme si le compliment la touchait ? Sa cousine était bien meilleure actrice qu'il le pensait ! Ou alors, était-elle sous l'influence de la sirène, en dépit des pierres ? Non, décida-t-il en observant son expression : sous la surface affleurait la volonté d'acier qu'il commençait à bien connaître. Rassuré, il fit mine de quitter à son tour le bureau, devançant de peu les deux femmes.

— J'essaie de me rattraper. J'espère que j'arriverai à t'impressionner, Aglaé.

— Tu piques ma curiosité...

On aurait dit un serpent endormant en douceur la méfiance de sa proie pour mieux la dévorer. Kyrin s'éloigna juste assez pour ne plus se trouver dans leur ligne de mire. Il réagença ses traits et sa corpulence, ôta sa cravate qu'il fourra dans sa poche. Aucune des deux femmes ne prêta attention à l'homme qui s'installa à deux pas d'elles. Lorie savait que son cousin était dans les parages, même si elle le pensait sans doute toujours en planque dans la voiture.

Kyrin accueillit sa commande avec soulagement : il mourait de faim, et une journée entière sous les traits d'un autre tout en luttant contre la magie de la sirène avait quelque peu sapé son énergie. Il avait besoin de reprendre quelques forces. Lorie attendit que le thé soit servi pour attaquer. Elle parlait d'une voix égale, et sans le micro et l'oreillette, il aurait été impossible pour Kyrin de suivre la conversation.

— Je sais qui tu es, Aglaé.

— J'en doute, ma chérie, répondit la sirène avec un

petit rire de gorge.

Sans la quitter des yeux, Lorie plongea la main dans son décolleté et en sortit son pendentif, qu'elle laissa se balancer au bout de ses doigts. Aglaé fronça les sourcils, ne comprenant pas où la jeune fille voulait en venir.

— Résister au chant des sirènes n'est pas aussi compliqué qu'on le prétend.

Cette fois-ci, la surprise se lut sur le beau visage. La surprise, et peut-être aussi un peu d'inquiétude.

— Je ne suis pas sûre de bien saisir.

Lorie sourit et se carra dans son siège, affichant une expression sereine et pleine d'assurance. Kyrin se sentit fier d'elle en la voyant faire. Sans pouvoir, peut-être, mais pas sans ressources, ça, c'était certain !

— Ne m'oblige pas à te voler dans les plumes, Aglaé.

L'allusion aux plumes allait ravir Sören, lorsqu'ils rapporteraient la scène aux autres.

— Tu ignores à qui tu t'attaques, petite.

— Oh ! C'est là que tu te trompes. Je sais précisément à qui j'ai affaire. J'ai été engagée pour ça.

La sirène accusa le coup, clairement déstabilisée.

— Ton patron commençait à s'interroger sur les nombreuses démissions des nouvelles employées, quelques jours seulement après leur embauche. Il a donc fait appel à une agence de détectives privés pour enquêter. Il se trouve que le hasard fait bien les choses : nous sommes spécialisés dans les affaires qui sortent de l'ordinaire.

Lorie se pencha, baissant encore la voix.

— Des enquêtes impliquant des sirènes, par exemple.

La magie d'Aglaé explosa, figeant tout le monde autour d'elle. Même armé de sa pierre, Kyrin eut la sensation de se retrouver englué dans une sorte de gangue qui étouffait les bruits et rendait ses mouvements difficiles. Les doigts de Lorie se serrèrent sur son talisman, qu'elle n'avait pas lâché.

Aglaé eut un rire dénué de toute chaleur. Un rire grinçant qui évoquait davantage le ricanement d'une vieille sorcière que celui d'une sirène envoûtante. Kyrin remarqua des frémissements autour d'elle, et bientôt, ses bras se parèrent de plumes fantomatiques. C'était comme si deux images se superposaient : il y avait la femme dans son élégant tailleur, et la femme-oiseau translucide. Les yeux de la sirène brillaient d'un éclat insoutenable, tandis qu'une brise invisible agitait son plumage. Lorie, bien que surprise et fascinée par le spectacle, ne manifestait toujours aucune crainte. Seuls ses doigts crispés sur son pendentif révélaient qu'elle luttait contre le charme de la sirène. Kyrin se tendit, cherchant à s'extirper des forces envoûtantes qui essayaient de s'emparer de son esprit. Autour d'eux, plus personne ne bougeait : les hommes et les femmes présents attendaient les ordres de la créature. Aglaé n'avait pas choisi leur table au hasard, comprit le détective : là où les deux femmes se trouvaient, il n'y avait aucun risque qu'une caméra capte la moindre image compromettante. Les surnaturels avaient intégré à leur vie quotidienne le repérage de toutes celles qui parsemaient les villes. Qu'allait faire la sirène, à présent ? Kyrin, à nouveau maître de lui, glissa lentement la main sous sa veste, prêt à dégainer le poignard, plus discret au quotidien qu'une épée, qu'il gardait toujours glissé dans un fourreau au creux des reins.

— Tu te croyais en sécurité, au milieu d'une foule, Lorelei ? Est-ce d'ailleurs ton vrai prénom ?

— Ça l'est. Je vais te confier un secret.

Lorie esquissa un sourire.

— Il y a une sirène scandinave dans mon arbre généalogique.

L'expression d'Aglaé révéla le mépris qu'elle éprouvait pour ses cousines à écailles. Elle n'était pas vraiment impressionnée par ce que venait de lui annoncer son interlocutrice. En revanche, elle fronçait les sourcils devant l'absence de peur de la jeune fille, malgré ses menaces.

— Je pourrais charmer ces gens, les convaincre que tu représentes un danger pour moi, et leur demander de se jeter sur toi pour te mettre en pièces.

Les plumes fantômes, comme mues d'une vie propre, semblèrent fouetter l'air. Une nouvelle onde parcourut la salle, les expressions se firent menaçantes et les corps oscillèrent, comme prêts à bondir. C'était un spectacle assez effrayant, en vérité. Ne leur manquait plus qu'un maquillage gore, et ces gens pourraient postuler pour un film de zombies. Lorie examina les alentours, évaluant la menace, puis haussa les épaules.

— Tu pourrais. Mais franchement, est-ce que ça en vaut la peine ? Sans compter que ça risque d'attirer l'attention de la communauté surnaturelle, et tu sais bien que tout le monde devient assez susceptible quand le secret est menacé. En plus, mes collègues sont au courant de ta nature. Même si je disparais, ça ne résoudra pas ton problème.

Kyrin sentit l'étau magique se desserrer. L'argumentaire de Lorie faisait mouche auprès de la sirène.

— Que veux-tu ? demanda brusquement celle-ci.

— Que tu cesses de tourmenter tes collègues, hommes ou femmes.

— Je ne peux pas cesser de les charmer. C'est en moi. C'est un besoin.

À ses yeux, ce qu'elle faisait n'était pas vraiment répréhensible, donc. Elle ne considérait pas qu'elle les tourmentait.

— Fais des efforts.

— Je ne supporte pas la rivalité. J'ai besoin qu'on m'admire.

La mine pincée d'Aglaé aurait presque pu prêter à sourire. Elle souffrait à la simple idée de ne plus être le centre du petit univers qu'elle s'était créé. Pourquoi n'était-elle pas devenue comédienne ou mannequin ?

Elle aurait pu se gorger de l'admiration des autres.

— Si c'est trop dur pour toi, pars.

— Tu me laisserais partir, sans me poursuivre ?

La sirène parut stupéfaite. Sans doute s'attendait-elle à davantage d'acharnement ou d'hostilité.

— Moi, tu sais, mon travail, c'est juste de comprendre pourquoi toutes les femmes partaient en courant. Tant que tu ne fais pas de mal aux gens, je n'ai aucune raison de te traquer.

Aglaé parut réfléchir. Elle porta sa tasse à ses lèvres et grimaça en constatant que son thé avait refroidi. Lorie se garda bien d'interrompre sa réflexion.

— Très bien, capitula la sirène.

Les plumes disparurent, la pression magique s'allégea, sans pour autant disparaître. Aglaé maintenait son emprise sur la salle. Les corps se détendirent, les traits perdirent leur crispation.

— Je vais prendre sur moi. J'aime bien ce travail et les gens qui m'entourent. Je me suis construit une vie agréable, ici, je n'ai pas envie de devoir recommencer à zéro.

Son regard se fit soudain malin.

— Tu ne m'en voudras pas, si je vais trouver le patron pour faire en sorte qu'à l'avenir, il n'engage que des laiderons ?

Aglaé voulait bien faire des efforts, mais il ne fallait pas trop lui en demander, apparemment. Lorie lâcha un petit rire.

— Attention, Aglaé, nous garderons un œil sur l'entreprise. Que le patron soit sous ton emprise ne changera rien au fait que, si tu reprends tes mauvaises habitudes, nous interviendrons.

Lorie venait de résumer la philosophie de *Nielsen Investigations* : ils n'abandonnaient jamais un dossier avant d'avoir la certitude que tout était bien résolu. Et parce que leur employeur n'avait aucune idée de la nature surnaturelle de son problème, il leur revenait de veiller à ses intérêts, même à son insu.

— Ces habitudes sont excellentes. Pour moi.

Le sourire d'Aglaé était sincère, cette fois-ci. La femme manipulatrice paraissait presque sympathique, soudain. Méfiant, Kyrin se tenait toutefois prêt à intervenir, suspectant une nouvelle ruse.

— Alors comme ça, tu as du sang de sirène, badina-t-elle. C'est sans doute pour cette raison que je te trouvais sympathique. Il n'y a que les autres sirènes qui me paraissent intéressantes, même si ce sont mes pires rivales.

Elle grimaça à cette idée.

— Tu me trouvais sympathique ? s'esclaffa Lorie. Je préfère ne pas imaginer comment tu te comportes avec celles que tu n'aimes pas !

La jeune fille regarda autour d'elle, constata que les clients et serveurs étaient toujours sous le charme de la sirène. Elle toussota tout en désignant la salle du menton. Aglaé eut l'air surprise. Séduire son entourage lui était si naturel qu'elle en oubliait parfois les effets. Ce serait un vrai challenge, pour elle, de se contenir au travail. Avec un petit soupir, elle relâcha son emprise, puis fit signe à un serveur, qui se posta devant elle d'un air empressé.

— Mon thé est froid. Pourriez-vous m'en apporter un autre ?

L'homme se confondit en excuses et se dépêcha d'accéder à sa requête. Kyrin ne détectait plus la moindre trace de pouvoir. C'était là l'attitude normale d'un employé présent pour satisfaire les demandes de la clientèle. Et sans doute séduit par la beauté de cette cliente en particulier.

— Tu n'as pas besoin de ta magie pour séduire, fit remarquer Lorie, qui était parvenue aux mêmes conclusions que son cousin.

— Je sais.

De la part d'une autre, cette réponse aurait pu sembler prétentieuse. Pourtant, à présent débarrassée de tous ses artifices, Aglaé ressemblait à une femme presque normale, devisant autour d'un thé avec une amie.

Lorie hésita, puis se pencha à nouveau pour chuchoter.

— Je n'ai jamais rencontré de sirène grecque. Tu penses que ce serait possible de me montrer ta véritable apparence ? Totalement ?

Ses yeux bleus brillaient de curiosité. Aglaé éclata de rire.

— Rendez-vous demain matin au bureau, quinze

minutes plus tôt que d'habitude, proposa-t-elle.

Lorie esquissa une moue déçue. Espérait-elle vraiment que la sirène allait déployer ses ailes, là, au milieu du café ? Alors qu'elle venait de lui demander de faire des efforts ? Kyrin secoua la tête, blasé.

Il fit signe au serveur et commanda une deuxième assiette. Maintenant que la situation semblait sous contrôle, il ne voyait aucune raison de se priver. Il ne suivit donc pas les deux femmes lorsqu'elles se levèrent. Elles se séparèrent en se faisant la bise. Lorie choisit de s'attarder pour finir son thé, laissant partir la sirène de son côté.

D'accord : il avait fait tout ça pour rien, Lorie s'en était sortie comme une chef. Cependant, rien ni personne ne pourrait faire regretter à Kyrin d'avoir exercé une protection discrète tout au long de cette journée ! D'ailleurs, dès demain, Nicolas Dubuisson arriverait plus tôt au travail, lui aussi, histoire de s'assurer que tout allait pour le mieux et que la sirène ne cachait pas de sombres desseins...

Chapitre 21
La revanche d'une blonde

Enora regarda Lorie passer au pas de charge. Étonnée, la jeune femme la suivit.

— Tout va bien ? Il s'est passé quelque chose ?

La seule chose susceptible de mettre Lorie en colère comme ça ne pouvait qu'être l'échec de son entreprise.

— Tu n'as pas réussi à convaincre Aglaé ?

— Si.

— Lorie... Tu m'inquiètes un peu, là.

La jeune fille stoppa net et se retourna pour faire face à Enora.

— Est-ce que nous sommes seules ?

— Ils sont tous sortis.

Donc, Lorie ne voulait pas que quelqu'un l'entende, que ce soient ses cousins ou les nouveaux détectives.

— C'est un sale traître ! cria-t-elle.

— Euh... De qui parles-tu ?

— De Kyrin !

— J'avoue que je ne te suis plus.

Le matin même, Kyrin était parti avant Lorie afin de pouvoir s'installer pour sa planque, non loin de l'entreprise. Une question d'emplacement, proche pour pouvoir intervenir rapidement si besoin, mais assez abrité pour que la présence d'un homme, toute la journée, dans sa voiture, ne suscite pas de questions.

— Ah ! s'exclama Lorie, ils sont beaux, ses discours sur la confiance ! « J'ai confiance en toi Lorie. Tu vas gérer. Tu es capable de gérer. » Et devine ce que Monsieur a fait à la première occasion ?

Pas besoin d'être grand clerc pour comprendre que Kyrin le Protecteur avait dû faire son grand retour. Lorie ne laissa pas le temps à Enora de formuler une réponse.

— Il a infiltré la boîte !

Enora soupira en secouant la tête. Elle n'était même pas vraiment surprise. La jeune femme pinça les lèvres, partagée entre l'amusement et l'agacement : bien sûr, elle ne cautionnait pas l'attitude de Kyrin. D'un autre côté, comment l'imaginer attendant sagement sur le banc de touche ?

— Comment a-t-il fait ? s'enquit-elle en entraînant Lorie vers le bureau de la jeune fille.

— Il a pris l'apparence d'un de mes collègues, Nicolas.

— Et il est intervenu pour s'occuper d'Aglaé ?

— Non.

Lorie fit une grimace.

— Mais ça ne change rien au fait qu'il n'est pas resté dans sa voiture, comme nous l'avions décidé ! poursuivit-elle en pointant un index rageur sur Enora.

Sa colère venait de perdre un peu de son intensité. Enora referma la porte sur elles et se tourna vers la jeune fille avec une mine conspiratrice.

— Comment l'as-tu démasqué ? chuchota-t-elle en réprimant un rire.

Il allait en faire une jaunisse, en apprenant que quelqu'un l'avait identifié, lui, le grand illusionniste !

— Nicolas a une petite cicatrice sur le poignet droit, expliqua Lorie. Il m'a expliqué comment il se l'est faite. J'ai remarqué que ce matin, la cicatrice avait mystérieusement disparu. Ça m'a paru bizarre, alors du coup, j'ai observé Nico et j'ai fini par relever plusieurs petites choses. Il ne m'a pas fallu longtemps pour additionner deux et deux.

Se laissant tomber sur son fauteuil, la jeune fille entreprit de raconter sa journée. Attentive, Enora l'écouta, admirative du sang-froid dont elle avait fait preuve en dépit des menaces de la sirène. À sa place, elle se serait sans doute affolée en la voyant s'emparer des esprits des personnes présentes dans le café et révéler ses plumes ! Voilà pourquoi Lorie était sur le terrain et pas elle.

— Je vais lui faire la misère, grommela Lorie, une fois

son récit terminé, revenant à sa préoccupation première, à savoir son cousin envahissant.

— Ne sois pas trop dure avec lui, sourit Enora. Il a eu tort de s'infiltrer sans t'en informer, mais au moins, il t'a laissée gérer sans intervenir. Ça mérite un peu d'indulgence.

— Pas d'accord.

Le ton de Lorie manquait de conviction.

— Bon, capitula-t-elle. Je suppose que c'était prévisible. Mais je suis vexée.

— Il mérite une bonne leçon pour ce sale tour, approuva Enora.

— Je vais lui dire ma façon de penser, et je peux te garantir que je ne vais pas mâcher mes mots !

Enora fit la moue.

— Je ne le connais pas depuis aussi longtemps que toi, mais je doute que ce soit très efficace. Il va reconnaître ses torts, bien sûr, mais à mon avis, à la première affaire risquée, il recommencera.

— Tu as raison. Il va me laisser lui crier dessus, s'excuser, mais en vérité, ça va lui passer au-dessus de la tête. Il faut que je trouve autre chose.

— À quoi penses-tu ?

— Je ne sais pas. Mais je vais trouver, crois-moi !

La jeune fille réfléchit, puis un petit sourire rusé étira ses lèvres.

— Enora... je vais avoir besoin de ta complicité. Je sais que je ne devrais pas te demander ça, surtout que tu sors avec K, mais j'aimerais avoir quelqu'un avec qui partager la blague.

Elle jeta à la jeune femme un regard suppliant qui ne trompa pas son interlocutrice. Enora se mit à rire, amusée par sa mine de pauvre malheureuse, pas du tout crédible.

— Parle-moi d'abord de ton plan, je te dirai ensuite si je t'aide ou non. Il n'est pas question que je te laisse te fourrer dans les ennuis !

Le plan avait le mérite d'être d'une grande simplicité, et surtout, de ne représenter aucun risque, ni pour Lorie ni pour Kyrin. En revanche, la jeune fille allait appuyer exactement là où le bât blessait. Kyrin n'était pas stupide, il comprendrait vite, Enora n'en doutait pas une seconde !

Le mercredi soir, Lorie avait agi comme si elle n'avait pas remarqué que Kyrin s'était substitué à son collègue. Elle avait raconté à la tribu rassemblée le déroulement de sa journée et la scène du café. Ses cousins l'avaient félicitée pour son professionnalisme, Kyrin en tête. Ce dernier s'était bien gardé de révéler son ingérence, même à Enora. Les deux jours suivants, Lorie avait mis le point final à son enquête. Elle avait fait ses adieux à des collègues pas surpris d'apprendre que son « stage » prenait fin – explication fort aimablement fournie par Aglaé –, rangé son bureau et était rentrée le vendredi en fin d'après-midi pour compléter la base de données avec tout ce qu'Aglaé avait bien voulu lui révéler sur les sirènes et rédiger son rapport. Bien sûr, elle s'était gardée d'y mentionner que son cousin avait joué les crampons jusqu'au bout. Elle avait donc mis son plan à exécution dès le lendemain matin.

Le mardi, en fin d'après-midi, vit revenir un Kyrin au langage corporel très parlant : raide, visage fermé, il se rendit à son bureau sans même s'arrêter pour demander à Enora s'il y avait des informations importantes à lui transmettre, comme il le faisait habituellement. La jeune femme, qui pouvait deviner sans peine ce qui le mettait dans cet état de nerfs, masqua un sourire, avant de répondre à un appel d'Olga. Les groupies de Lukas avaient fini par lâcher l'affaire. Olga tentait encore sa chance, de temps à autre, mais Enora soupçonnait que la jeune femme le faisait davantage pour papoter quelques minutes que par réel espoir d'obtenir des nouvelles du joli cœur. Elle envisageait d'ailleurs de lui proposer une rencontre autour d'un thé ou d'un café, un de ces jours. Sören leva un sourcil moqueur en voyant son frère passer comme un ouragan, avant de mordre sans vergogne dans le moelleux au chocolat qu'il avait subtilisé en revenant du collège. Désormais, la routine de l'adolescent incluait un passage à la cuisine pour prendre les pâtisseries d'Enora, avant de venir s'installer avec la jeune femme, au comptoir. Tout, plutôt que faire ses devoirs ! Ils discutaient films, jeux vidéo et le garçon tentait de lui expliquer les règles du football. Nemo attendait tranquillement qu'il lui ouvre la porte et ils partaient ensuite se promener un peu. Apparemment, les Nielsen n'avaient jamais songé à adopter un animal de compagnie. Il s'avérait que Sören, toujours prêt à se défiler quand il pouvait s'éviter les corvées ménagères, se montrait constant lorsqu'il s'agissait du bien-être du labrador.

Quelques minutes plus tard, ce fut au tour de Lorie de revenir. Contrairement à son cousin, la jeune fille affichait un large sourire, signe que son plan fonctionnait comme elle le souhaitait. Kyrin devait guetter son retour.

— Lorelei, dans mon bureau !

— J'ai des choses à faire.

— Tout de suite.

— Je suis en vacances, au cas où tu l'aurais oublié.

— Dépêche-toi de ramener tes fesses, sinon, je viens te chercher par le fond du pantalon !

— Oh, oh ! Kyrin Nielsen est en colère, ricana la jeune fille à voix basse.

— Ce n'est rien de le dire ! gloussa Enora.

— Qu'est-ce que j'ai manqué ? s'enquit Sören, avec une expression de curiosité avide.

Il aimait par-dessus tout être le premier informé de tout. Si Lorie avait décrété que le savoir était le pouvoir, Sören en avait aussi fait son credo. La différence étant que lui aimait connaître les moindres petits secrets honteux ou gênants afin de pouvoir s'en servir ensuite. Dans une autre famille que la sienne, avec une éducation ne prônant pas la moralité et la droiture, il aurait sans doute fini par devenir un parfait maître-chanteur ! Il lui manquait encore la subtilité, mais Enora ne doutait pas qu'avec le temps, Sören deviendrait un manipulateur hors pair. Ce qu'il avait réussi à apprendre sur certains de ses profs, par exemple, aurait sans doute suffi à lui obtenir d'excellentes notes, s'il l'avait voulu. Au lieu de quoi, il se contentait de la moyenne.

— La bonne nouvelle, c'est qu'il ne me parle pas comme à une petite cousine fragile, mais comme il le ferait avec ses frères.

— Lorelei Klein !

Que Lorie ne s'offusque pas de la rudesse des propos de Kyrin surprenait Enora. Il n'avait pas intérêt à lui parler ainsi, sous peine de faire connaissance avec le confort relatif de son canapé ! Ou de retrouver ses armoires en vrac ! Voire les deux.

La porte claqua derrière Lorie. La jeune fille l'avait laissée entrouverte afin qu'Enora ne perde pas une miette de l'explication houleuse qu'ils allaient avoir, mais Kyrin venait de ruiner ses efforts.

— Flûte ! grogna Sören, renfrogné. On ne va rien pouvoir entendre.

— Moi, c'est certain. Mais toi, avec ton ouïe bionique, tu devrais pouvoir suivre, non ?

C'était mal d'inciter le gamin à écouter aux portes. Enora n'en conçut toutefois qu'une très brève culpabilité. De toute façon, il n'attendait pas son

263

autorisation pour le faire...

— Non. Monsieur Prévoyant a pensé à ça aussi. Tout est bien isolé, pour que personne ne puisse surprendre un échange confidentiel. Il a tenu compte des capacités de certains de nos clients, après un petit incident qui a failli tourner à la guerre mondiale entre deux clans surnaturels. On pourrait torturer quelqu'un dans l'une des pièces, du moment que la porte reste fermée, personne n'en saurait rien.

Il disait cela sur un ton tellement désabusé, sans masquer sa déception, qu'Enora en oublia un instant qu'elle aussi se retrouvait privée du spectacle.

— Lorie nous racontera peut-être ce qu'ils se sont dit, consola-t-elle le garçon.

La jeune fille lui raconterait tout, à elle, sa complice, mais pas à Sören. Il n'avait pas besoin de le savoir, cela dit.

— Tu pourrais déjà me raconter ce que tu sais, fit ce dernier avec un sourire roublard.

Enora lui rendit son sourire tout en secouant la tête. Aider Lorie à donner une leçon à Kyrin, c'était une chose. Crier l'histoire sur tous les toits en était une autre. Cette affaire ne regardait que les deux intéressés.

— La moralité, c'est très surfait, tenta d'argumenter Sören. Le monde en général est immoral. Allez, dis tout à ton petit frère...

— Sale gosse ! s'esclaffa Enora en lui ébouriffant les cheveux, chose qu'il détestait. Tu fais vraiment feu de tout bois, et ça, c'est immoral !

— Tu crois que ma place est facile, dans cette famille ? Je suis le dernier, tout le monde me traite comme un bébé, alors que je suis le plus malin de la bande.

— Si tu étais vraiment malin, tu saurais qu'un peu de subtilité ne fait jamais de mal. Là, tu y vas avec tes gros sabots, je t'assure qu'on te voit venir de loin.

— Même pas un petit indice ?

— On dirait Nemo quand il quémande une douceur.

— Je finirai par tout savoir, tu sais.

— Eh bien, ça ne sera pas par moi.

— Je ne résiste pas à un défi, menaça encore l'adolescent.

En vérité, Enora était à peu près sûre qu'il aurait été déçu si elle lui avait facilité la tâche. La perspective de mener sa petite enquête et de fouiner partout le faisait presque frétiller sur place. Il y passerait le reste de la semaine, s'il le fallait. Pas besoin de s'interroger sur son avenir, il ferait carrière au sein de *Nielsen Investigations* !

D'ailleurs, en dépit de ses affirmations, Sören alla plaquer l'oreille contre la porte du bureau.

— On ne sait jamais, il faut toujours vérifier et ne rien prendre pour argent comptant, affirma-t-il. Kyrin ne cesse de le répéter. Je suis un bon élève, je mets les consignes en application.

Il disait cela d'un ton vertueux qui ne cadrait pas avec

la malice qu'Enora pouvait lire dans ses yeux dorés. Il n'eut toutefois pas le temps de pavoiser, car il faillit s'étaler lorsque la porte s'ouvrit brusquement.

Chapitre 22

L'arroseur arrosé

La première fois que Lorie était apparue dans son champ de vision, alors qu'il était en train de s'entretenir avec un informateur, Kyrin avait cru à un simple hasard. Après avoir pris congé d'Aglaé et de ses collègues, la jeune fille avait demandé quelques jours de vacances. Elle avait travaillé dur, ces derniers mois, et dans la mesure où l'affaire Aglaé se terminait tout compte fait bien plus vite que prévu, il n'avait vu aucune raison de s'y opposer, bien au contraire. Les quatre nouveaux avaient hérité de leur part de dossiers, permettant d'accorder une pause méritée à la jeune fille.

Puis il avait retrouvé Lorie installée à une terrasse, en train de boire un chocolat chaud, comme une touriste lambda. Le fait qu'elle se trouve précisément sur le lieu de rendez-vous dont il avait convenu avec l'homme qu'il souhaitait interroger pour les besoins de son enquête avait fait froncer les sourcils au jeune homme. Cette rencontre s'était décidée à peine une heure plus tôt. Plus tard dans la journée, il avait remarqué l'une des voitures de l'agence garée non loin de la sienne. C'était la préférée de Lorie, ses frères et lui-même ne l'empruntaient guère, car c'était un modèle ridiculement petit, pas du tout adapté à leurs grandes carcasses. En revanche, il n'avait trouvé nulle trace de sa cousine, malgré de longues minutes passées à scruter la rue. Le jour suivant, c'était une motarde qui avait semblé le suivre une bonne partie de la journée. Mécontent, Kyrin s'était fait la remarque qu'il allait falloir qu'il reprenne avec Lorie les bases d'une filature *discrète*. Cependant, un soupçon avait commencé à poindre, vite confirmé par les diverses apparitions de sa cousine ici et là. C'était comme si elle le filait. Elle ne prenait même pas la peine de se cacher, veillant simplement à ne marquer aucune reconnaissance lorsqu'ils se croisaient. Si elle ne représentait aucune menace pour son enquête en cours, Kyrin s'était en revanche surpris à la chercher partout, à partir du moment où il avait compris qu'elle le faisait exprès.

Il se trouvait donc sur les nerfs, sans comprendre à quoi jouait la jeune fille. Après quelques jours de ce jeu de chat et de la souris, il estimait qu'il était temps d'attraper la provocatrice pour comprendre où elle cherchait à en venir. Il avait mieux à faire que chercher à deviner ce qui se passait dans la jolie tête blonde de Lorie. Même si, étrangement, il avait la vague impression que cela avait quelque chose à voir avec l'affaire Aglaé Thelxiope.

Lorie prit place dans le fauteuil d'un air détaché, vivante image de l'innocence. Un instant, Kyrin se demanda s'il n'avait pas exagéré. Cependant, toutes ces rencontres « hasardeuses » en si peu de temps lui paraissaient par trop improbables. Il fixa sa cousine de ce regard lourd de sens qui avait fait ses preuves. Elle parut légèrement mal à l'aise, pourtant, elle ne baissa pas le regard.

— Tu as trente secondes pour m'expliquer pourquoi je t'ai retrouvée dans mes pattes partout où j'allais, ces derniers jours.

La jeune fille pencha la tête et le toisa. Oui. Elle le toisa ! Assise, quand lui-même se tenait debout, et alors qu'elle faisait trente centimètres de moins que lui, elle le *toisa*. Il n'aurait jamais cru une telle chose possible !

— Tu n'as vraiment pas la moindre idée ? susurra-t-elle.

Kyrin fronça les sourcils. La seule chose qui pouvait expliquer la colère froide émanant de sa cousine était qu'elle avait découvert son ingérence. Encore qu'ingérence était quelque peu exagéré. Kyrin grimaça intérieurement : avec le recul, il n'était pas vraiment fier de lui.

— Crache le morceau, Lorie, ordonna-t-il d'une voix

nettement moins dure qu'au début de leur entretien.

Sa cousine était une tête de pioche, elle aussi : plus on lui mettait la pression, plus elle se braquait. Lui crier dessus, lui donner des ordres ou la menacer de lui faire faire des pompes ne fonctionnait que si la jeune fille était dans son tort, comme dans le cas de son escapade à la poursuite du Lébérou. Si elle s'estimait dans son bon droit, rien ni personne ne pouvait la faire dévier de son cap, à moins de lui prouver par A+ B qu'elle avait tort.

— Je t'en veux. Beaucoup.

Kyrin accusa le coup. Il aurait préféré qu'elle crie, tempête ou casse quelque chose, voire qu'elle tente de le frapper, plutôt que lui parler de cette voix calme, dardant sur lui un regard exprimant toute la déception du monde. Lorie apprenait vite, et elle avait bien compris comment faire mouche avec lui. Ah ! Il était beau, le grand chef autoritaire ! Il suffisait de quelques mots bien sentis pour le mettre KO. C'était tellement plus simple avec ses frères...

— Pour quelle raison ?

— Tu le sais très bien.

Oui, il n'avait plus le moindre doute. OK. Il avait commis une erreur de jugement et il allait devoir en supporter les conséquences. C'était le discours qu'il tenait à ses frères et sa cousine depuis toujours, et il ne pouvait pas y déroger, pas même pour se tirer du mauvais pas dans lequel il s'était fourré.

— L'enfer est pavé de bonnes intentions.

— Tu n'as pas confiance en moi !

— Tu sais bien que si. Je t'aurais renvoyée à tes parents illico, sans cela.

— Alors pourquoi ? Je te jure, quand j'ai compris que tu étais là, à me surveiller, j'ai failli perdre les pédales ! Ça aurait pu tout faire rater !

— Aucun risque. Tu es plus solide que ça.

Lorie crispa les mâchoires. Il entendit presque ses dents grincer.

— Je déteste, quand tu fais ça.

— Quoi donc ?

— Quand tu lâches un compliment alors que j'essaie de t'engueuler.

— Parce que tu as déjà essayé de m'engueuler, par le passé ?

— Tu m'énerves !

La jeune fille bondit sur ses pieds, oubliant sa retenue. Kyrin réprima un sourire. Il la préférait comme ça, pleine de fougue, plutôt que calme et dédaigneuse.

— Je ne te surveillais pas, reprit-il d'une voix basse qui tranchait avec le ton vif de sa cousine.

— Bien sûr, ironisa-t-elle. Tu étais là par un hasard totalement hasardeux. Quel hasard !

— Je veillais sur toi. Nuance.

— Je n'en avais pas besoin.

— En effet. Tu t'en es très bien tirée toute seule.

Elle poussa un cri de frustration.

— Tu recommences !

— Tu sais comment je suis. On ne se refait pas.

— Va falloir, pourtant, parce que c'est insupportable !

— J'y travaille. Mais Rome ne s'est pas fait en un jour.

— Ouais, grommela la jeune fille. Ben va falloir travailler plus fort, parce que ça ne se voit pas.

— Je t'ai laissé finir l'enquête au lieu de prendre ta place. Et je ne suis pas intervenu. C'est déjà bien, non ?

Lorie eut un reniflement dédaigneux.

— Tu n'aurais pas fait ça, si j'avais été un mec.

Vrai. Il lui était déjà arrivé de se mêler des affaires de ses frères, mais jamais il n'aurait poussé le vice aussi loin si l'un d'entre eux avait été concerné par l'affaire de la sirène. Il serait resté en planque dans sa voiture, armé de son oreillette, comme convenu. S'il attendait des félicitations pour son comportement de gentleman, il en était pour ses frais. Lorie lui faisait bien sentir qu'il se comportait comme un macho primaire. Bon. Il n'avait plus qu'à faire son *mea culpa*, avec toute la sincérité dont il était capable. D'une certaine façon, c'était une bonne chose que sa cousine ait découvert le pot aux roses : Kyrin n'avait cessé de songer à ce qu'il avait fait, avec le sentiment qu'il avait eu tort, même s'il avait agi avec les meilleures intentions du monde. Que c'était difficile d'être un chef parfait !

— Je te dois des excuses, Lorie.

— En effet.

Elle croisa les bras devant elle et le scruta, évaluant sa sincérité.

— Je veux que tu promettes de ne plus jamais faire un truc pareil. Je veux que tu me considères comme n'importe lequel des gars.

Elle savait qu'il ne faisait jamais de promesse en l'air.

— Tu ne préférerais pas plutôt me demander de courir vingt kilomètres et de faire deux cents pompes ? demanda-t-il.

Un sourire rusé étira les lèvres de la jeune fille, et il comprit qu'il venait de se faire manipuler en beauté.

— C'est la deuxième étape. Mais d'abord, je veux ta parole.

L'arroseur arrosé. Kyrin allait devoir boire la coupe jusqu'à la lie.

— Très bien. Je te promets de ne plus t'imposer ma protection sans t'en informer d'abord.

Elle pencha la tête, pesant les mots qu'il avait employés.

— Et si, après m'avoir informée, je te dis que je ne veux pas de ta protection, tu te le tiendras pour dit. Et tu n'enverras pas quelqu'un à ta place !

— Très bien, soupira Kyrin.

Il avait essayé le baroud d'honneur, mais Lorie le connaissait trop bien pour se laisser prendre à son petit piège. Du moins pouvait-il se consoler en songeant que la jeune fille n'était pas stupide : elle ne refuserait pas une protection juste pour le contrarier. Restait à éclaircir un ultime mystère, qui le turlupinait depuis qu'il avait compris pourquoi sa cousine lui en voulait.

— Comment as-tu découvert que j'étais là ?

— Bien essayé, Sherlock !

— Tu peux me dire ce qui t'a mis la puce à l'oreille, quand même.

— Un magicien ne dévoile jamais ses astuces, le tança l'impertinente.

— Je finirai par le découvrir, menaça-t-il.

— Trente kilomètres et trois cents pompes, annonça-t-elle avec un petit sourire satisfait. Tu as dix minutes pour te changer.

— Savoure bien ta revanche, parce qu'il n'y aura pas d'autre occasion.

— Compte sur moi. Je savoure. Je déguste.

Il n'en doutait pas, à juger sa mine satisfaite. Il contourna le bureau et se pencha pour déposer un baiser sur le sommet du crâne de la jeune fille en passant.

— Merci de ton indulgence, p'tite couz.

Elle s'esclaffa.

— Indulgence ?

— Je m'attendais à ce que tu doubles les chiffres. Là, tu m'offres à peine une promenade de santé.

— C'est cela, oui ! Tu rigoleras moins en revenant de ta promenade de santé !

Sören faillit s'étaler sur la moquette quand Kyrin ouvrit la porte. Évidemment, le renardeau avait essayé d'écouter aux portes, quand bien même il savait que c'était inutile.

— Ah ! Sören, tu tombes bien. Tu as dix minutes pour

aller te changer. On va aller courir un peu, tous les deux.

Il capitulait devant sa cousine parce qu'il était en tort, mais cela ne signifiait pas qu'il ne devait pas rétablir un peu son autorité sur les autres !

— En fait, annonça Lorie en faisant mine de consulter sa montre, il ne reste plus que neuf minutes.

Oh oui ! Elle savourait, la petite peste !

Chapitre 23
Hybride ?

Kyrin sortait de la douche – sa pestouille de cousine s'en était donné à cœur joie, mais il se sentait bien plus léger à présent que son forfait avait été découvert – lorsqu'il reçut un message d'Eliott. Il se sécha rapidement, demeura un instant figé devant son placard réorganisé selon la fantaisie d'Enora, cherchant le jean et le pull qu'il comptait mettre, puis se dirigea vers la salle de contrôle.

Geek avait affiché un nombre impressionnant de documents sur différents écrans.

— Les anciens n'ont pas chômé, ces derniers jours, fit le jeune homme sans cesser de pianoter sur son clavier. Je finis le tri de ce qu'ils viennent de m'envoyer et je te fais un topo.

Greta et Érick rentraient le lendemain. Leur lune de

neige était terminée, et avec elle leur séjour à Sarlat, sur les traces d'Emma Fleuriot, la première victime recensée du Lébérou. Un visage d'homme apparut sur un des écrans. Kyrin sentit un frisson d'excitation le parcourir. Certes, il était impossible d'identifier la moindre ressemblance entre ce visage et la tête lupine du monstre, toutefois, son instinct lui soufflait qu'il avait devant lui celui qu'ils cherchaient. Quelque chose dans le regard de l'individu lui évoquait ce qu'il avait pu lire dans celui du Lébérou lorsqu'ils s'étaient affrontés.

— Simon Carpentier, trente ans, ordure de première, annonça Eliott. Je te fais le résumé de son glorieux parcours, tu regarderas le détail par toi-même.

Kyrin hocha la tête. Son frère le connaissait bien.

— Son CV parle pour lui, reprit Geek. Bagarres, conduite en état d'ivresse, drogue, voies de fait, trafics en tous genres, menaces diverses et variées... Pas vraiment le profil du gendre idéal.

— Quel rapport avec Emma Fleuriot ?

— Ils sortaient ensemble depuis près de deux ans.

Kyrin haussa un sourcil surpris. Le dossier d'Emma Fleuriot décrivait une jeune femme plutôt calme et discrète, le genre de voisine sans histoire que les voisins croisaient chaque matin sans vraiment la connaître, toujours polie, appréciée de ses collègues de travail. Le couple paraissait particulièrement mal assorti, si on se fiait au CV de Carpentier.

— J'ai du mal à imaginer que l'amour l'a soudain

transformé en brave type.

— Curieusement, depuis deux ans, Emma faisait de fréquents passages aux urgences. Bleus, bosses et autres fractures qu'elle expliquait de la manière habituelle : elle était tombée, s'était cognée... Elle n'a jamais déposé de plainte.

Classique.

— Même si ce type est nauséabond, ça n'en fait pas notre Lébérou pour autant.

Pour plein de raisons, Kyrin espérait bien que Carpentier était celui qu'ils cherchaient. Il se devait cependant de demeurer objectif. Ils n'agiraient pas sans preuve.

— C'est là que ça devient intéressant, reprit Eliott, qui lisait les documents à une allure quasiment surhumaine. La malédiction du Lébérou est un châtiment assez commun dans le Périgord, les magiciens l'emploient pour donner une bonne leçon et le lèvent au bout de quelque temps. Seul celui qui a jeté le sort peut l'annuler. Or, la cousine d'Emma, Julie Fleuriot, était magicienne. Il semble qu'elle avait essayé, à plusieurs reprises, de pousser sa cousine à rompre avec Simon. Et devine quoi ? Elle est morte au mois de mai. On n'a pas retrouvé son assassin. Étrange coïncidence, c'est à ce moment-là que Simon Carpentier a disparu, et qu'Emma est venue s'installer en Bretagne de façon précipitée.

Il fit apparaître un nouveau document sur l'écran devant lui.

— Carpentier avait eu une altercation avec Julie quelques heures plus tôt. Bien sûr, il s'est vite qualifié pour le rôle de principal suspect du meurtre aux yeux de la police.

Kyrin secoua la tête, sourcils froncés. Plus il en apprenait sur leur cible, et plus les choses devenaient confuses. Trop d'éléments ne correspondaient pas avec un Lébérou. Il aurait pu jurer qu'ils avaient affaire à un Lycaon. Le déchaînement de violence, l'influence de la pleine lune... Se pouvait-il qu'ils aient fait fausse route depuis le début ?

— Qu'en penses-tu ? demanda-t-il à son frère après lui avoir fait part de ses doutes.

— Mets les intellos sur le coup, histoire de vérifier. Je suis sûr qu'Enora sera heureuse de leur donner un coup de main, en plus. Elle adore farfouiller dans nos armoires magiques, comme elle les appelle.

C'était exactement ce qu'avait prévu Kyrin. Satisfait de voir que Geek tenait le même raisonnement que lui, il lui donna néanmoins une bourrade qui le fit s'affaler le nez sur son clavier.

— Qu'ai-je fait pour mériter pareil traitement ?

— Les intellos.

Eliott fit la moue, pas contrit pour deux sous.

— Ce n'est pas péjoratif. Et tu ne peux pas prétendre que Tim et Lorie ne sont pas des intellos, comme moi je suis un génie de l'informatique. Est-ce que je crie au scandale quand on m'appelle Geek ?

— Excellente plaidoirie, Maître Nielsen. Tu aurais pu être avocat, tu le sais, ça ?

— Sans le moindre doute. Mais je préfère mes machines et mes enquêtes.

Kyrin cessa de sourire et scruta son cadet.

— Aurais-tu aimé prendre une autre voie ?

La question le taraudait depuis son explication avec Arzian : ses autres frères avaient-ils vraiment choisi de travailler pour *Nielsen Investigations* ou le faisaient-ils par devoir ? Aucun ne s'était jamais plaint, mais après être passé à côté des motivations de son aîné, Kyrin s'interrogeait sur sa capacité à déceler les éventuelles réticences des uns et des autres.

— Tu plaisantes ? s'esclaffa Eliott. Je m'éclate, ici. Je peux fouiner dans la vie des autres en *presque* toute légalité, ou en tout cas, avec votre aval, j'obtiens pratiquement tout le matériel dont j'ai envie et j'ai encore assez de temps libre pour mener mes expériences.

Il redevint sérieux.

— Et au cas où ça t'inquiéterait, dis-toi que Tim et Lukas ont plaisir aussi à jouer les détectives. Et je ne parle même pas de Sören.

Kyrin hocha la tête, rassuré.

— L'ours est un animal solitaire qui aime hiberner, rappela Eliott.

— Le jaguar et la panthère aussi sont solitaires par nature.

— Être détectives nous offre la liberté dont nous avons besoin, puisque nous pouvons agir comme bon nous semble dans nos enquêtes. Un ours, en revanche, a besoin de plus. Il a un côté contemplatif qui nécessite qu'il s'isole dans sa tanière. Les enquêtes nous amènent à nous éloigner du nid, la plupart du temps.

Kyrin eut une vision d'Arzian en train de poncer une planche de bois en vue de créer un nouveau plan de travail pour l'appartement d'Enora. C'était tellement évident, quand on analysait les formes fétiches de chacun, qu'il s'en voulait de n'avoir pas su comprendre les aspirations de son aîné. Du moins avait-il à présent la certitude que les autres membres de la fratrie ne se sentaient pas prisonniers de l'héritage familial et s'épanouissaient dans leurs fonctions. Tim, en dépit de sa discrétion, aimait les gens, les observer, se mêler à eux. Les protéger. Quant à Sören, ce fouineur né, sa vocation ne faisait aucun doute.

— Bien. Je vais mettre Tim, Lorie et Enora sur la question du Lycaon.

— Tu vas faire des heureux !

***

Lorie grommelait pour la forme.

— Je suis sûre que c'est pour se venger qu'il nous demande ça.

Tim esquissa un sourire et pencha la tête.

— Pour quelle raison voudrait-il se venger de toi ?

— Pour rien.

Lorie estimait ne pas avoir à raconter aux autres le petit règlement de compte qui avait eu lieu la veille : c'était entre Kyrin et elle. Seule Enora était au courant, et si le reste du clan n'était pas dupe – non, Kyrin n'était pas parti courir et transpirer pour le simple plaisir de courir et transpirer, aiguillonné par sa cousine qui ne s'était pas privée d'en faire des tonnes –, personne ne chercherait coûte que coûte à en savoir davantage. Ce qui ne les empêchait pas, tous autant qu'ils étaient, de poser la question, l'air de rien, Sören en tête.

— Kyrin n'a aucune raison de m'en vouloir ou d'en vouloir à Tim, souligna Enora avec malice.

— De toute façon, toi, il te passe tout ! s'esclaffa Lorie. Je n'aurais jamais cru ça possible avant ton arrivée.

— Ma présence titille son instinct de loup, énonça Enora sans cacher sa satisfaction.

Tim hocha la tête, marquant son approbation.

— Au travail, ordonna-t-il de sa voix tranquille. Cherchons tout ce que nous pouvons sur les Lycaons.

— Je ne vois pas pour quelle raison il nous impose cette recherche, bougonna encore Lorie tout en s'emparant d'un livre. C'est un Lébérou, j'en suis certaine.

Enora, qui entrait dans la base de données pour effectuer un balayage dans les anciens rapports d'enquête, tourna la tête pour observer la jeune fille.

— Quelle est la différence entre un Lébérou et un Lycaon ? Et un Lycaon, est-ce la même chose qu'un loup-garou ?

— Le Lycaon devient ce qu'il est par morsure, et l'influence de la pleine lune est puissante sur lui, expliqua Lorie. Ce n'est pas quelque chose que l'on peut provoquer en lançant un sortilège.

— Les jeunes Lycaons perdent souvent la tête, lors des premières pleines lunes, ajouta Tim. Il n'est pas rare qu'ils tuent. En général, les surnaturels des environs interviennent et les éliminent rapidement, avant que les massacres successifs attirent trop l'attention.

— Ce sont eux qui sont à l'origine du mythe hollywoodien de la bête mi-homme, mi-loup, précisa Lorie. Les loups-garous le sont de naissance, ils se transforment vraiment en loups. Ils sont plus imposants qu'un vrai loup, mais ils peuvent passer pour tels si quelqu'un les aperçoit. Les Lycaons ne subissent qu'une transformation partielle, en revanche.

— Les loups-garous conservent leurs facultés humaines de réflexion, même si la part lupine est bien présente, acheva Tim.

— D'accord, fit Enora, qui tentait d'assimiler toutes ces informations. Donc, on peut éliminer le loup-garou, ça, c'est sûr. Mais Kyrin a l'air de penser que nous nous sommes peut-être trompés et que nous avons affaire à un Lycaon.

Lorie parut vexée.

— C'est un Lébérou.

Elle semblait si sûre d'elle qu'Enora ne trouva rien à objecter. La jeune femme fronça les sourcils : les nuances lui échappaient.

— Lycaon, Lébérou, si je croisais l'un ou l'autre, je serais incapable de faire la différence !

— Le Lycaon se transforme moins que le Lébérou, développa Lorie. Ses griffes et ses crocs poussent de façon démesurée, mais son corps et son visage se modifient peu, même s'ils se couvrent de fourrure. Il peut même parler, avec quelques difficultés. Le Lébérou a un aspect plus bestial, comme s'il était resté coincé entre deux apparences, et sa tête n'a plus rien d'humain.

Oui, cela correspondait bien au monstre qu'Enora avait rencontré. Il se déplaçait davantage comme un animal dressé sur ses pattes arrière que comme un humain. D'ailleurs, elle l'avait vu se déplacer comme un animal, à quatre pattes.

— Pourquoi Kyrin nous demande-t-il d'effectuer cette recherche, alors ? Il ne fait jamais rien au hasard, s'il pense à un Lycaon, c'est qu'il a de solides raisons de le faire.

— C'est à cause de la pleine lune, répondit Tim. Le Lycaon y est soumis, contrairement au Lébérou. Et surtout, les Lébérous sont assez inoffensifs, en règle générale.

— Nous aurions donc affaire à un Lycaon-Lébérou ?

Un hybride ? s'enquit Enora. Est-ce possible ?

Un silence pensif accueillit cette hypothèse inattendue, chacun prenant le temps de tourner et retourner les éléments.

— En matière de magie et de surnaturel, tout, ou presque, est de l'ordre du possible, répondit Lorie avec lenteur. Quant à savoir ce qu'un tel mélange pourrait donner...

Eh bien ! Peut-être la créature qu'ils traquaient.

Chapitre 24
Matière à réflexion

Kyrin serrait les dents, masquant sa contrariété. Ils disposaient à présent de nombreux éléments et tout pointait en direction de Simon Carpentier, pourtant, il n'avait pas l'impression que leur enquête avançait vraiment. Ils n'avaient pas localisé leur suspect, et aucun de leurs contacts n'avait noté la présence d'un individu lui ressemblant. S'il se trouvait dans le secteur, Carpentier avait pris soin de ne pas se faire remarquer, ce qui semblait aller à l'encontre de sa personnalité. D'un autre côté, dans la mesure où il assassinait des femmes et prélevait leurs cœurs, mieux valait qu'il fasse profil bas. Sans compter que la mort des deux cousines l'avait placé dans le viseur des autorités humaines.

— Geek pourrait le chercher sur les vidéos de surveillance, suggéra Sören.

Il récolta un regard empreint de condescendance de la part du petit génie.

— Tu crois que j'ai attendu après toi pour y penser, renardeau ? En ce moment même, le programme d'identification faciale travaille pour moi.

L'adolescent se renfrogna, mécontent. Il engloutit un donut. Enora avait amusé tout le monde en arrivant dans la salle de réunion où se tenait le briefing, une grande boîte remplie des fameux beignets dans les mains.

— Dans les séries, les enquêteurs mangent des donuts pendant leurs réunions, avait-elle annoncé avec un grand sourire, signifiant qu'elle était ravie de son clin d'œil.

— Ils les font passer avec du mauvais café, ajouta Lukas, qui versait justement l'indispensable breuvage dans divers mugs. Le nôtre est bon, heureusement.

L'arrivée d'Enora avait décidément bien changé les choses chez *Nielsen Investigations*. Alors qu'avant les Nielsen se contentaient de passer en coup de vent dans les locaux, ne voyant aucune raison de s'y attarder, ils prenaient à présent le temps de faire des pauses gourmandes. Quant aux nouveaux, ils avaient vite adopté l'habitude d'engouffrer les pâtisseries que la jeune femme prenait toujours plaisir à leur préparer. Conrad avait prétendu, la veille, que s'il décidait de rester chez *Nielsen Investigations*, les douceurs d'Enora seraient l'une des principales raisons pesant dans la balance. Le regard réfrigérant de Kyrin l'avait cependant vite fait retourner dans son bureau.

— Nous avons mis la main sur un Lébérou, annonça Érick. Ce sont des créatures plutôt craintives et fuyantes, en temps normal. Nous avons dû le traquer jusqu'à le coincer.

— Et je parie que vous y avez pris grand plaisir, nota Eliott.

— L'un des meilleurs moments de notre séjour, répondit Érick avec un sourire carnassier. Ça nous a fait faire un peu de sport, tout à fait ce dont nous avions besoin pour digérer le foie gras. Il a fallu attendre le petit matin qu'il redevienne humain pour pouvoir lui parler. Ce n'est pas comme s'il avait eu la moindre chance de nous échapper, le pauvre bougre.

— Il m'a fait pitié, approuva Greta. Moins hardi que ça, ça n'existe pas. On aurait dit une espèce de chien galeux. Même notre petite Enora réussirait à le mettre au tapis.

La jeune femme n'était pas sûre qu'il s'agisse d'un compliment à son égard.

— Ce Lébérou court ainsi la campagne chaque nuit depuis près d'un an, précisa Érick. Impossible pour lui de dormir, ni même de rester simplement chez lui à regarder la télévision pour occuper les nuits d'insomnie. La malédiction l'oblige à sortir et à courir, encore et encore. La honte et la peur le poussent à se cacher, à éviter de se faire remarquer des humains.

— Il n'avait rien de dangereux, vraiment, malgré son allure. Il faisait peine à voir, reprit Greta. Le manque de sommeil finit par épuiser le maudit et lui ôte toute hargne, je peux vous le garantir.

— Ce qui est loin d'être le cas de notre ami, releva Lukas. Il a l'allure d'un Lébérou, mais il est mauvais et semble n'agir que les nuits de pleine lune, comme un Lycaon.

Même si cette hypothèse d'une créature hybride demeurait assez incroyable, les pièces du puzzle s'emboîtaient peu à peu, songea Enora.

— Je me demande ce qui se passerait si quelqu'un levait le sortilège du Lébérou, fit Lorie, qui n'en était plus au stade de l'hypothèse, persuadée qu'ils avaient trouvé la réponse. Est-ce qu'il prendrait l'apparence d'un Lycaon, du coup ?

— On s'en fiche, trancha Kyrin. En admettant qu'il s'agisse bien d'un hybride de Lycaon et de Lébérou, la seule chose qui importe est de le neutraliser avant qu'il fasse une nouvelle victime.

Lorie afficha une moue vexée, mais ne pipa mot, car Kyrin avait raison : les hypothèses farfelues pouvaient attendre.

— Revenons à l'essentiel, décréta Kyrin. Julie Fleuriot morte, Carpentier a besoin de treize cœurs de sorcières pour lever la malédiction. Du moins en est-il persuadé.

— Moi, ce qui m'interpelle, c'est cette histoire de treizième sorcière volontaire, rebondit Lorie. Quelle femme serait assez folle pour donner son cœur à un monstre pour un rituel de magie noire ?

— Une femme amoureuse, peut-être ?

La remarque d'Arzian plongea tout le monde dans de profondes réflexions.

— On dit « donner son cœur à quelqu'un », c'est vrai, convint Lukas. Peut-être suffit-il qu'une malheureuse lui dise « je t'offre mon cœur », ou un truc guimauve de ce genre, pour que ça fonctionne.

— Non, ça ne marche pas.

Lorie avait ouvert le grimoire de magie noire prêté par Sophie, et que Saphia n'avait pas réclamé. Elle secoua la tête avant de pointer un paragraphe précis du doigt.

— Il est dit que pour que le rituel soit complet, il doit prélever un cœur de sorcière par nuit de pleine lune, dans sept lieux différents.

— Voilà qui explique pourquoi il agit dans une zone donnée à chaque cycle et change au cycle suivant, remarqua Tim.

— Pourquoi sept ? s'enquit Enora. Pourquoi pas treize, ou dix, ou n'importe quel autre nombre ?

— Certains nombres sont porteurs d'une puissance mystique, comme le trois, le sept ou encore le treize, expliqua Lorie. Trois nuits de pleine lune par mois, sept lieux, treize cœurs. Le compte est bon.

Les mathématiques appliquées à la magie noire...

— Ce qui explique qu'il lui faille tant de temps pour tout récolter, sans compter les erreurs de casting qui font qu'il a attaqué des femmes qui n'étaient pas des sorcières, reprit Lorie. Il doit accomplir un rituel spécifique sur chaque cœur, ce qui lui permet de s'assurer qu'il s'agit bien de celui d'une sorcière, avant d'arriver à la treizième victime. Et justement, la sorcière en question doit livrer son cœur en toute conscience. Elle doit savoir ce qui l'attend.

— On en revient donc au point de départ : quelle femme serait assez folle pour donner son cœur, au sens propre, à un monstre, pour qu'il accomplisse un rituel macabre ? grogna Érick.

La réunion s'acheva quelques minutes plus tard, faute de pistes à suivre. Ils avaient avancé autant qu'ils le pouvaient, compte tenu du peu d'éléments dont ils disposaient, et ne pouvaient à présent qu'attendre la pleine lune, qui aurait lieu dans cinq jours. Au moins, ils avaient un nom et un visage.

Alors que chacun repartait vaquer à ses enquêtes, dossiers et autres rapports, Greta se planta devant le comptoir de l'accueil et fixa Lohan, perché à son poste habituel.

— Mon petit, ça ne peut plus durer.

Arzian et Kyrin, qui s'apprêtaient à retourner chacun à ses occupations, stoppèrent net.

— Ton petit caprice doit prendre fin, poursuivit Greta, les mains sur les hanches. Nous sommes partis depuis deux semaines, et je constate à notre retour que rien n'a changé. C'est inadmissible.

Le regard d'Enora passa des uns aux autres. Arzian ne fit pas mine de s'interposer tandis que sa grand-mère tançait le petit. Il ne semblait pas choqué, non plus, par le ton sec de la vieille dame. Il fixait son fils avec, sur le visage, une expression intense. Après des mois sans parvenir à changer les choses, sans doute espérait-il que Greta aurait plus de succès que lui. Qu'il pourrait enfin retrouver son fils. La jeune femme croisa le regard de Kyrin. Il lui fit un petit signe de tête négatif, lui enjoignant de ne pas s'en mêler.

— C'est un métamorphe, il est plus solide qu'il en a l'air, fit Greta à l'attention de la jeune femme en balayant l'air d'un geste de la main. Son père est un ours, sa mère était une *Lung*, lui-même est capable de se transformer en dragon, ce n'est pas une petite nature.

La vieille dame reporta son attention sur son arrière-petit-fils.

— Tout le monde a été patient, mais il est temps de reprendre ta forme humaine.

Le panda affichait une expression presque comique : il était vexé, Enora en aurait mis sa main au feu.

— Tu t'es fait câliner, maintenant, un peu de nerf ! reprit Greta. C'est ça que tu comptes faire de ta vie ? Traîner dans les jupes d'Enora, à manger des gâteaux et à dormir avec Nemo sous le comptoir ? Tsss... Tu vas devenir gras et paresseux !

— Un Nielsen gras et paresseux, jamais de la vie ! s'indigna Érick en regardant avec sévérité son arrière-petit-fils.

Lohan jeta un regard en direction de son père et parut

se ratatiner sur lui-même en constatant que ce dernier ne comptait pas prendre sa défense. Arzian avait gommé toute expression d'espoir ou de tristesse sur ses traits pour adopter une attitude sévère. Voyant que même Enora ne disait rien, le petit les toisa avant de leur tourner le dos, faisant clairement comprendre qu'il boudait. Enora résista à l'envie de le réconforter. Même si Greta y allait un peu fort, avec cette franchise brutale dont elle avait fait sa marque de fabrique, elle n'avait pas tout à fait tort. Puisque même Arzian ne s'opposait pas à cette intervention, ce n'était certes pas à Enora de le faire. La vieille dame dut comprendre combien la jeune femme était mal à l'aise d'assister à cela, car elle se radoucit un peu.

— Crois-tu vraiment, petite, que j'ai passé mon temps à essuyer les larmes de mes six voyous ? Ce n'est pas comme ça qu'on élève un métamorphe. Ce n'est pas un service à lui rendre. Si nous lui trouvons des excuses à chaque fois qu'il fait quelque chose, que se passera-t-il, une fois qu'il sera devenu adulte ? Il sera faible, ou lâche. Crois-moi, les faibles et les lâches ne survivent pas longtemps, dans notre monde.

— Même Tim en a pris pour son grade et s'est fait secouer les puces quand c'était nécessaire, ricana Érick.

En dépit de sa douceur et de son calme, il ne serait pas venu à l'idée d'Enora de considérer Tim comme faible ou lâche. Il avait un grand sens des responsabilités, du Bien et du Mal. La jeune femme voyait où Greta voulait en venir. Son cœur tendre, malgré tout, ne pouvait s'empêcher d'éprouver de la compassion pour le petit orphelin, qui se trouvait en cet instant bien seul face à tous ces adultes.

— Tu as besoin de te faire des amis, d'aller à l'école. Tu n'as donc pas envie d'apprendre ? insista Érick.

Un frémissement parcourut le panda, mais il continua à les dédaigner.

— Bien. Tu as matière à réfléchir. D'après ton père, tu es un garçon intelligent, conclut Greta.

Enora attendit que tous se soient éclipsés. Elle résista à l'envie d'aller cajoler Lohan. Tout en rangeant le marque-page qu'elle avait achevé pendant sa pause déjeuner, elle s'adressa au petit panda boudeur.

— Nous t'aimerons toujours autant si tu reprends ton apparence de petit garçon, tu sais.

Lohan tourna la tête pour la fixer de ses yeux brillants, mais s'abstint de communiquer avec elle. Cependant, Enora aurait été prête à parier que dans son petit crâne, les rouages s'activaient. Peut-être l'intervention de Greta aurait-elle un effet bénéfique.

Chapitre 25
Assortis

Kyrin était en train de rédiger un ultime compte-rendu d'enquête lorsque Lukas se présenta dans son bureau. Son cadet, remarqua-t-il, avait enfilé sa tenue du week-end : exit le costume et la chemise, bonjour le jean et le tee-shirt. C'était une chose que ses frères n'avaient jamais vraiment comprise, chez Lukas : il ne serait venu à l'idée d'aucun d'entre eux de porter un costume au quotidien, pas même à Tim. Lukas avait adopté cette habitude suite à une enquête où il avait dû se fondre dans la masse des jeunes cadres dynamiques d'une société. Kyrin soupçonnait qu'une femme avait dû lui susurrer que cela lui allait bien.

Lukas vint se percher sur le coin du bureau. À croire que la chaise proposée aux visiteurs était devenue invisible.

— Que penses-tu des nouveaux ?

— Depuis combien de temps n'avons-nous pas eu une conversation entre frères, qui ne soit pas liée au boulot ? s'enquit Lukas.

— Trop longtemps, admit Kyrin.

Il abandonna son rapport et se renversa dans son fauteuil.

— Pour les nouveaux, ils sont tous bons. Bryn a l'habitude de gérer les créatures surnaturelles, du fait de son ancien poste au *Sanctuaire*. Elle a un peu plus de mal avec les humains, mais ça peut aussi s'expliquer par le fait qu'elle ne passe pas inaperçue et a donc du mal à se fondre dans la masse. Liam connaît bien la nature humaine, c'est un atout. Il sait travailler en équipe, aussi. Je pense que Conrad ne restera pas. C'est un léopard, un animal solitaire par définition. Il ne s'intégrera jamais tout à fait à l'équipe.

L'analyse de Lukas rejoignait celle de Kyrin.

— On pourra toujours lui proposer des missions ponctuelles, en free-lance, s'il ne veut pas s'impliquer. Il est vraiment bon, ce serait dommage de se priver de ses compétences.

— Joshua, en revanche, devrait rester, reprit Lukas d'un air détaché qui ne trompa pas son aîné. C'est un animal solitaire aussi, mais il aime l'idée d'appartenir à un groupe.

Joshua était un ours kodiak. Kyrin patienta, sachant où la conversation allait les mener. D'un ours à l'autre...

— J'ai toujours envie de casser la gueule à Arzian, annonça Lukas d'un ton badin.

— Ne te gêne pas, si ça peut te soulager. Je pense qu'il sera content de se défouler.

— Nous avons rendez-vous dans une heure sur le dojo pour nous foutre une bonne peignée.

— Un rendez-vous... comme c'est civilisé.

Ils échangèrent un sourire. Enfants et adolescents, il n'était pas rare que les frères Nielsen se bagarrent là où ils se trouvaient. Personne n'y trouvait à redire, les autres se contentant de contourner les belligérants si ces derniers se trouvaient sur leur passage. Jusqu'au jour où Lukas et Kyrin avaient dévasté le salon. Tania avait piqué une colère restée dans les annales. Depuis ce jour, les frères se retrouvaient au dojo, sans même avoir besoin de se concerter. La magicienne acceptait la nature animale de ses enfants, mais ne tolérait pas qu'ils se comportent comme des bêtes. C'était à peu près tout ce qu'ils avaient retenu de son discours enragé après avoir découvert l'état de la pièce. Bien sûr, ils avaient été de corvée de nettoyage, et leur argent de poche avait servi, plusieurs mois durant, à rembourser les nouveaux meubles. Le point positif qui était ressorti de cette disette, c'est qu'ils avaient multiplié les petites enquêtes pour en finir au plus vite, et gagné en expérience en tant que détectives.

— En parlant de rendez-vous, tu n'étais pas censé sortir avec Saphia, ce soir ? Si tu te présentes défiguré, elle risque de prendre la fuite.

— Merci pour le vote de confiance. Si quelqu'un doit finir défiguré, ça ne sera pas moi.

— Évidemment, tu protégeras ta gueule d'ange en priorité, ironisa Kyrin. Et donc, Saphia ? C'est déjà terminé entre vous ?

— Non. Elle a simplement décommandé. Un type l'a contactée. Apparemment, il a des informations pour une de ses enquêtes en cours.

Lukas leva les yeux au ciel.

— Cette fille est hyperactive. Elle n'arrête jamais.

— Tu n'es jamais resté aussi longtemps avec une femme, fit remarquer Kyrin.

— Elle n'est pas du genre à s'accrocher. C'est presque le contraire : je dois lutter pour qu'on arrive à se voir. Je ne compte plus les annulations de dernière minute parce qu'elle a une piste pour un article.

— Ça aurait vite fait de m'énerver.

Lukas se mit à rire.

— Justement, moi, j'adore, surtout que je ne suis pas le dernier à annuler aussi à cause du boulot. On est raccord sur la question. Les autres finissent toujours, tôt ou tard, par me reprocher mes absences. Ça ne viendrait pas à l'idée de Saphia. Rien n'est prévisible, avec elle. On n'a jamais l'occasion de s'ennuyer. Crois-moi, la filer serait un vrai défi pour n'importe lequel d'entre nous ! Une seconde, elle est là, celle d'après, elle est déjà à l'autre bout de la pièce.

Lukas se rendait-il compte de l'enthousiasme avec lequel il parlait de la journaliste ? Il n'était peut-être pas encore amoureux, mais il était clairement sous le charme de cette jeune femme. Il remarqua le regard de son aîné et esquissa un sourire.

— Tu cherches du permanent, contrairement à moi.

— C'est pourtant bien parti pour durer, entre vous, fit remarquer Kyrin.

— Faux. Ça se terminera très bientôt : Saphia a reçu une proposition d'un journal parisien, ce matin. Le genre de proposition qui ne se refuse pas, si tu vois ce que je veux dire. Elle va enfin pouvoir réaliser son rêve.

Un silence s'installa. Kyrin ne parvenait pas à déterminer dans quelle mesure Lukas était affecté par le départ prochain de la jeune femme.

— Et tu vas la laisser partir ?

— Je suis Lukas, celui qui ne s'attache pas, rappela son frère avec humour. De quel droit empêcherais-je Saphia de s'accomplir, en plus ? Ce poste, elle en rêve depuis toujours !

— Quand même..., grommela Kyrin, pas totalement convaincu par la fausse nonchalance de Lukas.

— Nous avons toujours été très différents, toi et moi. Tu aimes que les choses soient organisées, que rien ne dépasse.

— Enora et organisation sont pourtant des mots qui ne vont pas très bien ensemble, releva Kyrin.

— Il y a une logique dans son foutoir.

— Je la cherche encore, bougonna le jeune homme pour la forme.

— Puisque nous parlons d'Enora... Tu vas te décider à lui offrir ce qu'elle mérite ?

Kyrin se redressa, vexé. Il n'avait pas l'impression d'avoir mal traité Enora depuis le début de leur relation : il lui avait proposé de s'installer chez lui, acceptait presque sans sourciller qu'elle envahisse son espace personnel et s'efforçait désormais de prendre en considération son avis avant de décider quelque chose. Il pouvait concourir pour la médaille du petit-ami parfait, non ?

— Tu ne l'as pas sortie une seule fois, K, soupira Lukas. C'est son anniversaire dans trois jours, mais vu que ça tombe avec la pleine lune, nous ne sommes pas sûrs d'être à la maison pour fêter ça dignement. Enora s'est montrée plus que conciliante, elle n'est presque pas sortie depuis la dernière pleine lune, ou alors dûment escortée.

En ce moment même, elle se trouvait à la maison de retraite avec Greta.

— J'ai prévu de passer la soirée avec elle, marmonna Kyrin, qui se sentait comme pris en défaut. Je terminais justement mon rapport pour être tranquille et pouvoir passer du temps avec elle, vu que samedi dernier je lui ai fait faux bond et qu'ensuite, nous serons sur le pied de guerre à cause du Lébérou.

— Je n'ai pas annulé ma réservation au restaurant,

laissa tomber Lukas d'un ton négligent qui ne trompa pas son aîné. Si tu veux, tu peux la récupérer. De toute façon, elle est au nom de monsieur Nielsen.

— Excellente idée.

Kyrin fit mine de se replonger dans son rapport, mais Lukas n'en avait pas terminé.

— Enora ne te demandera jamais rien. Ce n'est pas le genre de femme à multiplier les exigences. Elle pense aux autres avant de penser à elle. Il va falloir que tu prennes l'initiative de temps en temps. Elle mérite quelqu'un d'attentif à elle.

Lukas consentit enfin à abandonner le coin du bureau. Avant de sortir, cependant, il ne se priva pas de lui lancer une dernière petite flèche.

— Et c'est mieux si c'est spontané, donc, n'inscris pas les choses d'avance dans ton agenda.

Kyrin, qui envisageait justement de noter d'offrir des fleurs à la jeune femme dans quelques jours, réprima une grimace. Il était un homme très spontané, que diable ! Il n'avait pas prémédité de proposer à Enora de venir s'installer avec lui, par exemple.

— J'espère qu'Arzian va te mettre une bonne branlée, Monsieur l'Expert en Séduction.

Le rire de Lukas accompagna son départ. Kyrin résista à la tentation d'inscrire quoi que ce soit dans son agenda. Cependant, il nota sur un post-it quelques idées de sorties à proposer à Enora. Ce n'étaient pas les lieux touristiques qui manquaient dans la région. Même si c'était agaçant, il fallait reconnaître que Lukas avait raison. Sans l'intervention de son frère, qui sait si Kyrin aurait songé à proposer un restaurant à la jeune femme ? Il avait si peu l'habitude d'avoir une vie amoureuse que cela ne lui était pas venu à l'esprit ! Sans compter qu'Enora était la première femme avec qui il envisageait de vivre. Avec qui il vivait, rectifia-t-il.

Sur une inspiration subite, il ouvrit l'agenda partagé et décala les premiers rendez-vous du onze mars. Au lieu de commencer à l'aube, il prendrait le temps d'apporter le petit-déjeuner au lit à sa chère et tendre pour son anniversaire, songea-t-il avec un petit sourire. Mieux : il allait donner une journée de congé à Enora. Du diable s'il laissait Lukas lui donner des leçons en la matière ! Après tout, même s'il était le séducteur patenté de l'agence, son frère n'était pas plus expérimenté que lui en matière de vie de couple. D'eux tous, c'était Arzian qui en savait le plus sur le sujet, mais Kyrin avait depuis longtemps perdu l'habitude de se tourner vers son aîné pour obtenir des conseils. La perte de sa femme était encore trop récente, de toute façon. Interroger Arzian reviendrait surtout à remuer le couteau dans une plaie encore béante. Quant à Greta et Érick, leurs tempéraments explosifs n'en faisaient pas des modèles à suivre, pas avec une femme comme Enora. Ils avaient un romantisme bien à eux, c'est à dire peu transposable. Érick conseillerait sans doute à son petit-fils d'emmener Enora faire du bateau, puis de la jeter par-dessus bord pour la faire râler... et se réconcilier sur l'oreiller ! Si la jeune femme était plutôt de bonne composition, Kyrin doutait cependant qu'elle apprécie pareil traitement. Il risquait de la voir remplir sa valise pour migrer vers son ancienne chambre, s'il s'avisait de lui faire un coup pareil !

Le restaurant était une bien meilleure idée. Le sourire enjoué d'Enora en pénétrant dans l'établissement quelques heures plus tard en disait long sur son enthousiasme. Lukas ne faisait jamais les choses à moitié, il avait donc choisi un petit restaurant au cœur de la forêt. *Chez Nina* était réputé autant pour son cadre que pour sa carte. Enora s'extasia sur l'immense baie vitrée qui permettait de voir la forêt. De temps en temps, de petits animaux sauvages passaient, pour la plus grande joie des clients. Kyrin réprima un sourire : il n'avait pas précisé à la jeune femme que la propriétaire des lieux était une créature surnaturelle...

— Je crois que Nemo a choisi un nouveau maître, fit Enora après avoir passé commande. Il ne quitte plus Sören d'une semelle. Aujourd'hui, ton frère l'a même emmené à son petit match de basket avec ses copains.

— Sören a toujours une idée derrière la tête, il ne fait rien au hasard.

— Pour quelle raison aurait-il emmené Nemo, selon toi ?

— Pour draguer les filles.

— Oh !

Enora fronça les sourcils. Son visage s'éclaira.

— Le pire, c'est que je parie que ça marche ! Si un beau garçon escorté de son adorable chien m'avait abordée, à quinze ans, je serais sans doute tombée dans le piège.

— L'avantage de la méthode du chien, c'est qu'on n'a même pas besoin d'aborder la fille. C'est elle qui finit par venir.

— Tu parles d'expérience ?

— Avec mes frangins, on payait Tim pour nous accompagner au parc, à l'époque du lycée. Avec son allure de chiot pataud, c'était un aimant à filles. Quant aux jumeaux, ils ont payé Sören jusqu'à il n'y a pas si longtemps.

Enora éclata de rire, attirant l'attention des tables alentour. Kyrin remarqua que plusieurs hommes contemplaient la jeune femme avec un peu trop d'insistance. Il les fusilla du regard. D'accord, Enora était à croquer et dégageait quelque chose de solaire qui faisait qu'elle ne passait pas inaperçue, même si elle ne faisait rien pour se faire remarquer, mais ce n'était pas une raison pour que ces hommes la reluquent. Elle n'était pas libre, au cas où ces idiots ne l'auraient pas compris. Une fois assuré que le message était bien passé, Kyrin reporta son attention sur sa compagne. Étant donné la façon dont elle pinçait les lèvres pour ne pas rire à nouveau, elle n'avait pas manqué une miette de sa petite démonstration.

— Je ne sais pas si je dois me sentir agacée ou flattée par ton numéro d'homme de Cro-Magnon.

— Pourquoi serais-tu agacée ?

— Parce qu'en repoussant les « rivaux » – elle mima les guillemets du bout des doigts –, tu me laisses entendre que tu n'as pas confiance en moi.

— Ça n'a rien à voir ! s'insurgea Kyrin.

Ce n'est qu'en remarquant son expression espiègle qu'il comprit qu'elle le taquinait. Il se détendit.

— De toute façon, maintenant, tu sais te servir de tes poings. Tu n'as pas besoin de moi pour repousser les importuns.

— Tout à fait. Les importunes, aussi, d'ailleurs. Si la blonde, là-bas, n'arrête pas de baver sur toi, je vais devoir faire une mise au point. Avec mes petits poings, comme dirait Sören.

Tournant discrètement la tête, Kyrin repéra la blonde en question.

— Je préfère les brunes aux cheveux bouclés.

— Bonne réponse.

Kyrin avait beau apprécier cette sortie, il se découvrait impatient de rentrer à la maison et de ramener Enora chez eux.

— Cette barrette est une véritable provocation, tu en as bien conscience ? fit-il en désignant l'objet du délit.

Elle l'avait choisie exprès, il en aurait mis sa main à couper : ladite barrette représentait un loup. Et dans la mesure où Enora portait une robe rouge vif, l'allusion au

Petit Chaperon rouge était limpide. La jeune femme avait décidé de filer la métaphore, ces derniers temps. Pas plus tard que la veille, elle était entrée dans la salle de bains alors que Kyrin était sous la douche, chantonnant « Loup, y es-tu ? », avec l'intention manifeste de se faire dévorer. Ce dont Kyrin ne s'était pas privé.

Elle avait décidé qu'il était un loup. Enora, avec sa clairvoyance, avait su lire en lui. Elle lui pardonnait ses faux pas, en riait même, et lui donnait envie de devenir meilleur. Tandis qu'il l'observait goûter avec enthousiasme les créations culinaires de Nina, Kyrin songea qu'Enora était arrivée au bon moment dans sa vie. Il aurait fini par s'aigrir s'il avait continué sur sa lancée. Elle avait apporté dans son sillage une bouffée d'air frais et avait secoué ses petites habitudes, le sauvant sans doute d'un avenir terne.

— À quoi penses-tu pour être si sérieux ?

Kyrin réalisa qu'il ne l'écoutait plus vraiment depuis quelques minutes, plongé dans sa contemplation. Même l'arrivée de la serveuse, avec leurs assiettes, ne l'avait pas tiré de ses pensées. Il sourit, saisit ses couverts et entreprit de découper sa viande.

— À toi. Je t'aime.

Pour la seconde fois depuis qu'ils s'étaient rencontrés, il avait réussi à la laisser bouche bée.

— Tu es pénible, tu sais ? soupira-t-elle enfin.

— Pour quelle raison ?

— Tu n'aurais pas pu attendre que nous soyons à la maison pour me dire une chose pareille ? Là, je suis obligée de me comporter en femme civilisée, je ne peux pas te sauter dessus pour t'embrasser à pleine bouche et faire des folies de ton corps pour te montrer que la réciproque est vraie.

Elle se leva à demi et se pencha par-dessus la table, quémandant un baiser, sans se préoccuper de choquer. Kyrin accéda bien volontiers à sa demande, regrettant lui aussi son sens déplorable du timing. Il n'avait qu'une envie : balancer des billets sur la table et entraîner Enora, et tant pis pour leur dîner romantique. Il prit sur lui, cependant, pour finir cette soirée de façon civilisée. Sa mère aurait été fière de lui...

— Tu sais, c'est surprenant, reprit la jeune femme en se rasseyant. Quand on te voit, si grand, si musclé, si sérieux, on ne s'imagine pas que tu puisses être aussi à l'aise pour exprimer tes sentiments.

— Quand une chose est évidente, elle doit être dite. Comme tu l'as remarqué, nous, les Nielsen, mettons du temps à voir certaines évidences. Mais une fois que c'est fait, il n'y a aucun retour possible.

Enora rit doucement.

— Je n'aurais jamais pensé que ce genre de déclaration brute de décoffrage me semblerait aussi romantique !

Elle jeta un coup d'œil autour d'elle, puis se pencha dans l'intention de dire quelque chose destiné à ses seules oreilles.

— Tu crois que ça se fait de demander l'addition maintenant et de rentrer jouer à « Loup, y es-tu ? »

Kyrin sourit. Ils étaient décidément bien assortis, tous les deux. Il n'aurait pourtant pas parié un euro là-dessus, lorsqu'elle avait débarqué à l'agence !

— Seulement si on joue à une variante nommée « Petit Chaperon rouge, y es-tu ? ».

Elle porta les mains à ses cheveux et ôta sa barrette, qu'elle lui lança. Kyrin la rattrapa avec un sourire, avant de la glisser dans sa poche.

— C'était juste un avant-goût du spectacle, conclut la jeune femme avec un clin d'œil.

Chapitre 26

En toute connaissance de cause...

Cette nuit, tous les détectives de *Nielsen Investigations* étaient de sortie. Eliott avait cédé le contrôle de ses écrans à Lorie, après avoir dûment briefé sa cousine sur le fonctionnement du matériel. Concentrée, la jeune fille n'avait pas lancé une seule de ses plaisanteries habituelles. Tous avaient conscience que, s'ils manquaient le Lébérou, une femme mourrait. Ils avaient eu de la chance, lors de la précédente pleine lune, mais il ne fallait pas escompter que le monstre ait décidé de cesser sa quête. Il avait eu presque un mois pour revoir ses plans.

— Et s'il avait tout simplement changé de région ? murmura Enora sans chercher à masquer sa nervosité.

— C'est une possibilité, admit Lorie, qui ne quittait pas les écrans du regard. Mais Simon Carpentier est le genre de grosse brute qui veut s'imposer par la force, surtout face aux femmes. Il suffit de voir la façon dont il a ravagé ton appartement. Il va plutôt chercher à se venger, à mon avis. Et puis, si près de son but, tout recommencer ailleurs me paraît bien compliqué.

Les détectives patrouillaient en binômes, tandis qu'Érick survolait les environs, en quête du moindre élément suspect. Les quatre frères Nielsen pouvaient compter sur le renfort des nouveaux détectives, mais également d'Arzian, Greta et Érick. Greta avait décrété qu'elle ferait équipe avec Arzian, ce que personne n'avait cherché à discuter. À présent qu'ils savaient à quoi ressemblait leur suspect, ils espéraient le repérer avant même qu'il prenne sa forme bestiale. Eliott ne l'avait pas trouvé, malgré un après-midi entier passé à scruter les images en direct des caméras de surveillance de la ville. Tous craignaient aussi que le monstre ait décidé de changer de terrain de chasse. L'attente était insupportable.

Enora jeta un énième regard sur son portable : Saphia n'avait pas répondu à ses derniers messages. Sans doute son amie était-elle occupée à régler tous les détails avant son départ prochain pour Paname. Un petit pincement au cœur étreignit Enora à la pensée que bientôt, Saphia ne débarquerait plus à l'improviste chez elle, avant que la joie de voir enfin la jeune journaliste réaliser le rêve pour lequel elle avait tant travaillé vienne balayer cette sensation de nostalgie. L'absence de réponse, même par un simple smiley, préoccupait tout de même Enora. Connaissant son amie, cette dernière devait pourtant être pendue à son portable, aux aguets, prête à foncer si jamais quelqu'un signalait la présence de son « loup-garou ». Ils avaient également gardé un œil sur les événements Facebook. Par chance, cette fois-ci, rien n'avait été organisé. Le jeu de piste du mois précédent avait déçu nombre de participants, malgré le côté ludique, car au final, personne n'avait vu la créature tant convoitée ni obtenu la moindre récompense. C'était toujours ça de gagné.

— Je vais chercher des trucs à grignoter, décida Enora, n'y tenant plus.

Il était encore trop tôt pour qu'il se passe quoi que ce soit, elle ne risquait donc pas de manquer l'ouverture de la chasse.

— Bonne idée, approuva Lorie.

Dans le salon, Sören trompait son ennui devant un film, Nemo à ses pieds. Lohan n'était pas avec lui. Sans doute boudait-il dans sa chambre. Le panda roux n'avait finalement pas réagi aux remarques de ses arrière-grands-parents, et personne n'avait remis le sujet sur le tapis. Enora surprenait souvent le regard inquiet qu'Arzian posait sur son fils. Comme il devait se sentir impuissant, lui l'ours impressionnant, face à ce petit bout de changeforme ! L'entêtement des Nielsen coulait dans les veines de l'enfant, sans aucun doute.

Enora venait de sortir un plateau qu'elle comptait

garnir généreusement lorsque son téléphone sonna.

— Saph ! Je commençais à m'inquiéter.

— *T'as bien raison de t'inquiéter, Enora Kerlan.*

Le cerveau d'Enora mit plusieurs secondes à réaliser que la voix masculine qui venait de lui répondre en lieu et place de son amie ne pouvait appartenir qu'à une seule personne...

— Qui êtes-vous ? Comment se fait-il que vous ayez le téléphone de Saphia ?

Sa voix était relativement calme, même si elle trahissait sa nervosité. La jeune femme contourna la table : elle devait prévenir les autres !

— *Si tu veux pas qu'il arrive malheur à ta copine trop curieuse, t'avertis personne...*

La menace était trop limpide pour qu'Enora n'en tienne pas compte. Désemparée, elle s'immobilisa sur le seuil de la cuisine.

— *Voilà ce qu'on va faire. Tu vas sortir, avec ton téléphone. Et tu vas rester en ligne pour papoter* – un petit ricanement ponctua la consigne. *Je t'attends au bout de la rue. T'as une minute pour te ramener, sinon, je tue ta copine. Et tu sais ce que je fais aux sorcières les nuits de pleine lune, hein ?*

Il avait pensé à tout ! Une minute, cela ne laissait pas le temps à Enora de prévenir quiconque, surtout avec Simon Carpentier au téléphone...

— *Tic tac...*

La jeune femme se rua hors de la cuisine, dévalant les

escaliers, le cœur battant à tout rompre, non à cause de l'effort physique, mais bien à cause du stress. Elle n'avait pas le temps de réfléchir ou de chercher un plan de secours. Saphia était en danger ! Jaillissant comme une fusée hors des locaux, la jeune femme courut, espérant que Lorie, bien que concentrée sur les images de la ville, la repérerait sur les caméras de surveillance et s'interrogerait sur sa sortie précipitée. C'était tout ce qu'elle pouvait faire, dans l'immédiat.

Une vieille camionnette de couleur sombre, caricature vivante du véhicule des individus louches dans les téléfilms, attendait, tous phares éteints, mais moteur ronronnant, à quelques mètres seulement de la propriété. Les caméras pouvaient-elles capter quelque chose ? Enora n'avait jamais cherché à se pencher sur la question et le regrettait, à présent. Elle savait qu'elle se jetait droit dans la gueule du loup, mais avait-elle une autre solution ?

Malgré la pénombre, la jeune femme reconnut celui qui se tenait derrière le volant. Il s'agissait bien de Simon Carpentier, même si son visage était beaucoup plus émacié que sur les photographies qu'elle avait vues. Le regard d'Enora s'attarda sur la longue balafre qui traversait son visage, souvenir de sa rencontre avec l'épée de Kyrin. Lorsqu'il bougea la tête, elle aperçut également son oreille abîmée. Greta n'y était pas allée de dent morte en le mordant. Piètre satisfaction, cependant, au vu de la situation, qui n'était pas à l'avantage de la jeune femme. Un rictus arrogant aux lèvres, il lui fit signe de monter. Enora savait qu'à la seconde où il démarrerait, elle perdrait toute chance d'être retrouvée. Sauf si Eliott parvenait à repérer le signal de son téléphone, comme cela se faisait souvent dans les films. Encore fallait-il que l'on s'aperçoive de son absence. Pourtant, elle n'avait guère le choix.

— Où est Saphia ?

— On va la rejoindre. Grouille.

Son regard se fit sauvage et un instant, Enora crut qu'il allait se métamorphoser, là, sous ses yeux, avant de se rappeler qu'il ne le pouvait qu'aux alentours de minuit. Du moins, en théorie. Sans parvenir à réprimer ses tremblements, elle ouvrit la portière et se hissa sur le siège passager. Un regard désespéré en direction du grand bâtiment lui apprit que personne n'avait encore réagi à son départ précipité. D'un autre côté, c'était sans doute mieux ainsi : quoi qu'en dise tout le monde, elle était sûre que Sören et Lorie n'auraient jamais pu faire le poids face à ce type monstrueux. Lorsque la portière claqua, Enora eut l'impression d'avoir atteint un point de non-retour. Cela sonnait comme le sinistre signal que sa mort n'était plus qu'une question de temps.

Si les estimations auxquelles ils étaient parvenus étaient justes, il ne manquait que deux cœurs de sorcières à Simon Carpentier. À ses yeux, nul doute que la présence de Saphia et Enora au sabbat d'Imbolc en faisait des magiciennes. Enora se figea soudain, comme une pensée jaillissait dans son esprit enfiévré : elle était venue à lui volontairement, en toute connaissance de cause...

Préoccupée par ce qu'elle venait de comprendre, elle ne vit pas venir le coup. La jeune femme s'affaissa sur son siège, tandis que la camionnette démarrait en trombe, et que son ravisseur, lui ayant arraché le portable qu'elle tenait entre ses doigts, jetait l'appareil par la vitre.

Chapitre 27
Angoisse

Kyrin s'adossa à un mur, les mains dans les poches, sans cesser de scruter les alentours. Depuis qu'il avait quitté l'agence, un sombre pressentiment le tenaillait. Cela faisait longtemps qu'il n'avait plus ressenti cette impression de catastrophe imminente. La dernière fois remontait à loin, mais restait gravée dans sa mémoire avec une précision étonnante. Son intuition ne l'avait hélas ! pas trompé, à l'époque. Ses parents avaient trouvé la mort.

Cette nuit, les équipes étaient plus éloignées les unes des autres, afin de couvrir un périmètre plus large. Rien ne garantissait que Carpentier reviendrait en ville, ils devaient donc être prêts à rallier une autre destination au plus vite, le cas échéant. Il faudrait plus de temps aux équipes pour rejoindre celle qui tomberait en premier sur le Lébérou, mais personne n'aurait à l'affronter seul. La consigne était simple : ceux qui apercevraient la créature devaient se faire discrets et se contenter de filer Carpentier en attendant les renforts. Tout avait été mis en œuvre pour mettre fin aux agissements de ce monstre. Pourtant, alors que toutes les précautions semblaient avoir été prises, son instinct soufflait à Kyrin qu'il restait une faille, quelque part.

À ses côtés, Joshua surveillait lui aussi la rue dans une posture détendue. Peu bavards l'un et l'autre, ils n'avaient guère échangé plus de quelques mots depuis le début de la patrouille, ce qui leur convenait très bien.

— *Saphia n'est pas chez elle*, annonça soudain la voix de Lukas.

Ce dernier avait bien sûr réclamé le secteur où vivait la journaliste et s'y était posté tôt dans la soirée.

— *Contacte-la pour savoir où elle est*, conseilla Tim.

— *Déjà fait. Elle ne répond pas. Je lui avais pourtant demandé de ne pas sortir, ce soir...*

— Lorie, intervint Kyrin, demande à Enora si elle a une info.

Lukas ne serait pas à cent pour cent sur sa mission s'il s'inquiétait pour Saphia, ce que Kyrin pouvait comprendre : lui-même se serait rongé les sangs s'il n'avait pas su Enora en parfaite sécurité.

— *Elle est partie il y a dix minutes pour aller nous chercher un truc à grignoter dans la cuisine. Je lui poserai la question à son retour.*

317

— *Dix minutes ? Juste pour quelques chips et canettes ?* s'étonna Conrad.

Quelques rires s'élevèrent, amenant un sourire sur les lèvres de Kyrin.

— *Pour Enora, des « trucs à grignoter », ça inclue un repas complet et équilibré*, expliqua Lorie, serviable. *Si ça se trouve, elle est en train de nous faire un gâteau, vite fait.*

— *Va la trouver, Lorie. Je n'aime pas savoir que Saphia est quelque part sans protection une nuit de pleine lune, alors qu'elle fait peut-être partie des femmes que Carpentier a dans le collimateur.*

Le ton inquiet de Lukas raviva le pressentiment de Kyrin. Ils avaient alerté chacune des magiciennes du sabbat d'Imbolc, et la rumeur s'était répandue dans la communauté magique des environs, grâce à Radio Vieilles Sorcières, mettant en garde les sorcières ou assimilées de la région. Auraient-ils dû placer Saphia sous surveillance plus tôt ? Ils s'étaient focalisés sur Enora, qui semblait avoir retenu toute l'attention du Lébérou, et avaient négligé l'esprit d'indépendance de la journaliste, ainsi que cette manie qu'elle avait de filer sans préavis. Elle était sans doute simplement sortie. Après tout, elle n'avait pas de comptes à rendre à Lukas. Kyrin serra les dents, se sentant pris en défaut. Une faille. En avaient-ils laissé passer d'autres ?

Plusieurs minutes s'égrenèrent, avant que Lorie reprenne contact.

— *Enora est introuvable.*

— Comment ça ?

Un froid immense envahit Kyrin.

— *J'ai cherché partout. Elle est bien allée à la cuisine, mais elle n'a apparemment pas préparé l'en-cas. Sören l'a vue passer, puis plus rien.*

— Elle n'a pas pu disparaître, comme ça ! Fouille chaque pièce.

— *Elle est partie,* annonça la voix de Sören. *Je l'ai pistée jusqu'à l'extérieur. Elle a dû monter dans une voiture, car j'ai perdu sa trace au bout de la rue.*

« Impossible ! » hurlait une voix dans la tête de Kyrin.

— *Son portable était par terre. Vu l'état de la vitre, il a dû être jeté.*

Personne n'avait pu pénétrer sur leur territoire, Simon Carpentier moins que quiconque. Pourquoi Enora serait-elle sortie, en catimini, alors qu'elle savait le danger qu'elle courait ? Elle était fantasque, mais pas stupide. Sur quel levier le Lébérou avait-il appuyé pour la faire venir à lui, en dehors de la zone de sécurité, et sans que la jeune femme prenne la précaution d'avertir qui que ce soit ? Ils avaient compté sur la magie pour la protéger, sans envisager que celui qu'ils traquaient puisse contourner les protections mises en place, de la manière la plus humaine qui soit.

— *On a un autre problème,* reprit Lorie d'une voix blême. *Lohan a disparu, lui aussi.*

***

Les doigts d'Eliott virevoltaient, dans un silence que seules ses frappes rapides sur le clavier troublaient. Sur les écrans, ils pouvaient apercevoir Tim et Érick, changés en limiers, qui arpentaient les moindres recoins, à la recherche d'une piste ou d'un indice qui auraient échappé à Sören.

— En revenant après avoir trouvé le portable d'Enora, j'ai vu qu'une fenêtre était ouverte à l'étage, expliqua l'adolescent, qui s'efforçait de contenir sa fébrilité pour livrer un rapport clair et concis. Ça m'a semblé étrange, étant donné qu'il ne fait pas super chaud. Je suis allé voir : c'est la fenêtre de la chambre de Lohan, et j'ai eu beau le chercher partout, l'appeler, rien à faire. C'est comme s'il s'était volatilisé.

Arzian vacilla. C'était un spectacle étrange que de voir ce grand gaillard inébranlable sous le choc. L'expression « un colosse aux pieds d'argile » prenait tout son sens, en cet instant. Comme tout un chacun, Arzian avait des faiblesses, et son fils était la plus grande de toutes. Jamais encore Kyrin n'avait vu Greta aussi blanche. Elle semblait avoir vieilli de dix ans. Sans doute se pensait-elle coupable de la disparition de l'enfant, tout indiquant qu'il s'était enfui. Quant à Lukas, il rongeait son frein. Ils étaient des gens d'action, pourtant, en cet instant, ils ne savaient pas quoi faire. Trois personnes avaient disparu, dont deux étaient probablement en grand danger, et ils n'avaient pas l'ombre d'une piste pour les retrouver.

— Il s'est garé juste hors de portée des caméras, grommela Eliott.

Sur l'écran, ils virent Enora surgir en courant, sans la moindre hésitation, et quitter le périmètre sécurisé. La peur tordit les entrailles de Kyrin en voyant la jeune femme disparaître du champ. Geek revint en arrière, zooma.

— Elle tient son portable. Et il est allumé.

— Pourquoi n'a-t-elle prévenu personne ? murmura Lorie.

La jeune fille était, elle aussi, rongée par la culpabilité. Sans doute se fustigeait-elle de n'avoir pas remarqué la sortie d'Enora, de ne pas s'être inquiétée plus tôt de son absence prolongée.

— Pour protéger.

La voix de Tim les fit se retourner.

— Si Carpentier a menacé de s'en prendre à Saphia, Enora a certainement préféré se livrer.

— On aurait pu faire face ! cria Sören, les poings serrés.

— Enora n'a pas encore intégré que Lorie et toi êtes beaucoup plus forts que vous le paraissez, tempéra Tim.

— On le lui a dit plusieurs fois !

Sören aussi s'en voulait. Il avait l'impression d'être pris en défaut, alors qu'il n'avait jamais été question qu'il joue les gardes du corps ce soir. Il était le dernier à avoir vu Enora, et savoir qu'un programme télé inintéressant l'avait empêché de remarquer que quelque chose ne tournait pas rond le tourmentait.

— Enora n'est pas entrée dans notre monde depuis très longtemps, rappela Tim. Elle sait les choses, mais ne les a pas toutes intégrées. C'est dans sa nature de vouloir protéger les autres.

Sans doute était-il le mieux placé pour comprendre la jeune femme. Nemo s'était précipité vers le jeune homme, quémandant un réconfort qu'aucun d'entre eux ne pouvait lui apporter. Même s'il ne comprenait pas tout, le labrador percevait la tension qui animait leur petit groupe. Son regard inquiet cherchait sa maîtresse depuis que tous étaient rentrés en catastrophe. De temps en temps, un petit gémissement plaintif lui échappait.

— Ça suffit.

Le ton coupant de Kyrin fit se tourner toutes les têtes dans sa direction. Il inspira, tâchant de calmer les battements frénétiques de son cœur. Il savait que ces derniers n'échappaient à personne dans cette pièce, excepté Lorie. Pourtant, il devait endosser sa carapace de chef. Occulter que c'était la femme qu'il aimait qui était en danger, que son neveu de sept ans avait disparu, que la petite amie de Lukas se trouvait sans doute elle aussi entre les griffes d'un monstre. Trouver des solutions. Guider les autres. Jamais sa fonction ne lui avait semblé aussi lourde, pas même au tout début. Parce que cette fois-ci, il ne savait même pas par où commencer.

— La priorité est de les retrouver. Tous les trois. On culpabilisera plus tard.

— Lohan est dégourdi. C'est un métamorphe, ce qui le rend plus fort et plus malin qu'un enfant de son âge.

La voix d'Arzian était basse.

— Priorité aux filles, articula-t-il avec difficulté.

Kyrin sentit un élan de reconnaissance le traverser. Il n'osait même pas imaginer comme cela devait être difficile pour son frère de faire passer Enora et Saphia avant son fils, quand bien même il était lui aussi très attaché à Enora. Kyrin s'approcha de son aîné et posa une main ferme sur son épaule. Sous ses doigts, les muscles étaient figés, démontrant à quel point Arzian prenait sur lui pour ne pas exploser.

— Nous allons les retrouver. Tous les trois.

Comment, là était toute la question. Une sueur glaciale l'envahit. Ils n'avaient trouvé aucun indice leur permettant de suivre Lohan. Tim n'avait pas réussi à pister bien longtemps le véhicule qui avait emporté Enora, en tout cas pas assez pour leur donner une idée, même vague, de la direction à suivre. Érick survolait les environs, mais ce serait un miracle s'il retrouvait la trace de la jeune femme ou de l'enfant.

— Je vais essayer de localiser Lohan avec mon pendule, annonça soudain Lorie. Et Enora aussi.

La jeune fille semblait heureuse d'avoir quelque chose d'utile à faire, et sa proposition pouvait s'avérer intéressante. Kyrin lui signifia son accord d'un hochement de tête. Elle s'éclipsa aussitôt.

— J'ai réussi à tracer le téléphone de Saphia ces dernières heures, annonça soudain Eliott.

Il fronça les sourcils, tandis que Lukas se retenait visiblement de le secouer.

— Il n'a pas bougé pendant plus de vingt-quatre heures, puis...

Un juron échappa au jeune homme.

— Je le repère dans le secteur, juste à l'heure de la disparition d'Enora. Le signal indique qu'il n'est pas loin d'ici.

— Il l'a appelée avec avant de s'en débarrasser aussi ? devina Kyrin. Quand as-tu eu des nouvelles de Saphia pour la dernière fois ? demanda-t-il à Lukas.

— Hier après-midi, quand elle m'a envoyé un message pour annuler notre resto.

Lukas s'interrompit, sa mâchoire se crispa soudain.

— Le type qui l'a contactée pour lui fournir des informations...

Ils eurent tous la même pensée. La disparition de Saphia ne datait donc pas d'aujourd'hui. Enlever ses futures victimes avant la pleine lune ne faisait pas partie des stratégies habituelles du Lébérou, aussi personne n'avait-il envisagé qu'il puisse changer son *modus operandi*. Il s'avérait bien plus retors qu'ils l'avaient pensé. Parce que Simon Carpentier leur était apparu comme une brute épaisse au coup de poing facile, parce qu'il avait maltraité Emma, parce qu'il semblait totalement improbable qu'une femme se livre à lui en toute connaissance de cause, ils avaient commis l'erreur de sous-estimer son intelligence. Et aujourd'hui, Enora et Saphia risquaient de payer le prix de leur négligence.

Eliott reprit ses pianotements. Lukas trépignait, mourant d'envie de se transformer et de s'élancer dans la nuit pour retrouver les deux femmes. Simon Carpentier, même s'il s'était montré rusé, avait commis une erreur en conservant le téléphone de la journaliste pendant plusieurs heures. Il ne pouvait pas deviner que *Nielsen Investigations* disposait des compétences hors du commun d'Eliott et surtout, ne s'embarrassait pas de scrupules pour parvenir à ses fins lorsque l'enjeu était aussi grand. Peu importait à Kyrin comment Eliott s'y prenait ou combien de lois il enfreignait, seul le résultat comptait.

Le jeune homme jeta un regard angoissé à l'horloge. Elle affichait vingt-trois heures. Si l'on en croyait les caméras, Enora avait disparu depuis une quarantaine de minutes. Quant à Lohan, il s'était glissé hors de sa chambre de telle sorte qu'il était impossible de savoir à quel moment il était parti. Il leur restait moins d'une heure pour retrouver les filles. Tout hurlait à Kyrin qu'il était déjà trop tard, qu'ils n'arriveraient pas à temps. Il serra les poings, chassant les pensées négatives et parasites pour ne se concentrer que sur une chose : sauver Enora et Saphia. Il était encore temps, et il ne cesserait pas ses recherches avant de les avoir retrouvées. À en juger les expressions résolues de toutes les personnes réunies dans la salle de contrôle, il n'était pas le seul : chacun était prêt à tout mettre en œuvre pour donner une issue heureuse à cette affaire. Ils formaient une équipe, là où Carpentier était seul. Et Enora et Saphia étaient des jeunes femmes intelligentes et débrouillardes. Elles ne faciliteraient pas la tâche au monstre. Oui, songea Kyrin, farouche, ils réussiraient.

Chapitre 28

Dans la gueule du loup

Enora voulut se retourner pour échapper aux secousses désagréables qui l'empêchaient de dormir. Peine perdue. Peu à peu, elle finit par émerger du profond sommeil dans lequel elle aspirait à demeurer, agacée. Il y avait aussi ce bruit, tout près, qui empêchait son cerveau de sombrer à nouveau. Des mots. Finalement, la jeune femme prit conscience qu'elle connaissait la voix qui parlait sans discontinuer. Elle ouvrit les yeux, péniblement.

Penchée au-dessus d'elle, Saphia arborait une expression qu'elle ne lui avait jamais vue. Son amie, toujours souriante et déterminée, toujours si soignée, ressemblait à une espèce de vagabonde, avec ses cheveux ébouriffés, ses vêtements froissés et ses traits tendus.

— Enfin ! J'ai cru que tu ne te réveillerais jamais !

— Saph...

Enora grogna avant de se redresser, aidée par la journaliste. Elle avait mal à la mâchoire.

— J'ai l'impression qu'il a cogné fort, commenta Saphia en lui faisant tourner la tête pour examiner son menton. Tu as un bleu magnifique qui est en train de se former. Et il n'a pas été très délicat quand il t'a abandonnée ici. J'ai juste eu le temps de te rattraper pour t'empêcher de te fracasser la tête sur le béton.

— Tu peux parler, grommela Enora en fronçant les sourcils devant les couleurs qui ornaient l'œil de son amie.

Enfin, la lumière se fit, et ce fut comme si tout se remettait en place en un déclic : Simon Carpentier l'avait enlevée !

— Tu vas bien ? souffla-t-elle en examinant Saphia.

Hormis sa mise négligée et ce coquart, la journaliste paraissait en bonne santé.

— Quelle heure est-il ?

Saphia ouvrit de grands yeux devant cette question, incongrue sans doute pour elle.

— Si tu portais une montre au lieu de te fier à ton portable, tu le saurais.

Puis elle comprit où Enora voulait en venir.

— Un peu plus de vingt-trois heures. Ça ne nous laisse pas beaucoup de temps.

Minuit semblait être le moment où tout basculerait, si

elles se fiaient aux précédents meurtres. Enora observa les lieux avec angoisse. Elles se trouvaient dans une cave éclairée par la lumière crue d'une unique ampoule au plafond. Les soupiraux qui trouaient les murs épais n'étaient pas assez larges pour les laisser passer. Lorie elle-même n'y aurait pas réussi. Enora se surprit à regretter de ne pas être une métamorphe. Ces ouvertures étroites n'auraient pas arrêté les Nielsen, même le massif Arzian. Un escalier de béton menait à une porte en bois. Une prison rudimentaire, mais efficace. Si Saphia n'avait pas réussi à s'enfuir, c'était sans doute qu'il n'y avait guère de solution. Il allait pourtant falloir qu'elles en trouvent une, et vite ! Il leur restait moins d'une heure.

— Comment as-tu atterri ici ? demanda Enora en se levant.

Elle se sentait stable sur ses jambes, ce qui la rassura. Ce n'était pas le moment de se retrouver diminuée, elle qui n'avait déjà guère d'atouts ! Même si c'était sans doute inutile, la jeune femme voulait faire le tour de la pièce. Si elle pouvait mettre la main sur quelque chose pouvant servir d'arme, c'était le moment ou jamais. Il n'était pas question de s'avouer vaincue sans avoir pris la peine d'explorer toutes les options. Il n'y en avait déjà pas beaucoup, alors il ne fallait rien négliger. Leur situation était trop dramatique pour se laisser aller au désespoir ou à l'inertie.

— Ce type m'a eue comme une bleue.

Saphia fit une grimace, visiblement vexée d'avoir été si facile à attraper. Elle s'adossa au mur, laissant Enora explorer les lieux. Celle-ci lui fut reconnaissante de ne pas lui signifier que cela ne servait à rien.

— J'ai reçu un appel samedi dans l'après-midi d'un homme se présentant comme un informateur. Il prétendait avoir des éléments susceptibles de m'intéresser sur cette histoire de loup-garou.

— Comment s'est-il procuré ton numéro ?

— Aucune idée. Peut-être par le journal. En théorie, ils ne sont pas censés donner ce genre d'info, mais bon...

La journaliste haussa les épaules, fataliste. Enora songea que Simon Carpentier avait passé du temps dans son appartement et qu'avant de le ravager, il avait pu explorer les lieux et fouiller son carnet d'adresses... Elle était incapable de se rappeler si le calepin figurait parmi les nombreux papiers, livres et autres magazines détruits. Il y en avait eu trop, et cela n'avait plus d'importance puisqu'il était parvenu à ses fins : il les détenait toutes les deux.

— Bref, poursuivit Saphia, ignorant que le cerveau de sa camarade d'infortune tournait à plein régime, nous avons convenu d'un rendez-vous. Je me suis jetée droit dans la gueule du loup, ironisa-t-elle avec un pauvre sourire. Dire que j'ai annulé un super repas au resto avec Lukas pour ça !

Elle avait beau fanfaronner, Saphia était terrifiée. Enora la connaissait trop bien pour se laisser prendre à ses tentatives d'humour. Pas une seconde il n'était venu à l'esprit d'Enora que Simon pourrait agir de la sorte. L'homme avait mis ces quelques semaines à profit pour monter un plan efficace. Au lieu de venir à la rencontre de ses victimes, il les avait incitées à se déplacer jusqu'à lui.

Le verdict était sans appel : il n'y avait rien dans leur prison susceptible de les aider ou de leur servir d'arme, pas même un pauvre carton. Les murs étaient nus, le sol l'était tout autant.

— Tu n'aurais pas un couteau suisse ou quelque chose de pointu sur toi, à tout hasard ? demanda-t-elle à Saphia en se dirigeant vers l'escalier.

— Il m'a confisqué toutes mes affaires. Et j'ai vérifié, tu n'as rien sur toi, surtout pas ton portable.

Saphia leva un pied et désigna son escarpin à bride.

— Le seul truc pointu, ici, c'est mon talon.

Enora lui raconta en quelques phrases ce qui s'était passé. La culpabilité qui s'afficha sur les traits fatigués de son amie lui tordit l'estomac. Saphia pensait être coupable, alors que depuis le début, Simon avait focalisé son attention sur Enora. Certes, il ne les aurait jamais incluses dans ses projets macabres sans cet article sur Imbolc, mais aucune d'elles n'était responsable de la folie meurtrière de cet individu. Elles s'étaient simplement trouvées au mauvais endroit, au mauvais moment.

— Que sais-tu de l'homme qui nous a enlevées ?

s'enquit Enora.

— Il dit s'appeler Simon Carpentier. Et il m'a l'air complètement dingue. Il prétend être un homme maudit et avoir besoin des cœurs de treize sorcières pour lever la malédiction.

La façon dont Saphia expliquait les choses montrait son scepticisme. La journaliste avait beau croire aux phénomènes surnaturels, elle n'en demeurait pas moins pragmatique : rien, pas même une malédiction, ne justifiait de tuer des innocents.

— Il est dingue, reprit Saphia. Il parle tout seul, ou s'adresse à une certaine Emma. Il faut voir comment il l'engueule ! Apparemment, il est persuadé qu'elle est responsable de ses malheurs. Et que nous sommes des sorcières.

L'escalier n'avait rien de particulier non plus. Certes, elles pourraient se glisser dessous, mais la cachette n'avait rien de remarquable. À la seconde où il ouvrirait la porte, Simon verrait qu'elles avaient disparu et comprendrait où il devait venir les chercher. Enora se pencha sur la serrure, regrettant de n'avoir pas accepté que Lorie ou Sören lui enseignent les rudiments du crochetage. Ils le lui avaient proposé en plaisantant à deux ou trois reprises, trouvant sa réaction de surprise indignée hilarante. Encore que, sans outil, savoir crocheter une serrure ne lui aurait été d'aucun secours. Elle n'avait même pas une malheureuse épingle à cheveux à brandir, comme toute héroïne en détresse qui se respectait. Son bandeau ne leur serait d'aucune utilité, en dehors de retenir ses boucles pour qu'elles ne lui tombent pas sur les yeux. La porte paraissait solide, faite d'un bois épais qui devait étouffer tous les bruits.

— As-tu une idée approximative de l'endroit où nous sommes ?

Pas loin, sans doute : il ne s'était pas écoulé beaucoup de temps entre son enlèvement et son réveil dans cette cave.

— On dirait une espèce de ferme abandonnée près des bois. Je n'ai entendu aucun bruit de voiture, en dehors de celle de ce taré, ni aucune voix. Quand j'ai appelé à l'aide, je n'ai eu aucune réponse. J'ai essayé de regarder par les soupiraux, mais je n'ai pu apercevoir que de mauvaises herbes. Et la nuit, il n'y a aucune lumière extérieure.

Un lieu isolé et sans doute plus ou moins abandonné. Cela correspondait une fois de plus aux théories auxquelles ils étaient parvenus, à *Nielsen Investigations*. Comme Saphia avait dû avoir peur, seule avec ce monstre qui ne faisait pas mystère du sort qu'il lui réservait ! Elle avait eu le temps d'imaginer le pire, sans personne vers qui se tourner pour un peu de réconfort. Observant son amie, Enora nota les cernes qui soulignaient ses yeux. En dépit de tout, Saphia s'efforçait de ne pas céder à la panique.

Enora ne doutait pas un instant que Kyrin et les siens mettraient tout en œuvre pour la retrouver, mais elle n'avait guère d'espoir sur les délais. À moins d'un miracle, ils arriveraient trop tard. Une onde de désespoir parcourut Enora : qu'avait-elle donc bien pu faire pour achever son existence, à la veille de ses vingt-huit ans, dans pareilles conditions ? Juste au moment où elle rencontrait enfin l'homme de sa vie, celui dont elle avait secrètement rêvé depuis qu'elle était adolescente, sans vraiment y croire, au vu des expériences de sa mère ! La colère et le sentiment d'injustice balayèrent la peur. Ce fut d'un pas déterminé qu'elle dévala l'escalier pour rejoindre Saphia. Enora prit place à côté de son amie, qui lui offrit un sourire. Elles se prirent par la main, trouvant du réconfort dans ce contact.

— Je suis désolée, murmura Saphia en étreignant les doigts d'Enora. Sans mon obsession idiote, tu ne serais pas dans ce foutoir.

— Ne dis pas n'importe quoi. Le seul responsable, c'est ce tueur. Nous allons trouver une solution. Il y en a forcément une.

Saphia sourit, amusée par l'optimisme plein d'énergie de son amie, avant de se rembrunir à nouveau.

— Rappelle-toi ce que dit toujours Sophie : il n'y a pas de problème, il y a toujours une solution, insista Enora.

Elle ne resterait pas passive, à attendre que le Lycaon-Lébérou-psychopathe vienne leur arracher leurs cœurs ! Hors de question ! Elle avait encore trop de choses à vivre, qui incluaient Kyrin et les Nielsen, pour se résigner à son sort. Elle n'avait pas réussi à faire rire

Kyrin aux éclats, alors qu'elle s'était juré d'y parvenir ! Rien que pour cela, elle lutterait.

— Je doute que Sophie se soit jamais retrouvée face à un problème pareil, marmonna Saphia. Toutes ces belles citations, c'est bien joli, mais le jour où tu rencontres un vrai problème, elles ne t'aident pas beaucoup. Sauf si on peut assommer le méchant à coup de proverbes plein de sagesse ?

— Saph ! gronda Enora.

Sa sécheresse surprit Saphia. Elles se connaissaient depuis toujours. Pourtant, jamais encore Enora ne s'était adressée à elle sur ce ton. Technique efficace, car la journaliste se redressa, comme galvanisée par l'énergie et la volonté de son amie.

— Que peut-on faire pour gagner du temps et trouver le moyen de s'enfuir ? s'enquit-elle du ton déterminé d'une enseignante interrogeant un élève.

Un long silence suivit. C'était bien beau de faire de grandes déclarations, mais comme Saphia l'avait souligné, cela ne suffisait pas. La journaliste avait cependant retrouvé toute sa ténacité, Enora le devinait à la façon dont ses sourcils se fronçaient. Elle réfléchissait, et s'il existait une personne sur cette planète dotée d'une imagination fertile, c'était bien Saphia Dubreuil !

— Nous sommes deux. Il est seul. Il doit bien y avoir moyen de le prendre par surprise et de le neutraliser.

Leurs regards se portèrent sur les escaliers. Ils étaient

raides, en béton brut.

— OK, reprit Saphia en se levant pour gravir les marches. Il n'y a pas beaucoup de place, mais ça peut fonctionner. Quand il arrive, on l'agrippe et on le pousse de toutes nos forces. Avec un peu de chance, il se rompra le cou avant même d'arriver en bas. Et si jamais il s'en sort sans rien se casser, ça nous laissera le temps de sortir et de refermer la porte.

Le plan aurait pu fonctionner si elles avaient eu affaire à un homme ordinaire. Enora ne put s'empêcher de visualiser sa porte d'entrée, pendant à moitié dans le vide, après le passage du monstre chez elle. Toutefois, elles n'avaient guère d'options, à part accepter de jouer les victimes sacrificielles. Aussi la jeune femme se redressa-t-elle à son tour, déterminée à tout mettre en œuvre pour les sortir de là. Elle avait une amie à sauver et un homme à faire rire, que diable !

Chapitre 29
Cauchemar

Les minutes s'écoulaient avec une lenteur exaspérante. Fébriles et angoissées, Saphia et Enora attendaient. Leur résolution s'étiolait à mesure que les secondes passaient, la peur s'infiltrait et reprenait le dessus. Elles n'osaient plus parler, de crainte de manquer l'arrivée de Simon et de se faire surprendre. De leur concentration dépendait leur seule et unique chance de fuite. Elles échangèrent un regard affolé : vingt-trois heures quarante-six. Il ne restait plus qu'une poignée de minutes avant que tout s'accélère. Pour Enora, la question cruciale était de savoir si Simon se présenterait sous sa forme monstrueuse. Si c'était le cas, elles ne feraient pas le poids.

Un bruit, de l'autre côté de la porte, les fit sursauter. Une clef tournait dans la serrure. Le cœur d'Enora battait à tout rompre, le sang bourdonnait dans ses oreilles. Elle inspira profondément. Elle devait rester lucide. Calme. La porte s'ouvrit.

Sans attendre, elles bondirent, agrippant au hasard, de toutes leurs forces, ce qui leur tomba sous la main. Pris par surprise, Carpentier ne réagit pas tout de suite. D'instinct, il s'était arc-bouté, résistant à leurs efforts. Tant qu'il n'était qu'un homme, il ne disposait pas de plus de force qu'un autre, ce qui n'empêchait pas qu'il était plus costaud que les deux jeunes femmes. Enora croisa son regard et y lut une rage pure qui lui tordit les entrailles. Affolée, elle devina qu'il était sur le point de se transformer. C'était comme si un courant électrique saturait soudain l'espace, venait picoter ses paumes. Alors, tandis qu'il luttait contre Saphia, qui essayait de le pousser en arrière, elle crocheta ses doigts, comme Arzian le lui avait appris, et visa les yeux. Le hurlement du type lui vrilla les tympans. Il vacilla et, sous une ultime poussée de Saphia, dégringola dans les escaliers. Ça avait fonctionné ! Enora n'eut pas le temps de savourer son triomphe : déjà, Saphia l'entraînait à sa suite. Elles repoussèrent le battant au moment où Carpentier se redressait en grognant, son regard fou leur promettant mille morts. La main tremblante, Enora tourna la clef dans la serrure.

— On a réussi !

Saphia contemplait la porte d'un air ébahi. De toute évidence, son amie n'avait pas cru plus qu'elle à leurs chances de succès. Et pourtant...

Un choc sourd ébranla le battant, les faisant sursauter. Un grondement rauque retentit, si animal qu'un frisson d'effroi parcourut Enora. Elle retira la clef, comme si cela pouvait ralentir le monstre qui, de l'autre côté, se jetait encore et encore contre le battant. Collées l'une contre l'autre, les deux femmes reculèrent de plusieurs pas, sans quitter la porte qui vibrait sous les assauts.

— Allons-nous-en.

Incapable de parler, Enora hocha la tête et suivit Saphia, qui la tirait par la main. Elles remontèrent un couloir dépouillé à la peinture écaillée, éclairé par une ampoule faiblarde qui ajoutait une ultime touche glauque au lieu. Les relents d'humidité témoignaient de l'abandon de longue date de la demeure. Inutile de chercher un téléphone pour appeler les secours. De toute façon, elles n'en avaient pas le temps. Un sentiment d'urgence étreignit Enora. Au loin, elles entendaient toujours les coups et grognements de Carpentier. La mutation était imminente. Une fois transformé, il n'aurait aucun mal à venir à bout du maigre obstacle qu'elles avaient réussi à dresser entre elles et lui.

Elles s'élancèrent dans la nuit, sur un chemin mal entretenu, et coururent jusqu'à la camionnette stationnée un peu plus loin, Saphia pestant contre les cailloux qui maltraitaient ses pauvres pieds nus. Elle avait jugé plus prudent d'abandonner ses escarpins dans la cave. Se ruiner une cheville en fuyant aurait été stupide.

— La clef, la clef, la clef..., psalmodia la journaliste tout en fouillant avec fébrilité les moindres recoins de l'habitacle.

Elles ne mirent que quelques secondes à se rendre à l'évidence : il n'y avait que dans les films que les gens laissaient la clef dans le véhicule. Dans la vraie vie, même dans une zone isolée de tout, plus personne ne commettait ce genre de folie. Elles sautèrent de la camionnette et regardèrent autour d'elles, désemparées. Quand Saphia lui avait indiqué qu'il n'y avait aucune lumière ni aucun bruit, elle n'avait pas exagéré. Dans la nuit, impossible de savoir précisément où elles se trouvaient. La lune brillait de toute sa rondeur laiteuse, et Enora eut l'impression qu'elle se moquait des deux idiotes qui, en dessous d'elle, tentaient d'échapper au monstre qu'elle faisait naître chaque mois.

— On fait quoi ? glapit Saphia, comme un hurlement terrifiant tranchait l'air nocturne.

— On court !

Elles bondirent sur le chemin, droit devant elles, presque à l'aveuglette, avec pour seul but de s'éloigner le plus possible de cette maison de cauchemar. Quand un fracas leur parvint, Enora sut que le Lébérou était sorti. La lune éclairait si bien que le monstre ne pourrait pas manquer les deux silhouettes courant sur la route. Il était rapide, surtout en position quadrupède. Elles n'auraient pas le temps de faire plus de quelques pas avant qu'il les rattrape. Enora saisit la main de son amie et la tira dans les fourrés, espérant que la végétation les cacherait. Les branches qui craquaient à leur passage et celles qui se prenaient dans leurs cheveux eurent tôt fait de lui faire regretter son initiative. Elles faisaient tellement de bruit qu'il aurait fallu que la bête soit sourde pour ne pas les repérer ! Saphia ne disait rien, pourtant, ses pieds devaient la mettre au supplice. Elles s'arrêtèrent, hors d'haleine, cherchant un endroit où se dissimuler. Si elles arrivaient à se couler dans l'ombre, le Lébérou aurait peut-être du mal à les trouver ? Enora espérait qu'il ne disposait pas d'un odorat affûté et qu'il n'était pas nyctalope.

Un souffle rauque ponctué de grondements bestiaux se fit entendre à quelques mètres de là seulement. Il les avait déjà rattrapées ! Un sanglot se forma dans la gorge d'Enora, tandis que les larmes brouillaient sa vue. Elle se prit les pieds dans une racine et tomba, se recevant douloureusement sur les mains. Se redressant, le souffle court, la jeune femme se releva avec maladresse, les poumons en feu, avec la sensation que ses membres pesaient une tonne. C'était comme dans ces cauchemars qu'elle faisait, enfant, dans lesquels elle tentait d'échapper à une menace imprécise et avançait comme si ses pieds étaient englués dans des sables mouvants. Cette fois-ci pourtant, elle savait sans doute possible que le cauchemar était réel, qu'elle ne pouvait pas se permettre d'attendre de se réveiller pour mettre fin à la peur qui la consumait. L'adrénaline qui vous donnait des ailes, tu parles !

De la gauche lui parvint le bruit de branches cassées. Tournant la tête pour repérer Saphia et tâcher de les éloigner, même si le combat semblait perdu d'avance, Enora réalisa avec horreur que la journaliste avait disparu.

Un hurlement strident la tétanisa. Le cri cessa brusquement, non pas comme si celle qui le poussait était à bout de souffle, mais comme si quelque chose l'avait coupé net. Un bourdonnement gagna les oreilles d'Enora, qui se sentit suffoquer. Si Saphia était morte... Elle n'entendait plus rien, un voile noir obscurcissait sa vision. C'est à peine si elle remarqua qu'elle atterrissait lourdement sur le sol, en proie à une crise de panique qui l'empêchait de raisonner.

Une masse sombre se dressa devant elle, et l'odeur nauséabonde qui la frappa la renseigna sur l'identité de la créature. Le Lébérou l'avait retrouvée. Secouée par des pleurs hystériques, Enora recula sur les fesses, en une vaine tentative de s'éloigner de la bête. La terrifiante silhouette qui se détachait au-dessus d'elle semblait occuper tout son champ de vision. Elle allait mourir avec *ça* comme ultime image, l'odorat saturé par la puanteur du monstre. Elle allait mourir...

Quelque chose percuta soudain de plein fouet le mastodonte, le faisant basculer sur le côté. Un son étrange, mi-feulement, mi-rugissement, retentit. Une langue de flamme jaillit, éclairant brièvement une scène surréaliste. Une créature serpentine se tenait face au Lébérou, crachant son feu sur le monstre, qui hurla de douleur. L'odeur écœurante de poils brûlés se répandit dans l'atmosphère, juste avant que la flamme s'éteigne et que la nuit referme son voile.

Ce fut comme si tout, autour de la jeune femme, entrait en mouvement. Effondrée au sol, elle rampa et trouva refuge contre un tronc, incapable de distinguer ce qui se passait. Les sons qui lui parvenaient étaient trop nombreux, trop confus pour qu'elle comprenne exactement ce qui se déroulait à quelques pas de là. Plusieurs formes semblaient évoluer dans le noir, des chocs et grondements sourds retentissaient. Puis, aussi soudainement que tout avait commencé, ce fut la fin. Une silhouette se matérialisa devant elle, la faisant sursauter. Le petit bruit étranglé qui jaillit de sa bouche lui parut pathétique. Des bras solides et familiers l'enlacèrent. Enora exhala un long soupir tremblant et ce fut comme si ses muscles perdaient toute tonicité, tandis qu'elle se laissait étreindre.

Chapitre 30

Tant de changements...

Il était incapable de la lâcher, même s'il avait conscience de la serrer un peu trop fort. Kyrin avait la sensation que ses muscles s'étaient tétanisés. Contre lui, Enora était secouée de tremblements. Il n'oublierait jamais la terreur qui s'était emparé de lui lorsqu'il avait entendu un hurlement féminin, mêlé aux grondements de la bête. Il avait cru qu'il arrivait trop tard. Trop tard. De quelques secondes.

— Tu trembles, murmura-t-il en se forçant à se détacher de la jeune femme pour ôter sa veste et la draper autour de ses épaules menues.

— Saph... Saphia..., balbutia-t-elle en revenant se nicher contre lui.

Kyrin ne put s'empêcher de sourire, attendri : même effrayée, Enora pensait encore aux autres.

— Elle va bien, l'informa-t-il.

— Mais... je l'ai entendue crier.

— Elle a fait une chute dans une petite pente et s'est cogné la tête. Elle a perdu connaissance. Lukas est auprès d'elle.

Il la sentit se détendre totalement. Autour d'eux, la meute s'activait. La scène, tout juste éclairée par la lueur lointaine des phares de la voiture que Kyrin avait utilisée pour gagner le site, avait un côté surréaliste. Pour la première fois depuis qu'il avait pris la tête des Nielsen, Kyrin ne se préoccupait absolument pas de ce qui se passait, toute son attention focalisée sur la jeune femme qu'il serrait dans ses bras. *Nielsen Investigations* pouvait se passer de son chef quelques minutes, l'agence ne s'effondrerait pas pour si peu ! Le jeune homme faisait confiance aux siens pour gérer la situation. Le Lébérou était mort, il n'y avait donc plus aucune urgence.

— Tu m'as fait la peur de ma vie, souffla-t-il à l'oreille d'Enora.

— Tu m'as trouvée, soupira-t-elle en se pressant encore davantage contre lui.

Oui. Mais sans les siens, il n'y serait pas parvenu. Eliott avait triangulé le secteur où se situait le portable de Saphia. Carpentier, avaient-ils découvert, s'était débarrassé de l'appareil également, à quelques rues de l'agence. Cependant, l'avoir conservé depuis l'enlèvement l'avait desservi : Geek avait pu définir une zone de recherches. Surtout, le pendule de Lorie avait permis de localiser avec précision l'endroit où se trouvait Enora, justement dans cette zone. Quelques cheveux prélevés sur la brosse de la jeune femme avaient suffi. La meute avait foncé, sans se préoccuper de savoir si quelqu'un risquait d'apercevoir divers animaux sauvages inattendus dans la région. Jamais encore Kyrin ne s'était senti aussi impuissant devant son incapacité à se transformer. Il avait roulé à tombeau ouvert, déterminé à ne pas se laisser distancer.

Son téléphone vibra dans sa poche.

— *Dis-moi que vous avez réussi !*

La voix de Lorie trahissait son angoisse. Elle semblait au bord des larmes.

— Elles sont saines et sauves.

Un long soupir échappa à la jeune fille.

— *J'ai cherché Lohan, en attendant, et le résultat est étrange*, reprit-elle, surmontant le trop-plein d'émotions pour revenir au plus important.

— Il est ici.

— *Donc, en gros, je n'ai servi à rien*, bougonna Lorie.

— Ne sous-estime jamais ton utilité, Lorelei.

Souriant, Kyrin raccrocha. Enora sursauta lorsqu'une petite créature se glissa sur ses genoux.

— Lohan ? s'étonna-t-elle en passant la main dans la douce fourrure. C'était toi ! s'exclama-t-elle.

Dans la pénombre, les yeux du panda roux luirent un instant. Ce fut si bref que Kyrin se demanda s'il n'avait pas imaginé le phénomène.

— Il s'est transformé en *Lung*. Il m'a protégée du Lébérou.

Enora serra Lohan contre son cœur. Ce dernier se tortilla pour échapper à son étreinte un peu trop enthousiaste. Des images et sensations se déversèrent dans l'esprit de Kyrin. Il réalisa que son neveu, pour la première fois, communiquait avec lui. Enora avait tenté de lui expliquer le phénomène, mais il n'avait jamais réussi à comprendre comment on pouvait communiquer avec l'enfant sans passer par des mots. Il découvrait à présent que c'était tout à fait possible. Et Lohan lui faisait son rapport, comme n'importe lequel des détectives de *Nielsen Investigations* l'aurait fait dans ces circonstances, épargnant à Enora un récit fastidieux et à Kyrin de ronger son frein en attendant de connaître le détail de tout ce qui s'était produit.

— Ainsi, tu as vu Enora sortir précipitamment et tu l'as suivie, verbalisa-t-il. Pourquoi ne pas nous avoir prévenus ?

Son ton sévère ne fit ni chaud ni froid au petit. De nouvelles images et sensations s'imposèrent dans l'esprit de Kyrin. Un instant, le jeune homme songea qu'il était assez inquiétant que quelqu'un puisse se glisser dans sa tête, mais il rejeta cette pensée, focalisé sur le « récit » que Lohan lui faisait des événements.

La portée de communication du jeune *Lung* était faible, de quelques mètres, tout au plus, et il devait voir la personne avec laquelle il souhaitait entrer en contact.

Il avait craint, s'il faisait demi-tour pour donner l'alerte, de perdre la trace de la camionnette. Il avait donc poursuivi sa filature, puis pris position près des soupiraux, prêt à se faufiler dans la cave où les jeunes femmes étaient enfermées pour affronter le Lébérou. Kyrin ne fut pas particulièrement surpris de découvrir que Saphia et Enora avaient élaboré un plan d'évasion et l'avaient mis en œuvre avec succès. Il ne put s'empêcher de ressentir une pointe de fierté à l'idée que sa petite compagne humaine fragile et trop gentille avait été capable de se sortir seule d'une situation périlleuse.

— Tu as affronté le Lébérou.

Le ton d'Arzian montrait son incrédulité. Il contemplait son fils comme s'il le voyait pour la première fois. Ils avaient tous sous-estimé Lohan, parce qu'un mignon petit panda roux n'avait rien de dangereux, occultant le fait qu'il était aussi un *Lung*. Et un Nielsen. Greta avait raison, tout compte fait. Comme toujours.

Lohan se faufila jusqu'à son père, dans les bras duquel il vint se pelotonner. S'il avait été un chat, sans doute aurait-il ronronné !

— Il va falloir qu'on ait une petite discussion, tous les deux, reprit Arzian d'un ton qui se voulait sévère.

— Je préconise quelques kilomètres de course et une centaine de pompes, lança Sören. C'est le tarif habituel, quand on fait une connerie.

— Surveille ton langage, le renardeau, ou tu lui

tiendras compagnie, le tança Greta.

C'était comme si la Terre tournait à nouveau sur son axe : tout revenait à la normale. Sören faisait le malin, Greta le reprenait, bref, le quotidien tant apprécié.

— Brynhildr va emmener Saphia à l'hôpital, annonça Lukas. Elle a repris connaissance, mais elle arbore un bel œuf de pigeon sur le front et elle s'est sans doute fait une entorse.

Nul doute que le jeune homme aurait préféré conduire lui-même la journaliste à l'hôpital, mais il aurait eu du mal à justifier sa nudité. Brynhildr, tout comme Kyrin et Liam, était vêtue de pied en cap.

— Qu'a-t-elle vu ?

— Pas grand-chose, répondit Lukas en venant s'accroupir près d'Enora pour déposer un baiser dans ses cheveux emmêlés. Elle était évanouie quand l'essentiel s'est produit.

— Ce serait plus simple de tout lui expliquer.

Ce fut comme si le temps se suspendait : tout le monde cessa ses activités pour se focaliser sur Kyrin. Qu'avait-il donc dit de si surprenant ? s'étonna-t-il, avant de réaliser qu'il avait énoncé comme une évidence de mettre une humaine dans la confidence de leur nature. Il secoua imperceptiblement la tête : que de changements, en si peu de temps ! Et il s'en portait très bien, en plus !

— Si on doit monter tout un bateau à Saphia, développa Kyrin devant la surprise des siens, ça va être compliqué de gérer les retombées : les autorités vont s'en mêler, les filles vont être interrogées. Et Saphia est tout, sauf stupide, elle risque d'avoir des soupçons.

— Enora ment très mal, de toute façon, ajouta Liam.

— Hé ! Je peux mentir, si la situation l'exige. Demande donc à Olga, Jessy et compagnie, si je ne sais pas mentir !

— Si on met Saphia dans la confidence, on peut se contenter de faire disparaître le corps et la scène du crime, ni vu ni connu.

Kyrin sentit la surprise d'Enora : sans doute n'avait-elle pas imaginé une seconde que Tim, le gentil Tim, puisse évoquer avec tant de désinvolture l'hypothèse de faire disparaître un cadavre. Elle avait encore beaucoup à apprendre, sa petite compagne courageuse !

— C'est à toi de décider si on informe Saphia ou non, conclut Kyrin en reportant son attention sur Lukas.

— M'informer de quoi ?

Brynhildr adressa une grimace d'impuissance à Kyrin pour montrer qu'elle n'avait rien pu faire pour empêcher la journaliste de les rejoindre. Clopinant sans grâce, Saphia se précipita sur Enora, qui se leva d'un bond pour se jeter dans les bras de son amie. Ces deux-là formaient un duo vraiment étonnant, songea-t-il avec amusement en les entendant parler à toute vitesse toutes les deux, faisant les questions et les réponses sans même vraiment écouter ce que l'autre disait, tout à la joie de se retrouver saines et sauves. Non, vraiment, Kyrin ne voyait aucune raison de chercher à garder le secret avec cette femme. De toute façon, à présent qu'elle était parmi eux, ça devenait mission impossible.

— Pourquoi est-ce que vous êtes nus ? Non pas que je me plaigne, notez bien, vous êtes tous à tomber... Quel dommage, on ne voit pas grand-chose à cause de ces satanés nuages !

Quelques rires saluèrent l'intervention de Saphia. En dépit de la pénombre, Kyrin aurait pu parier qu'Enora virait à l'écrevisse. Elle n'avait pas encore pris conscience de la tenue de la plupart des membres de l'agence... ou plutôt, son absence.

— Je propose qu'on regagne l'agence pour parler. Il y a beaucoup de choses à dire, répondit Kyrin.

— On s'occupe de tout ici, annonça Érick.

— Nous ferions mieux d'aller à l'hôpital, intervint Saphia. Enora a besoin de soins. Et moi aussi, ajouta-t-elle avec une grimace, comme elle s'appuyait par inadvertance sur sa cheville foulée.

— Cybelle va nous rafistoler en un rien de temps, décréta Enora, venant à leur rescousse.

— Qui est Cybelle ?

— Une guérisseuse très douée, tu vas voir.

— Et depuis quand tu connais une guérisseuse, toi ?

— Si tu veux le savoir, il va falloir aller à l'agence, la taquina Enora.

— C'est du chantage, ça.

— Avoue que ça fonctionne et que ta curiosité est titillée.

— Pas du tout. J'ai eu ma dose de surnaturel pour ce soir, laissa tomber la journaliste d'un ton guindé. Une guérisseuse, vraiment ? reprit-elle sans parvenir à contenir son intérêt, au grand amusement de tous ceux qui assistaient à la scène. Comment procède-t-elle ?

À les entendre discuter ainsi, on aurait presque pu oublier que, quelques minutes auparavant, elles avaient failli périr entre les griffes d'un monstre. Le contrecoup surviendrait sans doute plus tard, une fois l'adrénaline évacuée.

Kyrin prit Enora dans les bras et commença à avancer à grands pas pour les sortir des fourrés et gagner la voiture. Il ne doutait pas un instant que Saphia suivrait.

— Je peux marcher ! Et je ne suis pas blessée ! protesta Enora.

— Je sais. Mais j'ai eu trop peur pour songer à te lâcher tout de suite.

Avouer ses peurs, comme ça, alors qu'autour de lui, les détectives entendaient forcément la moindre de ses paroles, voilà encore une nouveauté. Kyrin conclut qu'il se moquait pas mal de ce que les autres pouvaient penser, y compris les quatre nouveaux. Ils pouvaient bien aller crier sur tous les toits que Kyrin Nielsen était devenu sentimental, il s'en moquait comme d'une guigne. Seule comptait la femme lovée contre lui, dont il sentait la chaleur, à travers leurs habits. Ses boucles entremêlées venaient lui chatouiller le menton. Ce n'était pas lui qui avait sauvé Enora, tel le preux chevalier qu'il était supposé incarner dans pareilles circonstances. Et il s'en fichait. Parce qu'elle était vivante.

— Oh ! J'ai l'impression d'être une héroïne de romance, s'esclaffa Saphia derrière eux.

Se retournant, Kyrin constata que Lukas avait procédé comme lui afin d'épargner la cheville de la journaliste.

— Je suis bien contente que tu ne puisses pas te transformer, chuchota Enora.

— Pour quelle raison ?

— Parce que sinon, en cet instant précis, Saph aurait une vue imprenable sur tes fesses !

Ce fut plus fort que lui : Kyrin explosa de rire.

Chapitre 31
Défis à venir

L'eau qui cascadait sur sa tête emportait avec elle les dernières traces de sa mésaventure. Chaque goutte entraînait la terre, la sueur, les larmes, bien sûr, mais cela allait au-delà. L'eau chassait la terreur, la sensation que l'odeur nauséabonde du Lébérou s'accrochait à chaque pore de sa peau, l'impression de lourdeur qui rendait ses membres si pesants. Les yeux fermés, Enora leva le visage pour l'offrir au jet, savourant le bonheur simple de se laver. D'être chez elle. En sécurité.

Elle avait attendu de se trouver dans la cabine et d'avoir ouvert le robinet pour laisser couler les dernières larmes. Kyrin semblait déjà si inquiet que la jeune femme n'avait pas voulu ajouter à son fardeau. Le connaissant, il devait se fustiger pour ce qui s'était produit. Lui faire rentrer dans le crâne que ce n'était pas sa faute relevait du défi impossible. Enora sourit : elle allait pourtant tenter de le relever. Pour commencer, elle devait évacuer les ultimes tensions, afin de lui offrir un visage détendu. Kyrin était sensible à ses humeurs. Si elle redevenait l'Enora joyeuse qu'il connaissait, elle parviendrait à le convaincre que tous ces événements appartenaient au passé. En coupant l'eau, la jeune femme réalisa que c'était déjà le cas. Elle n'oublierait jamais ce qui lui était arrivé, et sans doute ferait-elle des cauchemars dans lesquels le Lébérou la poursuivait, cependant, elle avait la certitude étrange qu'elle n'en serait pas traumatisée.

— Est-ce que tu te rends compte que ma légende va encore prendre de l'expansion ? lança-t-elle en retournant dans la chambre, où Kyrin l'attendait, les yeux rivés sur son portable.

Nul doute que les détectives demeurés sur place le tenaient informé de l'avancée de leur tâche, quelle qu'elle soit. Il se leva vivement pour venir à sa rencontre, la couvant d'un regard inquiet. Enora lui sourit, sereine et un rien mutine. Elle avait choisi un drap de bain rouge, ce qu'il ne pouvait manquer de remarquer.

— Ta légende ?

— D'après Brynhildr, je suis en passe de devenir une véritable célébrité dans votre petit monde. Beaucoup sont impressionnés de voir que je résiste aux Nielsen. Enfin, résister... J'ai résisté au charme de Lukas pour

355

mieux succomber au tien. Et voilà que je survis à deux rencontres avec le monstre de la pleine lune !

— Il n'y a pas là matière à plaisanter.

Enora réprima un soupir devant la mine sombre du jeune homme : dédramatiser la situation n'allait pas être une sinécure !

— Il n'y a pas non plus matière à se lamenter et à pleurer. Tout est bien qui finit bien.

Elle se coula dans ses bras. Ils en avaient besoin, l'un et l'autre. Kyrin l'étreignit sans mot dire. La sentir chaude et vivante contre lui avait un effet apaisant sur ses nerfs tendus à craquer.

— J'envisage de t'infliger quelques kilomètres de course et une vingtaine de pompes. Ça t'apprendra à faire le mur pour te jeter dans la gueule du loup, Chaperon Rouge.

Enora sourit contre son torse.

— Je demanderai à Lohan de m'accompagner. Avec un peu de chance, il acceptera de se retransformer en *Lung*. J'ai toujours rêvé de chevaucher un dragon, et ce rêve peut devenir réalité !

— Dans mon esprit, ta course devait se faire avec tes petits pieds, pas à dos de dragon.

— Ça t'apprendra à être plus précis dans le choix de tes mots, Grand Chef.

— De toute façon, Lohan ne peut pas se montrer au grand jour sous sa nature de dragon.

— Je ne suis pas montée à cheval depuis longtemps, fit

mine de réfléchir Enora.

Kyrin ne répondit pas à sa petite provocation. Il savait qu'elle prenait un malin plaisir à le contredire.

— En parlant de dévoiler sa nature au grand jour, reprit la jeune femme, je me demande comment ça se passe pour Saphia.

Lukas avait conduit la journaliste à la chambre d'amis désertée par Enora peu auparavant en attendant l'arrivée de Cybelle. Saphia les avait abreuvés de questions pendant le trajet, si bien que Lukas avait fini par lui raconter sans attendre leur retour à l'agence les grandes lignes des secrets des Nielsen. Il répondait encore aux questions de la jeune femme en l'emportant jusqu'à la chambre.

— Tel que je les connais, à mon avis, ces deux-là font des roulés-boulés sur le lit, rétorqua Kyrin, sans masquer son amusement.

— Ou sous la douche.

Ils pouffèrent de conserve. Enora songea que Saphia et Lukas n'étaient pas prêts de sortir de la chambre et qu'elle avait donc bien le temps de profiter de son homme. Avoir frôlé la mort vous ouvrait les yeux sur certaines choses. En l'occurrence, le danger auquel elle venait d'échapper avait conforté la jeune femme dans sa philosophie de vie : profiter de l'instant présent. Le présent, c'était Kyrin, tout contre elle. Enora laissa ses mains courir sur son torse, savourant la sensation des muscles bien dessinés à travers le pull qu'il portait. Les doigts de Kyrin, à leur tour, commencèrent à vagabonder sur son corps, repoussant le drap de bain, qui tomba à leurs pieds. Leur baiser fut enivrant, empreint de tous les mots qui se bousculaient en eux et qu'ils prononceraient sans doute plus tard, dans le feu de la passion.

— J'ai réussi, souffla Enora lorsque Kyrin abandonna ses lèvres.

— À me faire mourir de peur ? Je confirme, tu as réussi. Haut la main.

— À te faire rire.

Elle leva la tête pour croiser le regard de Kyrin. Sa main vint caresser la joue du jeune homme. Elle dessina le contour de sa bouche du bout de l'index.

— Je me suis juré de te faire rire un jour. Je ne pouvais pas mourir avant d'y être parvenue.

— Il est hors de question que tu meures avant plusieurs décennies. J'y veillerai personnellement.

Le ton péremptoire de Kyrin arracha un sourire à Enora. Il fallait tout le temps qu'il donne des ordres, même à la Mort en personne !

— Je ne compte pas tirer ma révérence trop vite, rassure-toi. J'ai encore beaucoup, beaucoup de choses à faire avec toi. Mon nouveau défi, par exemple, sera de te faire rire au moins une fois par semaine. Une fois que j'y serai parvenue, je tenterai le rire quotidien.

— Tu es comme toutes les femmes, bougonna Kyrin d'une manière peu crédible. Tu veux changer ton homme.

— J'aime ton côté protecteur et sérieux. Mais j'ai envie de te voir heureux. De te rendre heureux.

— Tu y parviens très bien. Et c'est une excellente nouvelle que tu ne cherches pas à changer autre chose, parce que je préfère te prévenir, c'est perdu d'avance.

— Autant demander à un loup de devenir végétarien, ricana la jeune femme.

— Il se trouve que le loup est affamé, affirma Kyrin en baissant la tête pour venir mordiller la zone sensible à la jonction du cou et de l'épaule. Il croquerait bien un Petit Chaperon rouge.

— Oh ! oui, soupira Enora. Croque-moi !

Elle songea furtivement que ce serait un autre défi à relever pour les décennies à venir : se faire croquer chaque jour par le Grand Méchant Kyrin. Puis elle ne pensa plus à rien.

***

Enora dormait à poings fermés. Nemo, au pied du lit, semblait veiller sur elle. Le museau posé sur ses pattes, il la couvait de son regard brun. Le chien leva la tête pour regarder Kyrin, comme pour lui signifier qu'il pouvait compter sur lui pour ne pas quitter Enora d'une semelle. Le jeune homme referma avec précaution la porte de la chambre avant de se diriger vers la cuisine familiale. Tout le monde était de retour, alors que l'aube pointait le bout de son nez. Fidèle à elle-même, Greta s'activait à la préparation d'un en-cas, secondée par speedy-Eliott, que leur course à travers la campagne bretonne n'avait pas fatigué. Sur ordre de Kyrin, les nouveaux avaient été invités à se joindre à eux. Cette nuit, ils avaient gagné le droit de se restaurer en famille. Qu'ils restent ou non dans l'équipe à terme n'avait aucune importance, en cet instant. Leur première affaire commune connaissait sa conclusion, chacun avait donné sans compter pour retrouver les deux femmes, sans rechigner, sans remettre les ordres en question, sans hésiter à se lancer à l'assaut du monstre.

— Le corps n'est plus un problème, annonça Érick.

— Nous avons nettoyé les lieux, ajouta Arzian. Si quelqu'un venait à s'égarer dans le coin, il ne trouverait aucun élément susceptible d'indiquer qu'il s'agissait de la tanière du monstre de la pleine lune.

— J'ai emporté les cœurs chez Sophie, reprit Greta. Elle saura quoi faire pour qu'ils reçoivent une sépulture digne et pour apaiser les âmes tourmentées des malheureuses à qui ils ont été arrachés.

Lorsqu'une personne périssait dans la violence et la peur, il arrivait que son âme demeure entre deux mondes. Certaines se contentaient d'errer, quand d'autres devenaient des esprits frappeurs.

— Les familles qui sont dans le secret seront informées de la conclusion de l'affaire, ajouta la vieille dame avec dans la voix un certain regret.

Pour les femmes que Carpentier avait attaquées par

erreur, ou celles dont la famille ne croyait pas au surnaturel, les proches ne sauraient jamais ce qui s'était réellement produit ni que le meurtrier ne tuerait plus jamais.

— Nous avons trouvé des dizaines de cahiers et carnets, en plus des grimoires de magie noire.

Tim poussa un petit cahier corné à travers la table pour que Kyrin puisse l'examiner.

— Carpentier tenait une sorte de journal, précisa le jeune homme.

— C'est illisible, constata Kyrin.

— Je n'ai eu que le temps d'y jeter un coup d'œil. Au milieu des élucubrations sans queue ni tête, il y a quelques éléments sensés. Apparemment, il n'était pas un Lycaon, juste un homme violent.

Lorie eut une moue déçue. Voilà qui lui apprendrait à ne pas foncer tête baissée dans la première hypothèse venue et à ne se baser que sur les faits, et rien d'autre.

— Malheureusement, reprit Tim, le sortilège de Julie Fleuriot ne l'a pas incité à s'amender, au contraire. Je pense qu'elle a sous-estimé sa malveillance. Il a cherché tous les moyens de lever la malédiction et a fini par tomber sur ce rituel lié à la pleine lune. C'était aussi l'opportunité pour lui de laisser libre cours à sa nature violente et de se venger des femmes, puisqu'elles étaient responsables, selon lui, de tous ses malheurs.

— Il vivait comme un ermite, ajouta Eliott. Le manque de sommeil dû à la malédiction lébérouesque, nuit après nuit, a fini de lui faire perdre tout sens commun.

L'invention du terme amena des sourires sur les visages las.

— Pas tant que ça, rectifia Lukas. Il a été assez malin pour concevoir un plan ingénieux et piéger Saphia et Enora de telle sorte qu'il pouvait accomplir le rituel jusqu'au bout.

Quelques grincements de dents se firent entendre : il allait leur falloir du temps pour digérer le fait qu'ils n'avaient pas su anticiper les actes de Carpentier.

— Nous tirerons les leçons de tout ça plus tard, à tête reposée, décréta Kyrin en se levant. Il y en a une, cependant, que nous pouvons dès à présent noter : cette nuit, nous avons travaillé en équipe avec une rare efficacité. Chacun a démontré qu'il tenait sa place et que l'on pouvait compter sur lui dans les situations tendues.

Il observa chacun des nouveaux détectives pour leur faire comprendre combien il leur était reconnaissant de leur investissement et récolta quatre signes de tête en retour. Son regard dériva sur Lorie, qui bâillait à s'en décrocher la mâchoire. La jeune fille lui adressa un petit sourire pour lui signifier qu'elle avait reçu le message. Il se tourna ensuite vers Lohan. Le panda roux était enroulé sur les cuisses de son père, dans une posture détendue.

— Quant à toi, Lohan, nous aurons des choses à nous dire. Ton père et moi allons discuter de ta punition.

Si Lohan, grâce à son initiative et son courage, avait

permis de sauver Enora et Saphia, il n'en avait pas moins quitté la maison en catimini, sans prévenir personne. Il ne lui était pas venu à l'esprit d'appeler au secours. Comme Lorie quelques semaines plus tôt, il semblait nécessaire à Kyrin de lui apprendre à se tourner vers les autres, d'autant qu'il n'était qu'un petit garçon, encore. Un petit garçon capable de prendre l'apparence d'une créature puissante, mais un petit garçon tout de même. Et auquel tous tenaient. Ils avaient eu peur pour lui, Lohan devait le comprendre.

— Allez vous coucher, conclut Kyrin. Je m'occupe de l'agenda pour décaler un maximum de choses afin de nous laisser la matinée libre, autant que possible.

— On est bien d'accord que je ne vais pas en cours ? glissa Sören.

— Pour ce que ça changera à tes résultats, bougonna Érick.

L'adolescent leva un poing victorieux.

Chapitre 32
Petites confidences entre amies

Non, vraiment, Lukas et lui n'avaient pas du tout les mêmes goûts. Kyrin regardait Saphia aller et venir dans la cuisine. Malgré une nuit écourtée, la journaliste tenait une forme olympique. Avec son aplomb habituel, elle était venue tambouriner à la porte de l'appartement, tirant Kyrin et Enora du sommeil. Kyrin avait eu beau grogner, il avait fini par s'extirper du lit, rappelé à ses devoirs. Même si Lukas s'était chargé des explications, en tant que chef, il tenait à s'assurer que tout était bien clair pour la journaliste.

— Je n'arrive pas à y croire !

C'était au moins la quarantième fois que Saphia prononçait cette phrase. Elle avait pourtant eu toute la nuit pour se faire à l'idée que les créatures surnaturelles existaient et que les Nielsen étaient des métamorphes.

Kyrin plongea le nez dans son mug de café, savourant l'arôme de la boisson en attendant que l'ouragan Saphia s'apaise. Il commençait à douter que cela puisse se produire. Un coup d'œil en direction de son frère lui apprit que ce dernier s'amusait beaucoup.

— Tu es une sacrée cachottière ! Je n'ai pas eu le moindre soupçon !

Comme cela n'appelait aucune réponse particulière, Enora resta silencieuse et se contenta de sourire à son amie, qui la pointait d'un index se voulant vindicatif.

— Je suis choquée, vraiment. Où est passée la Nora qui ne sait pas garder un secret ? Sören qui prend la place de Nemo, qui fait fuir ces abrutis, et toi qui m'affirmes les yeux dans les yeux que c'est à cause des nouvelles croquettes ! Je n'arrive pas à y croire.

Ah ! Une de plus. Entendant son nom, le labrador leva la tête. La journaliste lui jeta un regard et se renfrogna en constatant que même le chien semblait rire. Elle l'observa avec suspicion, se demandant visiblement s'il n'y avait pas encore anguille sous roche.

— Les yeux dans les yeux, insista la journaliste d'un ton accusateur en prenant les deux frères à témoin. Quand nous avions six ans, Enora a cassé un cadre photo, chez mes parents. On l'a rafistolé avec de la colle, vite fait, bien fait. Ce truc prenait la poussière dans la chambre d'amis, de toute façon, personne ne s'en serait aperçu. Eh bien ! À l'heure du goûter, elle a tout déballé en pleurant à ma mère, tellement elle se sentait coupable. Et là, je découvre que tu m'as menti.

— Les yeux dans les yeux, acheva l'intéressée avec un grand sourire.

Kyrin songea qu'il faudrait qu'il demande à Enora de lui montrer des photos d'elle enfant. Il l'imaginait très bien, toute mignonne avec des couettes.

Saphia s'immobilisa enfin.

— C'est génial ! s'exclama-t-elle dans un grand éclat de rire.

Parlait-elle de la nouvelle compétence d'Enora en matière de mensonge ou de ses découvertes surnaturelles ? Le doute était permis.

— La fourrure de panthère, c'est mieux qu'une couette, affirma la journaliste. Ça tient chaud et c'est tout doux. En plus, on a la fonction « vibration », c'est très apaisant. Je devrais peut-être adopter un chat ?

Elle n'avait pas fait assez usage de cette fonction, vu la façon dont elle tournoyait dans la cuisine. Pire qu'Eliott ! S'il avait encore eu le moindre doute, voilà qui confirmait à Kyrin où son frère avait dormi cette nuit.

— Par contre, vous devez passer votre vie à ramasser les poils.

Enora recracha sa gorgée de café. Kyrin n'était pas loin d'en faire autant, et il ne dut qu'à sa discipline de ne pas réagir aussi violemment à la remarque désopilante de Saphia. Très pragmatique. Et pas tout à fait faux, il fallait le reconnaître.

— Ce n'est pas un jeu, intervint finalement Kyrin.

Il était heureux de la voir accueillir la nouvelle avec autant de naturel, toutefois, il la trouvait un peu trop enthousiaste. À croire qu'elle avait déjà occulté l'épouvantable expérience dont elle sortait tout juste.

— Monsieur Trop Sérieux est de retour, se moqua la journaliste.

Elle ne semblait pas impressionnée pour deux sous par les explications qu'ils lui avaient données et qui mentionnaient pourtant très clairement que Kyrin était le chef craint et respecté. Il fallait se rendre à l'évidence : Enora d'abord, Saphia ensuite, n'étaient pas comme les autres. Après le Lébérou, toutefois, n'importe qui aurait fait pâle figure.

Saphia recouvra son sérieux et condescendit enfin à s'asseoir.

— J'ai bien compris ce que vous m'avez révélé et ce que ça implique. Je ne vais pas me mettre à écrire des articles sur vous ou sur les surnaturels. Le folklore, c'est sympathique, les légendes font partie du patrimoine commun et les gens aiment les découvrir ou les redécouvrir, mais ce serait le chaos si soudain, on s'apercevait que les monstres existent pour de bon. Je sais qu'un autre monde cohabite avec celui des humains, je vais pouvoir apprendre plein de choses, ça me suffit.

Elle fit une petite moue espiègle.

— Et puis maintenant, je suis journaliste pour un grand hebdomadaire parisien, ça ne ferait pas sérieux de clamer partout que j'ai croisé des créatures surnaturelles. Autant annoncer que je crois aux extraterrestres.

Cette fille avait la tête sur les épaules, en dépit de son caractère bouillonnant.

— Mais j'y pense...

Saphia se pencha vers Kyrin et Lukas.

— Est-ce que les extraterrestres existent ou non ?

***

Enora ne fut pas étonnée quand, après le petit-déjeuner, Saphia l'entraîna d'office jusqu'à sa chambre pour une conversation entre filles. La jeune femme ne se rappelait que trop combien elle avait été heureuse d'avoir Lorie, lors de ses multiples découvertes. Par ailleurs, partager son secret avec sa meilleure amie, ne plus avoir à mentir – les yeux dans les yeux ou par simple omission – était un réel soulagement.

Elle s'attendait à ce que Saphia remette en route le moulin à paroles. La jeune femme fut surprise de constater qu'un silence s'instaurait tandis qu'elles prenaient place sur le lit, comme lors de leurs soirées pyjamas d'adolescentes.

— J'ai eu la peur de ma vie, cette nuit, avoua Saphia.

Leurs mains se trouvèrent et se nouèrent, comme dans cette cave où elles avaient pensé leur dernière heure venue.

— Quand je me suis rendu compte que je t'avais

perdue, dans ces buissons...

Saphia secoua la tête.

— J'étais tellement prise par le côté amusant et décalé de mon enquête sur ce fameux « loup-garou » que j'en ai oublié la dangerosité de ce monstre, qu'il soit humain ou non. Et nous avons failli mourir toutes les deux.

— Mais nous avons survécu.

Elles échangèrent un long regard empli d'émotion. Amies depuis l'enfance, elles avaient toujours tout partagé, mais l'expérience qu'elles venaient de vivre les souderait à jamais.

— Oui. Nous sommes les plus fortes, conclut Saphia avec un clin d'œil, retrouvant sa malice.

Elles s'adossèrent aux oreillers pour pouvoir papoter confortablement.

— Des changeformes... Je t'assure que je n'en menais pas large quand Lukas s'est transformé en panthère pour me prouver qu'il ne se payait pas ma tête.

— De quoi te plains-tu ? Moi, j'ai eu droit à Sören en méchant ours polaire au milieu du couloir !

— Raconte ! s'esclaffa la journaliste.

Alors, Enora lui narra toutes les péripéties de ces dernières semaines, de son arrivée au standard de *Nielsen Investigations* à sa première rencontre avec le Lébérou, de son emménagement provisoire chez les Nielsen à son installation permanente dans l'appartement de Kyrin. Ses découvertes, surprises, questionnements. Elle ne cacha rien, surtout pas ses sentiments pour Kyrin. C'était la première fois que la jeune femme avait l'occasion de se pencher sur tout ce qui lui était arrivé en l'espace de deux mois, et l'avalanche d'événements et nouveautés dans sa vie la frappa. Pour une femme qui avait toujours eu un quotidien plutôt calme, pour ne pas dire d'une banalité affligeante, le Destin semblait avoir décidé de faire une petite séance de rattrapage ! Travail, amitiés, amour, c'était un vrai tourbillon.

— Je n'ai aucun regret, conclut Enora avec un sourire serein.

— C'est l'essentiel.

Saphia tourna la tête pour l'observer. Pour une fois, son amie était calme et surtout, elle la regardait avec une attention soutenue. C'était une facette d'elle-même que la journaliste ne dévoilait que rarement, préférant son personnage de femme fatale extravertie.

— Je ne pourrais pas vivre avec un homme aussi rigide que Kyrin, mais je suis d'avis qu'il est parfait pour toi.

— Il n'est pas si rigide que ça !

— Avec toi, il se montre tolérant. Tu as un effet bénéfique sur lui.

— Si ça peut te rassurer, à mon avis, il pense la même chose à ton sujet : vous n'êtes pas faits l'un pour l'autre !

Enora, taquine, donna un petit coup de coude à son amie.

— Lukas, en revanche...

— Il est parfait pour moi, c'est une évidence ! s'esclaffa Saphia. Mais pour une relation sans attaches, pas pour quelque chose de durable. Nous nous ressemblons trop.

— En es-tu sûre ?

Ce fut au tour d'Enora de scruter son amie. En temps normal, Saphia aurait rebondi sur sa propre remarque sur les attaches pour mentionner des menottes ou autres détails croustillants de ce genre.

— Nora, on parle de Lukas, le joli cœur, et de moi, la fille qui papillonne. Et je pars bientôt pour la capitale, pour des années, probablement. Une relation longue distance, c'est déjà compliqué à gérer, mais avec des personnalités indépendantes comme les nôtres, c'est carrément mission impossible. Je ne dis pas qu'on ne remettra pas le couvert si l'occasion se présente, mais sans contrainte. La bague, le « pour toujours » et tout le tralala, ce n'est pas pour nous.

— Dommage. J'aurais adoré t'avoir pour belle-sœur. Et j'aimerais bien voir Lukas heureux aussi.

— Enora l'entremetteuse, se moqua gentiment la journaliste. Tu vas également chercher à exercer tes talents sur Arzian, telle que je te connais.

— Il n'est pas prêt, rappela la jeune femme.

— Lukas non plus !

Saphia éclata de rire.

— Tu vas me manquer, soupira Enora en posant la tête sur l'épaule de son amie.

— Tu pourras venir me voir. On fera la tournée des clubs branchés de Paris, on boira des Mojitos et on fera les magasins. Enfin... si Grand Chef t'y autorise !

— Ah ! J'aimerais voir ça ! fit mine de s'offusquer Enora. Il grognera sans doute un peu, mais il finira par accepter, ne t'en fais pas. Surtout si j'évite de mentionner les clubs branchés !

— Mais c'est que tu prends goût au mensonge et à la dissimulation !

— Je n'aurai rien à dissimuler puisque nous n'irons pas dans les clubs branchés, rectifia Enora avec malice. Tu sais que je n'aime pas ça, de toute façon.

— Bon. Ce sera donc shopping et Mojito.

Un programme des plus alléchants !

Chapitre 33

En famille...

Enora fit un bond en arrière sous le coup de la surprise, tandis qu'un flot de serpentins et de confettis lui tombait sur la tête. Elle éclata de rire en découvrant les Nielsen au grand complet réunis dans le salon familial. Saphia porta une sarbacane à ses lèvres et souffla une boule dans sa direction, la ratant largement.

— Joyeux anniversaire ! clamèrent-ils en chœur.

Voilà qui expliquait pourquoi elle avait trouvé la cuisine déserte, quelques instants plus tôt, ce qui n'avait pas manqué de la surprendre, connaissant les habitudes de ces gros gourmands. Un peu perplexe, la jeune femme s'était mise à leur recherche. Pas un bruit n'émanait du salon, aussi n'avait-elle passé la tête que par acquit de conscience, sans s'attendre à y dénicher quelqu'un. Erreur !

— Je vous préviens, fit Enora en retirant un serpentin de son épaule, je ne ferai pas le ménage après ! Les cotillons, c'est l'enfer à nettoyer !

— Ne t'en fais pas, intervint Sören, c'est Lohan qui s'y collera. Ce sera sa « punition » pour être sorti sans avertir personne.

Une punition symbolique, songea la jeune femme en secouant la tête pour en déloger une pluie de confettis. Elle avait plaidé la cause de Lohan auprès de Kyrin et Arzian, arguant que le petit avait paré au plus pressé et fait preuve d'un bel esprit d'initiative. Tout comme elle ! Apparemment, elle avait été entendue, même si les deux frères souhaitaient malgré tout marquer le coup. Soudain, elle aperçut une tête, derrière Arzian. Elle se figea une nouvelle fois, stupéfaite.

— Lohan ?

Caché derrière les autres, un petit garçon lui souriait.

— Lohan ! Petit chenapan ! s'exclama la jeune femme en se précipitant pour le serrer dans ses bras. Je suis ravie de faire enfin ta connaissance, ajouta-t-elle en reculant.

Il avait voulu lui faire plaisir pour son anniversaire, lui expliqua-t-il. Enora se sentit fondre devant cette bouille adorable qui n'avait rien à envier au mignon panda roux.

Il avait grandi par rapport aux photos qu'Arzian avait montrées à Enora. Ses cheveux noirs et fins, trop longs, auraient mérité une bonne coupe. En y regardant de plus près, la jeune femme constata que les vêtements que l'enfant portait étaient trop petits.

— Nous allons faire les magasins, aujourd'hui, annonça Arzian, dont seuls les yeux brillants révélaient l'émotion qui l'étreignait.

— Je ne suis plus là ! cria Lorie, faisant mine de bondir pour se sauver.

Le rire silencieux de Lohan salua la plaisanterie. C'était un bel enfant aux traits fins, dont les yeux noirs en amande trahissaient son métissage eurasien. Il semblait à l'aise, comme si ce n'était pas la première fois qu'il reprenait sa forme humaine depuis plusieurs mois, au milieu des membres de sa famille récemment rencontrés.

— Ensuite, nous irons inscrire Lohan à l'école, ajouta Arzian.

— C'est fantastique, approuva Enora.

Comment la vie pouvait-elle passer ainsi du cauchemar absolu au Paradis sur Terre ? Deux jours plus tôt, elle avait failli mourir, aujourd'hui, elle fêtait son anniversaire, entourée des gens qu'elle aimait.

— Passons aux cadeaux, annonça Sören.

— Il est pressé de manger le gâteau, s'amusa Lorie.

Enora ouvrit de grands yeux en apercevant les paquets amoncelés dans un coin de la pièce, qu'elle n'avait pas remarqués jusqu'à présent. Ils s'étaient surpassés tous autant qu'ils étaient !

Le foulard de soie teint à la main de Greta, la jolie barrette fabriquée par Érick ou encore le coffret à pâtisserie de Lorie – « Et sinon, c'est moi le goinfre de la famille, hein ? » ironisa Sören en découvrant le cadeau –, furent autant de belles surprises qui touchèrent la jeune femme. L'ensemble de statuettes en bois représentant divers animaux – parmi lesquels figuraient tous les animaux dont les Nielsen prenaient l'apparence, jusqu'au panda roux – ne pouvait provenir que d'Arzian.

— C'est toi qui les as sculptées ? s'enquit Enora en tournant entre ses doigts les figurines, s'émerveillant des détails.

— L'atelier regorge d'outils.

Tout le monde parut surpris. Les regards se portèrent sur Érick, qui ne réagit pas. Son atelier et ses outils étaient chasse gardée, et seuls quelques privilégiés obtenaient l'autorisation d'y toucher, en de rares occasions. Il ne décrochait toujours pas une parole à Arzian, mais qu'il ait accepté de le laisser utiliser son matériel était plutôt encourageant.

— Tu es doué. Vraiment doué.

Sören, découvrit Enora, avait opté pour des marque-pages à gratter. Elle avait un jour mentionné son envie de tester cette technique, pour changer de ses coloriages, et le rusé renard avait retenu l'information, qui remontait pourtant à un bon moment.

Le clou du spectacle fut sans nul doute le chevalet que Kyrin tira de derrière la porte, où il avait été caché, tandis que Tim lui apportait le coffret contenant le nécessaire à aquarelle et les livres destinés à aider l'apprentie peintre.

— Oh ! C'est formidable !

Mutine, Enora se tourna vers Kyrin.

— Nous pourrons accrocher mes œuvres dans le salon et la chambre, pour décorer un peu ces murs blancs tout tristes.

Kyrin ne manifesta pas son horreur, mais le masque imperturbable qu'il conserva en dépit de ce qui l'attendait provoqua une cascade de rires.

— Nous pourrons aussi en mettre dans le couloir, histoire que tout le monde en profite.

Sa suggestion fut accueillie par des grimaces plus ou moins discrètes. Apparemment, personne ne voyait en elle la Camille Claudel du XXIe siècle.

— Mon deuxième cadeau tombe à point, fit remarquer Sören en tendant ce qui, de toute évidence, était un livre.

— *L'Aquarelle pour les Nazes ?* lut Enora après avoir défait l'emballage.

— Crois-moi, tu vas en avoir besoin, ricana le plaisantin. C'est une super collection !

— Je te réserve ma première œuvre, à accrocher fièrement bien en vue dans ta chambre, annonça Enora. Je me chargerai personnellement d'en faire la présentation à tes copains quand ils viendront à la maison. Et à tes copines, bien sûr.

Kyrin ne s'était jamais senti aussi heureux qu'en cet instant. Voir les siens rire et plaisanter était un spectacle dont il ne se lassait pas. Et qu'Enora ait su trouver sa place au milieu de leur petite meute constituait un bonheur inespéré. Dire que quelques semaines plus tôt, il lui avait ordonné de prendre ses affaires et de décamper ! Aujourd'hui, il n'imaginait plus se passer de son Petit Chaperon rouge.

— Pourquoi ne nous montres-tu pas le cadeau de Saphia ? s'enquit Greta avec un sourire de requin.

— C'est à dire que..., balbutia Enora en rosissant.

Elle s'empressa de se saisir de la boîte, qui portait le logo d'une enseigne de lingerie de luxe, pour la mettre en sécurité, à savoir loin des mains fureteuses et des yeux trop indiscrets. La jeune femme l'avait juste entrouverte, ce qui avait permis à Kyrin d'apercevoir un flot de dentelle arachnéenne rouge. Elle avait estimé plus prudent d'en rester là pour le moment. Il était curieux de voir ce que Saphia avait jugé bon d'offrir à son amie. La connaissant...

— Parce que c'est uniquement pour Kyrin, décréta Saphia, volant au secours de son amie.

Ou pas. La journaliste fit un clin d'œil coquin au compagnon de son amie.

— Je vois, fit mine de se fâcher Enora. C'est mon anniversaire, mais le cadeau est pour Kyrin.

— Je suis sûre qu'il sera enchanté de le déballer, affirma l'incorrigible chipie.

— J'aime bien tes pyjamas licornes et tes chaussons-pandas, souffla Kyrin à l'oreille d'Enora. Mais je te préfère encore sans rien.

Des sifflets accueillirent sa déclaration, pourtant proférée à voix basse, signe que les autres fouines n'avaient aucun scrupule à tendre l'ouïe.

Tandis que Lukas et Eliott, à leur tour, lui apportaient leurs cadeaux, le jeune homme vit que Lohan et Érick se regardaient, comme s'ils étaient plongés dans un échange muet. Le patriarche observa l'enfant, sourcils froncés, avant de hocher la tête, comme en réponse à une question. Le garçon sauta de sa chaise et emboîta le pas au vieil homme.

— On parie que le vieux va craquer ? chuchota Sören.

— Ça ne te dérange pas de rendre ta couronne de petit dernier choyé ? le taquina Eliott.

— Choyé, choyé... Faut pas exagérer, quand même ! J'ai plutôt l'impression d'être le souffre-douleur, dans cette famille.

Des moues dubitatives accueillirent sa déclaration.

— Mais je suis bien content de ne plus être le plus jeune. Vous allez enfin arrêter de me traiter comme un gosse.

— Rien n'est moins sûr.

Eliott ébouriffa les cheveux de son cadet, qui grogna en repoussant la main fureteuse.

— Si tu le paies assez cher, Lohan acceptera peut-être de remplacer Nemo, lança Enora d'un air innocent.

— J'ai l'impression que j'ai manqué un épisode, fit Lorie, curieuse, tandis que les jumeaux et Arzian ricanaient et que Sören se renfrognait.

— Pour draguer les filles, révéla Eliott.

Les sourcils de sa cousine se haussèrent. Elle garda le silence, mais la façon dont elle pinça les lèvres en toisant les garçons en disait long sur ce qu'elle pensait de cette méthode. Kyrin était à peu près sûr qu'en cet instant, la jeune fille visualisait les fois où elle-même s'était attendrie sur un animal et avait parlé à son maître... Sören ne comptait toutefois pas se laisser taquiner sans réagir.

— Alors d'une : je ne drague pas. Je charme, je séduis.

— Vaut mieux entendre ça qu'être sourd ! s'esclaffa Lorie.

— De deux, reprit Sören en se levant, drapé dans une dignité hautaine qui masquait mal son air rusé, je ne vois pas pourquoi je paierais Lohan alors que Nemo, lui, ne me coûte rien.

Le culot de ce garçon ne cesserait jamais de surprendre Kyrin !

— Enora, il va falloir qu'on te coache, annonça Eliott en passant un bras autour des épaules de la jeune femme. Tu te fais arnaquer en beauté. Il faut que tu lui loues ton chien.

— Facture à l'heure, ajouta Tim.

— Est-ce que je fais payer Enora pour le dogsitting ? énonça Sören. Absolument pas ! Nous sommes quittes.

Le retour de Lohan et Érick détourna l'attention générale. Ils portaient, avec d'infinies précautions, un charmant gâteau orné de bougies. Vingt-huit, très probablement, songea Enora.

— Qui a fait cette petite merveille ? demanda-t-elle en admirant le travail de pâtisserie.

— J'ai passé une commande spéciale *Chez Nina*. Comme nous sommes partis avant le dessert, l'autre soir, je me suis dit que ce serait l'occasion de goûter à une œuvre de Nina.

Ravie de cette attention, Enora se percha sur les genoux de Kyrin tandis que Lorie allumait les bougies.

— C'est presque dommage de devoir le manger. Il est tellement beau ! soupira la jeune femme.

— Si tu ne veux pas de ta part..., tenta Eliott.

— Si tu crois que je vais te la laisser, tu rêves, mon coco !

Tandis que tout le monde s'égayait dans la pièce pour déguster sa part tout en discutant avec animation, Kyrin vint prendre place près de Greta et Érick, qui s'étaient installés un peu à l'écart. Deux patriarches contemplant la jeune génération. Un jour, Enora et lui occuperaient peut-être cette place, qui sait ?

— Les prédictions de Sophie se réalisent toujours, se vanta la vieille dame. Elle avait raison, une fois de plus, en me disant que l'arrivée d'Enora parmi nous serait bénéfique. Surtout pour toi, ajouta-t-elle d'un ton plus doux en tapotant la main de son petit-fils.

Pour une femme comme Greta, pareil geste équivalait à un énorme câlin de la part d'une autre.

— Je n'aurais pu rêver mieux que cette petite, pour toi.

— Moi non plus, affirma Érick.

— Ne va pas non plus t'approprier ma réussite, Bachi-bouzouk ! Je ne partage pas les lauriers ! Si ça n'avait tenu qu'à toi, espèce d'ectoplasme, Kyrin serait toujours célibataire et nous aurions encore vu passer trois filles au standard depuis le départ de Solena.

— Sonia, rectifia Érick d'un air supérieur.

— Ça commence par So et ça finit par a, rétorqua Greta avec une mauvaise foi pleine de mépris.

— Tonnerre de Brest ! Fumisterie que tout ça !

Ah ! À présent, ils piochaient dans les expressions imagées du Capitaine Haddock pour se moucher l'un l'autre. Il y avait fort à parier que les « mille millions de mille sabords » et autres « moule à gaufres » allaient fuser dans les jours à venir. C'était bon de voir qu'en dépit de tous les changements de ces derniers temps, l'essentiel demeurait.

Épilogue

Eliott parcourut le document qu'Enora venait de lui tendre par-dessus le comptoir.

— Collision avec un sanglier ?

— Ça me semble plus crédible que « voiture détruite par un troll des forêts en colère ».

— C'est juste. Mais c'est tellement banal, un sanglier...

— Il n'y a pas beaucoup de choix, dans la région. Les animaux exotiques ne courent pas les rues.

Le rictus de Geek fit prendre conscience à Enora de sa bévue. Elle éclata de rire.

Après le départ du jeune homme, Enora archiva les rapports d'enquêtes de Brynhildr et Joshua, avant d'ajouter à la base de données toutes les informations qu'Eliott avait rassemblées sur les trolls en général, et les trolls des forêts en particulier. Il ne tarderait sans doute pas à lui apporter un de ses brouillons cryptiques censés lui servir de support pour le transformer en un compte-rendu professionnel. Elle papota au téléphone avec Olga tout en tapant le dernier rapport de Lorie, annonça à une certaine Ornella à l'accent italien chantant que Lukas suivait un entraînement intensif en vue d'intégrer la Légion étrangère et réserva une chambre d'hôtel pour Tim, qui se trouvait en ce moment quelque part du côté de Lyon, sur les traces d'un mystérieux voleur de bijoux. Dire qu'elle avait craint de s'ennuyer ! C'était le contraire qui se produisait. Elle n'avait même plus le temps de s'occuper de ses chers marque-pages. Comme une accalmie se profilait, Enora s'empressa de sortir sa trousse pour assouvir son envie de coloriage, non sans envoyer un SMS à Saphia pour savoir comment se passait son emménagement à Paris.

Kyrin la trouva concentrée sur son activité. Il remarqua aussitôt le tableau bariolé qui ornait le mur, juste derrière la jeune femme. Il était encore plus affreux que le précédent. Quand Enora avait émis l'idée d'exposer ses œuvres dans les bureaux, tous avaient réprimé une grimace. Les regards s'étaient tournés vers Kyrin. Le message était clair : c'était lui qui avait eu l'idée saugrenue d'offrir à Enora ce coffret d'aquarelle, à lui de résoudre le problème. Il avait négocié qu'un seul tableau soit exposé dans le hall d'accueil. Enora, à force de gâteaux et autres sourires charmants, avait réussi à convaincre tous les détectives d'accrocher une de ses œuvres dans leur bureau. Chacun s'était arrangé pour la placer de façon à ce qu'on ne la voie pas trop. La palme revenait à Eliott, qui avait tout simplement empilé des manuels rébarbatifs sur l'informatique juste devant, masquant les trois quarts de la toile. Comme Enora produisait de nouvelles croûtes à un rythme effréné et que Kyrin était resté ferme sur la notion de tableau unique au standard, elle avait contourné le problème : elle changeait régulièrement la toile exposée. De toute évidence, *La Peinture pour les Nazes*, qui promettait des progrès éblouissants en un rien de temps, avait trouvé ses limites avec Enora.

— Je commence une série thématique, annonça fièrement la jeune femme en désignant sa nouvelle œuvre. Les contes !

Kyrin devina la question qu'elle allait lui poser avant même qu'elle rouvre la bouche.

— À ton avis, lequel est-ce ?

Il contourna le comptoir et se planta devant la toile, détaillant les taches de couleurs qui la parsemaient. Un mélange de verts et de bruns couvrait la surface, ponctué d'un petit truc rouge et d'un autre, plus gros, noir.

— Le Petit Chaperon rouge.

— Tu as trouvé !

Pour contempler le sourire radieux d'Enora, Kyrin aurait été prêt à subir une invasion de peintures hideuses. Il se gardait bien de le dire, de peur qu'elle le prenne au mot. Enora savait qu'elle n'avait aucun talent, mais cela ne l'empêchait pas de persévérer, parce que cela l'amusait.

— Je m'améliore, alors.

— Pas vraiment.

— Lukas, au moins, fait l'effort de tourner une phrase qui ne l'engage à rien.

— Le Petit Chaperon rouge, je préfère l'embrasser, rétorqua le jeune homme en l'attrapant pour un baiser langoureux.

— Bonne réponse, souffla Enora lorsqu'il la libéra.

— Le cliché du patron et de sa secrétaire a du bon.

La sonnerie du téléphone les interrompit. À regret, Enora s'écarta pour décrocher. Kyrin vit ses sourcils se hausser et sa bouche s'arrondir tandis que son interlocuteur parlait.

— Oui, bien sûr. Jeudi prochain, à quinze heures, si cela vous convient. L'un de nos agents peut se déplacer à votre domicile, si vous préférez.

Elle prit quelques notes, confirma le rendez-vous avant de raccrocher.

— Tu ne vas pas me croire ! s'esclaffa-t-elle. Constance Merridec engage *Nielsen Investigations*. Elle soupçonne Elmer de continuer ses frasques et veut constituer un dossier en vue d'un futur divorce.

— J'ai bien envie de dire qu'il n'aura que ce qu'il mérite, mais c'est grâce à lui que tu as rejoint l'agence.

— Je pensais charger Lukas du rendez-vous pour la signature du contrat, puisqu'elle préfère se déplacer, et mettre Sören sur la filature. Les vacances d'été commencent et il m'a demandé de lui réserver quelques affaires pour se faire un peu d'argent de poche. Au moins, avec Elmer, ce sera une enquête facile et sans danger !

Kyrin était prêt à parier que ce n'était pas le genre de dossier qu'espérait obtenir son petit frère, mais Enora continuait à bichonner les Nielsen. Elle avait étendu ses bons soins aux quatre nouveaux. Car Conrad n'avait pas encore quitté le navire, sans doute retenu par les gâteaux de la jeune femme.

— Au fait, maman nous invite à dîner samedi soir. Elle veut nous présenter son nouveau Jules.

— Elle nous l'a présenté le mois dernier.

— Non, ça, c'est l'ancien Jules. Là, il s'agit de son nouvel amoureux.

— Et il s'appelle Jules aussi ?

— Oui !

Ils éclatèrent de rire. Marianne s'était entichée de son gendre. Jamais elle n'avait autant cherché à voir sa fille ! Elle insistait sur le fait que l'invitation incluait Kyrin. Elle passait les soirées à chanter les louanges du jeune homme, s'assurant avec un manque total de diplomatie qu'Enora ne commettrait pas l'erreur de le laisser lui filer entre les doigts. Comme si cela risquait de se produire ! Kyrin était un loup, après tout. Et les loups choisissaient une seule et unique compagne de vie.

Le téléphone interrompit le cours de ses pensées. Avec

un sourire, le jeune homme gagna son bureau, tandis qu'Enora répondait.

— *Nielsen Investigations*, j'écoute...

Bonus

Bonus 1

Scrabble

Les regards atterrés des Vieilles Sorcières contemplaient les lettres que Sophie venait de poser sur le plateau. Il était rare que leur petit groupe soit aussi silencieux. La salle commune de la maison de retraite était plutôt habituée aux éclats de voix entre les trois résidentes, Simone, Lucette et Jeanine, et leurs amies qui venaient les voir chaque semaine pour jouer au Scrabble et tricoter.

— Azilis, mot compte double qui compte double, annonça sereinement la vieille dame.

Elles aimaient se lancer des défis en inventant de nouvelles règles. Leur préférée consistait à placer des mots du corps humain, ou des termes médicaux. Ce jour-là, cependant, Sophie avait proposé une nouvelle variante.

— Bien sûr, doubler le score chaque fois que nous arrivons à placer le prénom d'un membre de notre famille ne pouvait qu'avantager Sophie : il y a une multitude de X, Y et autre Z chez les Kergallen !

approuva Jeanine avec une petite grimace.

— Moi, cette règle me plaît bien.

Greta, impériale, plaça à son tour plusieurs lettres, formant le prénom de l'un de ses petits-fils, Arzian. Lucette grogna de frustration.

— Pourquoi mon fils a-t-il eu l'idée d'appeler ses enfants Léo, Marie et Line ? Pas une seule lettre intéressante, là-dedans !

— Et moi donc ! renchérit Simone. Aurélia, Louise, Paul, Emma et Anna ! Paul a failli s'appeler Enzo, ça compte, non ? ajouta-t-elle avec mauvaise foi.

— Mon fils s'appelle Jacques, ricana Jeanine. J'ai été bien inspirée le jour où j'ai choisi ce prénom !

— Encore faut-il que tu aies les lettres nécessaires et que tu arrives à le placer, ironisa Greta en inscrivant son score. Oh ! fit-elle en regardant les lettres qu'elle venait de piocher. Le K !

— Bien sûr, tu vas réussir à nous placer Lukas.

Simone ne masquait pas sa contrariété. Elle était la reine incontestée du Scrabble et voir la victoire lui échapper lui déplaisait au plus haut point.

— J'ai aussi l'Y, informa aimablement Greta. Kyrin va peut-être me permettre de vous battre à plates coutures, mes chéries.

— Marzhin. Kieran. Rowan. Korenn. Kalan. Cyrielle. Cybelle..., susurra Sophie avec malice. Je ne compte pas te faciliter la tâche, ma chère amie !

— Si nous vous dérangeons, nous pouvons aussi vous

laisser jouer toutes les deux, proposa Lucette.

— Xavier, déclara une Jeanine fière comme un coq en dévoilant le mot qu'elle venait de poser.

— Tu n'as pas de Xavier dans ta famille, opposa Lucette, qui n'avait pas l'intention de se laisser distancer.

— Mon cousin d'Amérique au troisième degré s'appelle Xavier.

— Menteuse.

— Prouve-le.

L'arrivée d'Alexandra, l'aide-soignante, interrompit ce qui s'annonçait comme une dispute épique entre les deux vieilles dames.

— Vous avez changé vos règles ? remarqua la jeune femme en contemplant le plateau de jeu.

— Lexie !

Le cri de joie de Simone fit se retourner quelques têtes. Triomphante, la vieille dame plaça ses lettres, avant de tapoter la main de l'aide-soignante.

— Mot compte double, décréta Simone. Lexie est comme un membre de la famille, non ?

Les autres firent mine de réfléchir, avant de hocher la tête. L'avantage d'édicter leurs propres règles, c'était qu'elles pouvaient les modifier comme elles l'entendaient. Simone adressa un sourire carnassier à Greta et Sophie : elle était à nouveau dans la course...

Bonus 2

De fil et d'aiguille

Saphia contempla d'un air dépité le résultat de ses efforts. Simone renifla avec dédain.

— Tu as deux mains gauches, ma fille.

— Sans blague, marmonna la journaliste en reposant ce qui était censé être un napperon au crochet et qui ressemblait juste à un amas de fils entremêlés.

— Ça t'apprendra à te croire plus maligne que nous, ricana Lucette, qui crochetait à une vitesse surprenante. Que t'est-il donc passé par la tête pour penser remporter un pari contre nous, hein ?

— Je ne le sais toujours pas.

Enora réprima un sourire et fit mine de se concentrer sur son aiguille. Saphia apprenait à ses dépens que les Vieilles Sorcières étaient retorses, rusées, roublardes. Redoutables ! Saphia n'était pas au niveau ! Franchement, qu'avait-il pris à son amie ? Elle aurait dû se douter qu'il y avait anguille sous roche quand les trois drôles de dames avaient parié sur l'évolution de la relation entre Kyrin et Enora, acceptant avec un peu trop de facilité de renoncer aux séances de tricot si la jeune femme gagnait. Saphia avait gagné. Il n'y aurait donc plus de tricot. À la place, Simone, Lucette et Jeanine avaient décidé de mettre à l'honneur le crochet, la broderie et le canevas. Saphia avait donc troqué ses aiguilles contre d'autres, tout simplement.

— Am stram gram, pic et pic..., chantonna Enora, moqueuse.

— Tu es supposée être mon amie, et tu me poignardes à la première occasion. C'est petit, vraiment petit.

Enora, rieuse, fit mine de piquer le bras de Saphia du bout de son aiguille à crocheter.

— Ton orgueil serait-il piqué ? susurra-t-elle.

— D'accord, je vois, grommela la journaliste. Tu files la métaphore.

— En parlant de fil, intervint Jeanine en pointant la tentative de napperon de la jeune femme. Je t'ai déjà expliqué trois fois la technique du jeté, mais ça ne rentre toujours pas, dirait-on.

— Je suis journaliste, moi, Madame !

— Si tu me dis que le stylo est ton arme, je vais te coller une double bride à réaliser, menaça Simone.

— Si on jouait au Scrabble ? suggéra Saphia, pleine d'espoir.

Au moins, même si elle perdait à chaque fois contre les trois vieilles dames, elle pouvait limiter les dégâts.

— On triple les points quand on arrive à placer un terme lié au tricot, au crochet ou à la broderie, décréta

Lucette en posant son ouvrage.

— C'est injuste ! protesta la journaliste, qui sentait venir une nouvelle ruse pour la battre à plate couture. Vous connaissez bien plus de termes techniques que moi !

— Tiens, ça t'aidera peut-être.

Enora, hilare, fit glisser un livre à travers la table.

— *La Broderie pour les Nazes*, lut Saphia. Ah, ah.

— C'est parti ! clama Simone en claquant dans ses mains.

Bonus 3

Les deux textes qui suivent se déroulent entre le chapitre 11 et le chapitre 12 du tome 2...

Lune de neige

Toute la famille s'était réunie pour saluer le départ de Greta et Érick. Les deux petits vieux se disputaient, pour ne pas changer. À les voir ainsi, s'envoyant de doux noms d'oiseaux à la tête, on avait du mal à croire qu'ils formaient un couple solide et passionné depuis plus de cinq décennies ! Blasés, leurs petits-fils attendaient que la tempête s'apaise pour leur faire leurs adieux. Enora, elle, ne masquait pas son amusement.

— Rappelle-moi pourquoi ils appellent ça leur « lune de neige », déjà ? grommela Sören.

Du haut de ses quinze ans, l'adolescent contemplait avec ennui les deux anciens. Ses copains avaient encore leurs grands-parents, pour certains. Des grands-parents ordinaires, pas ces deux grincheux qui passaient leur temps à se chamailler pour tout et pour rien. Même si le garçon devait admettre que les grands-parents de ses potes n'étaient pas aussi amusants que les siens, en fait.

— Mais non, pas ici, espèce d'abruti ! cria Greta en tirant la valise que son mari venait tout juste de caser sur la banquette arrière.

— Tu n'as qu'à t'en occuper, vieille sorcière !

— C'est bien ce que je vais faire, vieux croûton ! De toute façon, si je ne fais pas les choses moi-même, c'est du grand n'importe quoi !

— J'aurais mieux fait de me casser une patte, le jour où je t'ai mise dans mon lit.

— Alzheimer te guette, vieux schnock ! C'est moi qui t'ai mis dans mon lit.

— De toute façon, ce n'était pas un lit.

— Oh ! Non ! gémit Sören en faisant mine de se boucher les oreilles.

Il n'avait vraiment pas envie d'entendre parler des parties de jambes en l'air de ses grands-parents. Il baissa les mains en croisant le regard moqueur de ses aînés : Eliott ne manquerait pas de le traiter de prude ou de petite nature s'il s'offusquait de ce genre de choses, avant de lui demander s'il savait comment on fait les bébés. Non, il ne le voulait vraiment pas !

— Ils se sont mariés en février, il neigeait, et c'était la pleine lune, expliqua Tim à l'intention d'Enora. Donc, ils sont partis en lune de neige, et non en lune de miel.

— Et ils partent en lune de neige chaque année depuis, conclut Lorie.

Greta et Érick se chamaillaient toujours lorsque la voiture démarra. Ils se chamaillaient encore lorsqu'ils arrivèrent à destination, quelques heures plus tard. Et ils se chamaillaient encore tout en se déshabillant, prenant un plaisir immense à ces échanges vifs. Ce n'est que lorsqu'ils prirent l'apparence de deux loups blancs que les invectives cessèrent. Les deux animaux bondirent, heureux de laisser leurs empreintes dans la poudreuse, se sautant dessus pour mieux se rouler ensuite dans la neige. Au crépuscule, fatigués par leurs jeux, ils s'étendirent côte à côte, le museau de la louve plongé dans la fourrure du mâle.

Trois femmes, un chien

et

une flaque de boue

Saphia contemplait ses tennis d'un air dubitatif.

— Tu as oublié de me préciser que notre « petite course » consistait en une séance de parcours du combattant, marmonna-t-elle à l'intention d'Enora.

Celle-ci dissimula son sourire. Tant qu'à courir, autant ne pas être la seule à souffrir. Elle avait donc proposé à son amie de se joindre à Lorie et elle, en ce samedi matin frisquet de février. Peut-être, en bonne amie fourbe, avait-elle oublié de mentionner qu'il s'agissait de courir, et non de se promener avec Nemo...

— Tu exagères, s'amusa Lorie. Courir en forêt, ce n'est pas un parcours du combattant.

— Pour une citadine comme moi, c'est tout comme.

— Je te rappelle que tu es capable de courir en talons aiguille après un scoop, ça devrait bien se passer.

Saphia eut une petite moue qui montrait qu'elle n'était pas convaincue. Alors qu'en temps normal, la jeune journaliste était à la limite de l'hyperactivité, elle observait une étrange apathie depuis son arrivée.

— Ne te fatigue pas, Lorie, intervint Enora. Déjà, à l'école, Saph détestait le sport. Dès qu'elle pouvait, elle séchait les cours d'EPS, au collège et au lycée.

— Je m'en porte bien, rétorqua l'intéressée.

— Je sens qu'on va s'amuser comme des petites folles !

Lorie leva les yeux au ciel avant de se mettre à sautiller sur place pour donner l'impulsion à ses amies. Nemo aboya et commença à s'agiter. Comme elles demeuraient dans l'enceinte du domaine Nielsen, lequel était protégé par des pierres enchantées repoussant les intrus, Kyrin avait accepté de les laisser courir sans leur imposer d'escorte. Lorie était capable d'assurer leur protection, si besoin.

— Ton chien, au moins, est content ! s'esclaffa Saphia en regardant le labrador.

— En route, mauvaise troupe !

Lorie s'élança, sa longue queue de cheval blonde se balançant au rythme de ses foulées. Saphia et Enora échangèrent un regard avant de la suivre. Nemo, plein d'énergie, entama des allées et venues entre Lorie, en tête, et les deux limaces qui se traînaient derrière.

— Rappelle-moi pourquoi on a accepté de courir avec elle ? s'enquit Saphia.

— Manger, bouger, le grand air, tout ça... Moment sympa entre copines...

— La prochaine fois, on s'offre une séance de shopping, plutôt !

Sans doute Saphia aurait-elle été plus heureuse de l'accompagner, ces jours-ci, pour refaire sa garde-robe et sa décoration après le saccage de son appartement, contrairement à Lorie, qui avait vraiment cette activité en horreur.

Vite essoufflées, les deux amies ne tardèrent pas à se taire, préférant économiser leur souffle, déjà bien difficile alors qu'elles atteignaient tout juste le chemin sur lequel elles allaient cracher leurs poumons.

Lorie, qui s'était arrêtée, courait sur place en les attendant. Elle gloussa en voyant Saphia éviter en grimaçant des flaques de boue.

— Je crois que je vais marcher, annonça la journaliste en ralentissant.

— Imagine que tu tombes nez à nez avec le loup-garou, argumenta Lorie. Tu remercieras alors ta super copine Lorie de t'avoir emmenée courir !

Tiens, songea Enora, elle pourrait proposer à Saphia de prendre quelques leçons d'autodéfense avec elle.

— C'est contraire au code des copines, tu sais, de faire des choses pareilles. Utiliser le loup-garou pour m'obliger à faire un truc que je déteste, ce n'est pas *fair-play*.

— On peut demander à Nemo de tenir le rôle, si tu veux, suggéra Enora. On te laisse un peu d'avance, puis on le lance à tes trousses.

Elles observèrent le labrador, qui les contemplait avec ses doux yeux bruns emplis d'espoir. Le chien ne demandait qu'à partir à toutes pattes et attendait leur bon vouloir, la gueule fendue en ce qui ressemblait à un large sourire.

— Nemo et loup-garou dans la même phrase, c'est un peu incompatible. Il n'y a pas plus gentil que ce toutou.

— J'ai une idée, lança soudain Enora, avec un sourire plein de malice.

Elle remit sa laisse au labrador, qui se laissa faire, en dépit d'un regard de reproche. Puis, la jeune femme tendit la laisse à son amie.

— Canicross avec les moyens du bord.

— Quoi ? s'insurgea Saphia.

— Go !

Lorie fonça telle une fusée, aussitôt suivie par Nemo, qui entraîna Saphia dans son sillage. Celle-ci aurait pu simplement lâcher la laisse, bien sûr, mais le faire aurait été un aveu d'échec. Or, la jeune femme était une compétitrice dans l'âme. Elle allait donc serrer les dents et suivre le rythme. Quant à Enora, elle allait fermer la marche en courant à petites foulées et savourer cette balade en plein air.

La scène se déroula comme au ralenti. Devant elle, Saphia buta contre un caillou et partit en avant... droit dans une flaque boueuse ! Les éclaboussures arrosèrent

Enora qui ne put réprimer un éclat de rire.

— Saph, tu comptes écrire un article sur les bienfaits de la boue pour la peau ?

La journaliste, couverte de boue de la tête au pied, écarta une mèche dégoulinante de son visage et fusilla son amie du regard. Sa belle tenue de sport flambant neuve, achetée juste pour ce qu'elle avait pris pour balade en forêt, arborait désormais une teinte marronnasse uniforme. Lorie, alertée par les rires d'Enora, avait fait demi-tour escortée par un Nemo qui traînait sa laisse dans son sillage. La jeune fille pouffa devant le spectacle d'une Saphia si sophistiquée habituellement assise dans la boue.

— Au lieu de rire comme des bossues, aidez-moi, grommela-t-elle en essayant de se redresser.

Serviable, Enora lui tendit la main. Saphia s'en empara. Le pied d'Enora dérapa sur le sol spongieux, et elle tomba sur les fesses aux côtés de son amie. Lorie, après avoir vérifié qu'il ne risquait pas de lui arriver la même mésaventure, tendit une main secourable à la journaliste, tandis qu'Enora se relevait. Le sourire de requin qui étirait les lèvres de son amie alerta Enora.

— Attention !

L'avertissement d'Enora arriva trop tard. D'une brusque torsion, Saphia attira Lorie dans la boue, dans laquelle elle plongea tête la première. Crachant et toussant, la jeune fille se mit à genoux. Un Nemo en joie sauta à son tour dans la flaque, éclaboussant joyeusement autour de lui.

Cahin-caha, les trois jeunes femmes parvinrent enfin à se remettre sur pied, riant de leur état respectif. Nemo paracheva le chef-d'œuvre en s'ébrouant juste à côté d'elles.

— Plus jamais, les filles, plus jamais ! s'exclama Saphia sur le chemin du retour, grimaçant aux petits bruits mouillés qu'elle produisait à chaque pas.

— Si tu croises le loup-garou, tu peux essayer de le noyer dans la boue, suggéra Lorie. C'est un piège redoutable !

— Le poil à gratter, c'est mieux, susurra Enora. Tu peux en avoir sur toi en permanence, alors que les flaques de boues ne courent pas les rues, même en Bretagne.

— N'importe quoi.

Saphia ne comprit pas pourquoi les deux autres pouffaient, mais son attention fut vite détournée par la boue qui collait partout sur sa peau. Si elle avait su...

Vous avez aimé les Nielsen ?
Retrouvez-les bientôt dans de
nouvelles aventures !

Remerciements

Un roman ne s'écrit pas seul, il faut toute une équipe pour que l'idée prenne forme jusqu'à devenir l'histoire que vous tenez entre vos mains. Et j'ai la chance que cette équipe soit la même depuis le début !

Merci à mes complices, Ysaline et Magali, relectrices de choc. C'est à Ysaline qu'Enora doit son addiction au coloriage, d'ailleurs ! Quant à Magali, elle a « magalisé » comme il faut, entendez par-là qu'elle a posé les questions terre à terre qui s'imposaient...

Merci à Fleurine, une fois de plus, pour les écrins que tu concoctes pour chacune de mes histoires.

Et un grand merci à vous, mes lecteurs : vous rendez toute cette aventure inoubliable. Vive vous !

Découvrez la saga de romance fantastique
d'Aurore Aylin...

Les Kergallen

Les Kergallen... une famille où la magie se transmet de mère en fille.

Les membres de cette famille pas comme les autres forment un clan soudé, solidaire, où l'amour et l'humour sont omniprésents. Entrez dans leur quotidien empli de magie, de tendresse et de bonne humeur et redécouvrez les mythes et légendes de Bretagne dans le sillage d'héroïnes passionnées.

Plongez dans une
comédie romantique fantastique pétillante !

Autant en emporte l'éclair

Être foudroyé deux fois dans la même journée n'est pas donné à tout le monde. C'est pourtant ce qui est arrivé à Hermione, le jour même de son embauche dans l'agence de décoration d'intérieur la plus prestigieuse de Paris.

Une première fois par Guillaume, le (trop ?) sexy stagiaire.
Et une deuxième fois par un éclair, un vrai, durant un orage.

Depuis, elle entend des voix. Pire : elle a des hallucinations. Car ces deux créatures qui passent leur temps à se disputer et qui prétendent être ses Gardiens, dont le rôle serait de la guider durant toute sa vie, ne peuvent pas exister... n'est-ce pas ?

Printed in Great Britain
by Amazon